KB083731

정선육방옹시집 4
精選陸放翁詩集

An Anthology of Lu You' Poems

지은이

육유 陸游, 1125~1209

남송(南宋)의 시인으로, 자(字)는 무관(務觀)이고 호(號)는 방옹(放翁)이며 월주(越州) 산음(山陰, 지금의 절강성(浙江省) 소흥시(紹興市)) 사람이다.

이른바 남송사대가(南宋四大家)의 한 사람으로서 남송의 시단을 대표하는 시인이자, 평생 일만 수에 달하는 시와 우국의 열정으로 가득한 시편으로 인해 중국 최다 작가이자 대표적인 우국 시인으로서의 명성을 지니고 있다. 풍부한 문학적 소양과 방대한 지식, 부단하고 성실한 창작 태도 등을 바탕으로 시집 『검남시고(劍南詩稿)』 85권 외에 『위남문집(渭南文集)』 50권, 『남당서(南唐書)』 18권, 『노학암필기(老學庵筆記)』 10권, 『가세구문(家世舊聞)』 등 시와 산문, 역사 방면에 있어서도 많은 저작들을 남기고 있다.

옮긴이

주기평 朱基平, Ju Gi-Pyeong

호(號)는 벽송(碧松)이다. 서울대학교 중어중문학과를 졸업하고 같은 대학원에서 문학석사, 문학박사 학위를 취득하였다. 서울대학교 규장각한국학연구원의 책임 연구원과 서울대학교 인문학연구원의 객원 연구원을 역임하였으며, 현재 서울대와 서울시립대 등에서 강의하고 있다.

주요 저서로 『육유시가연구』, 『조선 후기 유서와 지식의 계보학』(공저), 역서로 『향렴집』, 『천가시』, 『육유사』, 『육유시선』, 『잠삼시선』, 『고적시선』, 『왕창령시선』, 『당시삼백수』(공역), 『송시화고』(공역), 『악부시집·청상곡사』(공역) 등이 있다.

정선육방옹시집 4

초판인쇄 2023년 6월 15일 **초판발행** 2023년 6월 25일
지은이 육유 **옮긴이** 주기평 **펴낸이** 박성모 **펴낸곳** 소명출판 **출판등록** 제1998-000017호
주소 서울시 서초구 사임당로14길 15 서광빌딩 2층
전화 02-585-7840 **팩스** 02-585-7848
전자우편 somyungbooks@daum.net **홈페이지** www.somyong.co.kr

값 42,000원 ⓒ 주기평, 2023
ISBN 979-11-5905-807-3 94820
ISBN 979-11-5905-803-5 (전4권)

이 저서는 2019년 대한민국 교육부와 한국연구재단의 지원을 받아 수행된 연구임 (NRF-2019S1A5A7068701)

한국연구재단
학술명저번역총서

정선육방옹시집 4

精選陸放翁詩集

An Anthology of Lu You' Poems

육유 저
주기평 역

일러두기

1. 이 책의 원문은『정선육방옹시집(精選陸放翁詩集)』(상해고적출판사, 1922)을 저본으로 하였으며 모진(毛晉)의 급고각(汲古閣) 본『검남시고(劍南詩稿)』와 전중련(錢仲聯)의『검남시고교주(劍南詩稿校注)』를 참고 자료로 하였다.

2. 주석의 표제음은 두음 법칙을 적용하여 표기하였으며, 한 글자인 경우 이를 적용하지 않고 원음을 표기하였다.

3. 이 책에 사용된 부호는 다음과 같다.

　『　』: 서명.

　「　」: 편명 또는 작품명.

　(　) : 한자 병기 및 인용문의 원문.

　[　] : 한글 표기와 한자 표기의 음이 다른 경우.

　" " : 인용문.

　' ' : 강조.

『정선육방옹시집精選陸放翁詩集』은 현전 육유 시선집 중 가장 이른 시기에 편찬된 것으로, 남송南宋 나의羅椅가 편찬한 『간곡정선육방옹시집澗谷精選陸放翁詩集』 10권과 남송南宋 유진옹劉辰翁이 편찬한 『수계정선육방옹시집須溪精選陸放翁詩集』 8권 및 명明 유경인劉景寅이 편찬한 『육방옹시별집陸放翁詩別集』 1권의 합본으로 이루어져 있다. 여기에 수록된 작품 수는 총687수이다.

『간곡』에는 시체詩體에 따라 고시 39수, 7언 율시 159수, 7언 절구 61수, 5언 율시 33수, 5언 절구 3수 등 총295수가 수록되어 있으며, 『수계』에는 『간곡』의 체제를 따라 고시 93수, 7언 율시 44수, 7언 절구 62수, 5언 율시 18수, 5언 절구 3수 등 총220수가 수록되어 있다. 『별집』은 원元 방회方回가 편찬한 『영규율수瀛奎律髓』에 수록된 육유의 시 중에서 『간곡』 및 『수계』에 선록된 것과 중복된 것을 제외하고 따로 보충한 것으로, 5언 율시와 7언 율시 총172수가 수록되어 있다.

육유의 시전집은 명대까지도 아직 완정한 간본이 없이 필사본으로만 전해지고 있다가, 명대 모진毛晉,1599~1659의 급고각汲古閣에서 시전집 『검남시고劍南詩稿』가 간행되어 오늘날까지 전하고 있다. 『정선육방옹시집』은 『검남시고』보다 백여 년 전에 간행된 것으로, 남송南宋의 나의羅椅와 유진옹劉辰翁 및 명明 유경인劉景寅이 편찬한 개별 선집을 하나로 엮어 각각 전집, 후집, 별집으로 구분하여 간행한 것이다. 이 책은 육유의 시전집이 나오기 이전에 육유의 시를 보존하고 유통시키는 데 커다란 기여를 했을 뿐 아니라, 비평가의 관점에서 적절한 평점과 평어를 병기함으로써 육유시의 전모를 잘 드러내 보여주고 있는 대표적인 시선집이라 할 수 있다.

이 책은 선록된 시가의 구성면에 있어 육유시의 서로 다른 풍격을 살펴볼 수 있는 매우 유용한 선집이다. 『간곡』에는 육유의 시 중에서 청신하고 맑은 감성을 노래한 시가나 자연의 풍광을 노래한 산수시 등이 수록된 반면, 『수계』에는 침략당한 나라를 애통해하는 비분강개한 감정과 강한 투쟁 정신을 표출하는 애국주의 정신을 담고 있는 시가들이 많다. 이러한 두 가지 풍격은 전종서錢鍾書가 『송시선주宋詩選注』에서 "육유의 작품에는 두 가지 측면이 있다. 하나는 비분과 격앙에 찬 감정으로 나라를 위해 설욕하고 잃어버린 국토를 찾아 도탄에 빠진 백성들을 구하고자 하는 것이다. 다른 하나는 한적하고 섬세한 느낌으로 일상생활 속의 깊은 재미를 음미하고 눈앞의 경물의 다양하게 굴곡진 모습을 세밀하게 그려내는 것이다"라고 밝힌 바와 같이, 육유의 시세계를 구성하는 커다란 두 흐름이라고 할 수 있다.

육유의 시는 그 문학사적 의의와 중요성에도 불구하고 일만 수에 달하는 방대한 분량으로 인해 아직 모든 시에 대한 완역은 이루어져 있지 않다. 다만 전중련錢仲聯의 『검남시고교주劍南詩稿校注』상해고적, 1985에서 명대 모진毛晉의 급고각汲古閣 본 『검남시고』를 저본으로 하고 『정선육방옹시집』 및 기타 잔본殘本을 참고하여 자구의 교정과 함께 간략한 주석을 병기하였다. 선집류의 경우 중국 최고의 우국시인으로서의 명성에 걸맞게 중국 내에서는 이미 수십 종에 달하는 선집본이 간행되었으며, 국내의 경우에도『육유시선』이라는 이름으로 역자지만지, 2011를 비롯하여, 이치수문이재, 2002, 류종목민음사, 2007이 총3종의 시선집을 출간한 바 있다. 그러나 이들은 모두가 다만 50여 수에 불과한 시만을 수록하고 있고 주석과 작품의 해설 또한 다소 소략한 한계가 있었다.

따라서 본 역서에서는『정선육방옹시집精選陸放翁詩集』을 번역의 대상으로 삼아 육유시의 전체적인 면모와 문학적 성취를 보다 분명하게 알 수 있도록 하고자 하였다. 아울러 전중련의『검남시고교주』에서의 연구 성과를 최대한 수용하여『정선육방옹시집』에 수록된 시와 모진의 급고 각본『검남시고』와의 제목이나 자구 상의 차이를 밝혔으며, 중국에서 기출간된 다른 선집류의 견해를 참고하여 주석과 해설을 보충하였다.

본 번역은 매 작품마다 번역문, 원문, 해제, 주석, 해설의 총5부분으로 이루어져 있으며, 각 부분마다 다음과 같은 사항에 중점을 두어 번역하였다.

1) 번역문

번역문은 맨 앞에 제시하여 작품 자체를 읽고 감상할 수 있도록 하였고, 시 원문은 번역문 뒤에 따로 실어 원문과 대조하며 읽을 수 있도록 하였다. 아울러 번역시의 가독성을 높이기 위해 원문의 의미를 손상하지 않는 범위 내에서 추가적인 어휘나 용어를 보충하였으며, 한자어 어휘는 가능한 한 풀어서 번역에 반영하였다.

2) 해제

해제에서는 작품의 작시 시기와 배경 및 당시 육유의 나이를 밝힘으로써 육유의 생애 속에서 작품을 이해할 수 있도록 하였으며, 전체적인 시의 대의를 밝혔다. 아울러 급고각본『검남시고』와 비교하여 제목이나 자구상의 차이를 밝힘으로써 이에 따른 다른 해석의 가능성도 열어놓았다. 다만 판본 상의 단순 이체자의 경우에는 따로 밝히지 않았다.

또한『정선육방옹시집』에는 시인의 자주自注가 많은 부분 누락되어 있는데, 시를 이해하는 데 있어 필수적인 자주가 적지 않다. 따라서 급고각본『검남시고』에 수록되어 있는 자주自注는 모두 해제에서 원문과 번역을 추가하여 보충하였다.

3) 주석

주석은 가능한 한 상세히 달아 특정 자구의 의미나 활용의 예를 설명하고, 의미나 독음이 다소 어려운 글자나 어휘들에 대해 보충 설명을 하였다. 아울러 전고典故의 경우 해당 전고의 원전 출처를 직접 인용하거나 원전의 내용을 요약 설명함으로써 해당 작품의 이해뿐 아니라 원전 해독 능력 또한 높일 수 있도록 하였다.

4) 해설

해설은 해당 작품의 구조분석을 위주로 작품의 내용과 함의 및 표현 상의 특징 등을 설명하고, 육유의 생애와 사상에 근거하여 해당 작품 이 가지는 의의를 보충 설명하였다. 아울러 작품에 따라 창작 배경에 대한 소개를 추가하거나 작품 분석의 내용을 보충함으로써 전체적인 해설 분량을 균등하게 안배하였다.

스스로 돌이켜 보면 지금까지 적지 않은 한시 작품들을 역해하고 출 간한 듯하다. 하지만 늘 느껴왔듯이 한시 번역은 최고이자 최종의 번 역이 없다는 것을 이번 번역 과정을 통해 다시 한번 깨닫게 되었다. 번 역을 완료하고 검토가 진행될수록 이전에 미처 깨닫지 못했던 번역상 의 오류들이 발견되었고, 문의가 보다 잘 통하도록 다듬고 수정해야 할 부분이 적지 않았다. 작품 해설도 나름 충실히 했다고는 하나 여전 히 부족함이 느껴지는 부분이 있으며, 주석 또한 최대한 보충하고 보 완하였지만 완벽하게 했다고 자신할 수도 없다. 하지만 이 또한 역해 자의 식견과 역량의 한계 때문임을 인정하지 않을 수 없다. 앞으로도 부족한 부분들을 지속적으로 보완할 것을 약속하며 독자 제현의 질정 을 기다린다.

2023년 6월

벽송碧松 주기평 삼가 씀

정선육방옹시집 전체 차례

3 ────

수계정선육방옹시집(須溪精選陸放翁詩集)
권1
　고시(古詩)

권2
　고시(古詩)

권3
　고시(古詩)

권4
　고시(古詩)

권5
　고시(古詩)
　칠언율시(七言律詩)

권6
　칠언율시(七言律詩)

수계정선육방옹시집

須溪精選陸放翁詩集

권8

육유(陸游) 무관(務觀) 찬(撰)

유진옹(劉辰翁) 회맹(會孟) 선(選)

칠언절구七言絕句

선어포에서 중고 형의 편지를 받고

술병으로 오늘 아침은 수레에 몸 싣고 누우니

가을 구름은 자욱하고 비는 부슬부슬 내리네.

낭주성 북쪽 선어포에서

홀연 만 리 밖 산음에서 온 편지를 받았네.

仙魚舗得仲高書[1]

病酒今朝載臥輿,[2] 秋雲漠漠雨疎疎.[3]

閬州城北鮮魚舗,[4] 忽得山陰萬里書.

【해제】

48세 때인 건도乾道 8년1172 9월에서 10월 사이 낭중閬中에서 쓴 것으로, 먼 타향에서 고향 형님의 편지를 받은 기쁨을 나타내고 있다.

『검남시고』에서는 제목에서 '고高' 다음에 '형兄'이 추가되어 있다. 또한 제3구의 '선鮮'이 '선仙'으로 되어 있는데, 제목으로 보아 저본의 오류로 여겨진다.

【주석】

1 仙魚舖(선어포) : 역참 이름. 어디인지 알 수 없다.

　仲高(중고) : 육승지(陸升之), 육유의 6촌 형으로 자가 중고(仲高)이다.

2 病酒(병주) : 술 중독 또는 과음으로 인해 생긴 병.

3 漠漠(막막) : 왕성한 모양, 가득 펼쳐져 있는 모양.

　疎疎(소소) : 성긴 모양.

4 閬州(낭주) : 고대 주(州) 이름. 지금의 사천성 동북부 남충시(南充市) 지역

　이다.

【해설】

　이 시에서는 술병이 나서 수레에 몸을 싣고 누워있는 자신을 말하며
향수로 인해 폭음에서 벗어나지 못하고 있는 자신을 나타내고 있다.
이어 뜻하지 않게 만 리 밖 고향에서 보내온 형님의 편지를 받고 잠시
나마 향수에서 벗어날 수 있게 되었음을 말하고 있다.

서쪽으로 원정 갔던 막부에서의 일을 추억하며

옛날 왕의 군대가 농산을 지키고 돌아오던 때를 생각하면

유민들은 매일 밤 막부를 바라보았네.

길 양편으로 병에 담긴 미음이 가득했을 뿐 아니라

낙수의 죽순과 황하의 방어가 차례대로 나왔었네.

追憶征西幕中事

憶昨王師戍隴回,¹ 遺民日夜望行臺.²

不論夾道壺漿滿,³ 洛筍河魴次第來.

【해제】

77세 때인 가태嘉泰 원년1201 겨울 산음山陰에서 쓴 것으로, 옛날 남정의 막부에 있을 때의 일을 회상하고 있다.

『검남시고』에서는 제목에서 '사事'가 '구사舊事'로 되어 있으며, 제4구 다음에 "남정에 있을 때 관중의 군관 중에 이 두 가지를 바친 사람이 있었다在南鄭時, 關中將吏有獻此二物者"라는 자주自注가 있다. 총4수 중 제3수이다.

【주석】

1 隴(농) : 농산(隴山). 감숙성 남부와 섬서성 서부에 걸쳐 있는 산맥으로, 모양

이 밭두둑과 같다 하여 이와 같이 불렀다.

2　行臺(행대) : 중앙 조정의 기구의 임시 파견 부서. 여기서는 남정(南鄭)에 주
둔하였던 사천선무사(四川宣撫使) 왕염(王炎)의 막부를 가리킨다.

3　夾道(협도) : 도로의 양옆 쪽.

　　壺漿(호장) : 병에 담긴 미음. 병사들에게 마실 것을 대접한 것을 말한다.

【해설】

이 시에서는 남정에 있을 때 농산에서 돌아오면 유민들이 하루빨리
북벌이 이루어지기를 바라며 매일 같이 막부 쪽을 바라보고 있었음을
말하고, 너나없이 자진하여 마실 것과 진귀한 음식들을 내어와 막부의
병사들을 위안했던 일을 회상하고 있다.

꿈속의 일을 쓰다

대경교 어귀에 봄비는 개어

지나는 사람은 말 위에서 꾀꼬리 소리 듣네.

대중상부 연간에 서쪽에서 제사 지낼 때 일찍이 어가를 맞았는데

당시의 태평함을 말하는 이 없어 비통하네.

夢中作

大慶橋頭春雨晴,¹ 行人馬上聽鶯聲.

祥符西祀曾迎駕,² 惆悵無人說太平.³

【해제】

81세 때인 개희開禧 원년1205 9월 산음山陰에서 쓴 것으로, 꿈에서 옛날 어가가 이곳에 행차했던 일을 보고 당시의 태평성세를 그리워하고 있다. 총2수 중 제2수이다.

【주석】

1 大慶橋(대경교) : 다리 이름. 지금의 절강성 소흥시(紹興市) 동남쪽에 있다.

2 祥符(상부) : 대중상부(大中祥符). 북송 진종(眞宗)의 연호(1008~1016)이다.

3 惆悵(추창) : 비통하다, 번민하다.

【해설】

이 시에서는 봄비가 그친 대경교 위를 꾀꼬리 소리 들으며 말을 타고 사람들이 지나가고 있는 한가롭고 평온한 풍경을 묘사하고 있다. 이어 꿈에서 옛날 대중상부大中祥符 연간에 어가가 대경교 위를 지나갔던 모습을 보고, 당시의 태평성세를 지금 사람들은 알지 못하는 것에 비통해하고 있다.

천축산의 새벽길

삼모당에선 오경의 종소리 들려오고

중천축사는 구 리 소나무 다한 곳에 있네.

좋은 술 파는 관루는 없어

다만 호수에 비친 노쇠한 얼굴에 번민하네.

天竺曉行[1]

三茆聽徹五更鐘,[2] 二竺穿窮九里松.[3]

無復官樓沽美酒,[4] 但煩湖水照衰容.

【해제】

79세 때인 가태嘉泰 3년1203 봄 임안臨安에서 쓴 것으로, 새벽에 천축사를 찾아가는 감회를 나타내고 있다.

『검남시고』에서는 제3구의 '미주美酒'가 '주미酒美'로 되어 있다. 총2수 중 제1수이다.

【주석】

1   天竺(천축) : 산 이름. 지금의 절강성 항주시(杭州市) 영은산(靈隱山) 비래봉(飛來峰) 남쪽에 있으며, 상천축사(上天竺寺), 중천축사(中天竺寺), 하천축사(下天竺寺)의 세 사찰이 있다.

2 三茆(삼모) : 도관 이름. 지금의 절강성 항주시(杭州市) 오산(吳山)에 있으
  며, 본디 삼모당(三茅堂)이었다가 소흥(紹興) 연간에 영수관(寧壽觀)으로
  바뀌었다.

3 二竺(이축) : 천축산에 있는 세 사찰 중 중천축사를 가리킨다.

4 官樓(관루) : 관에서 만든 술을 파는 주루(酒樓).

【해설】

이 시에서는 삼모당의 새벽 종소리를 들으며 소나무 숲길 사이에 자
리한 중천축사를 찾아가는 상황이 나타나 있으며, 깊은 산속이라 술
파는 곳도 없어 호수에 비친 노쇠한 자신의 모습을 바라보며 번민에
빠져들고 있음을 말하고 있다.

아들에게 보이다

죽고 나면 만사가 헛되다는 것을 이미 알고 있었지만

다만 구주가 하나 되는 것을 보지 못함이 한스러울 뿐.

왕의 군대 북벌하여 중원을 평정하는 날에

집에서 제사 지낼 때 잊지 말고 네 아버지에게 일러라.

示兒

死去元知萬事空,¹ 但悲不見九州同.²

王師北定中原日, 家祭無忘告迺翁.³

【해제】

85세 때인 가정嘉定 2년1209 12월 임종하면서 아들들에게 유언으로 남긴 육유의 절명시絕命詩이다.

『검남시고』에서는 제4구의 '迺'가 '乃'로 되어 있다.

【주석】

1 元知(원지) : 원래부터 알다.

2 九州(구주) : 중국 땅 전체. 고대에 중국을 아홉 개로 나누었던 데에서 유래하였다.

3 迺翁(내옹) : 너의 아버지. 육유 자신을 가리킨다.

【해설】

 이 시에서 육유는 끝내 중원의 수복을 보지 못하고 눈을 감는 원한을 토로하며, 사후에라도 중원 회복을 갈망하고 있겠다는 불멸의 애국심을 나타내고 있다.

오 땅 미인의 노래 4수

꽃그늘이 땅에 가득하도록 문을 닫지 않고
비파에 한을 껴안으며 황혼에 서 있네.
신첩의 몸은 하늘 가 달과 다르니
달은 이 밤 이때 거듭 그대를 보겠지요.

망우초와 석류는 짙고 옅은 색으로 붉고
풀과 꽃은 홍색 자색으로 숲을 이루었네.
내년에 필 때는 이것들 바라보지 않고
다만 낭군을 바라보며 당신만을 생각하기를.

이월 경호의 물은 하늘로 솟아오르고
우 임금의 사당 아래에는 용선이 다투네.
용선은 비슷하여 해마다 좋건만
사람은 절로 올해가 작년과 다르답니다.

팔뚝 위로 향 사르고 부처님 전에 절하며
낭군께서 편안하게 새해를 지내시길 바라네.
다정함은 이미 오래도록 많은 병이 되었으니
신첩에게 마음 쓰지 마시기를.

吳娃曲四首

滿地花陰不閉門, 琵琶抱恨立黃昏.

妾身不似天邊月, 此夜此時重見君.

忘憂石榴深淺紅,**1** 草花紅紫亦成叢.

明年開時不望見, 只望郎君憶著儂.**2**

二月鏡湖水拍天,**3** 禹王廟下鬪龍船.**4**

龍船相似年年好,**5** 人自今年異去年.

臂上燒香拜佛前, 願郎安穩過新年.

多情已是長多病, 莫要留心在妾邊.**6**

【해제】

정확한 창작시기는 알 수 없으며, 사랑하는 임과 헤어져 있는 여인의 슬픔을 나타내고 있다.

이 시는 『검남시고』에서는 누락되어 있으며, 『방옹일고속첨放翁逸稿續添』에 수록되어 있다.

저본과 『검남시고』 모두 제목 다음에 "벗에게 첩이 있는데 아내가 받아들이지 않아 놀이 삼아 이 시를 쓰니, 이로 인해 쫓겨나지 않았다

友有妾而内不容, 戲為作此, 因得不去"라는 자주自注가 있다.

【주석】

1 忘憂(망우) : 망우초. 훤초(萱草), 즉 원추리를 가리킨다. 이것을 심으면 근심을 잊는다고 하여 이와 같이 불렀다.

   石榴(석류) : 석류. 다산(多産)의 상징이자 부부 간의 금슬을 비유한다.

2 儂(농) : 그대, 당신. 오(吳) 지역의 방언이다.

3 拍天(박천) : 하늘을 두드리다. 호수의 파도가 하늘로 솟구치는 것을 비유한다.

4 龍船(용선) : 경주용으로 만든 용 모양의 배.

5 相似(상사) : 서로 비슷하다. 용선의 모습이 해마다 변함없이 화려하고 아름다운 것을 말한다.

6 留心(유심) : 마음에 남겨두다. 신경 쓰고 관심 두는 것을 의미한다.

【해설】

이 시에서는 여인의 말을 통해 사랑하는 임을 향한 그리움과 슬픔, 바람과 당부를 나타내고 있다.

제1수에서는 꽃이 다 지도록 문을 닫지 않고 황혼 녘까지 비파를 들고 홀로 서 있는 모습으로 봄이 다 가도록 임을 기다렸던 지난 시간과 가슴 가득한 슬픔을 나타내고, 자신과 달리 늘 임을 볼 수 있는 달을 부러워하고 있다.

제2수에서는 망우초와 석류가 자라고 아름다운 꽃이 피어 있는 자신의 집 주변을 말하고, 내년에는 이 꽃들을 보지 않고 임의 얼굴을 보며 임 생각만으로 가득할 수 있기를 바라고 있다.

제3수에서는 이월의 거친 경호의 파도 위에 용선이 경주하고 있는 모습을 묘사하고, 용선의 모습은 해마다 변함이 없건만 자신은 시름으로 해마다 초췌해져 가고 있음을 말하고 있다.

제4수에서는 부처님 전에 향불 피워 절하며 임의 평안을 기원하고, 비록 그리움으로 오래도록 병이 들었지만 자신에 대한 염려나 걱정은 하지 말라 당부하고 있다.

강을 지나다 소산현에 이르니 역참 동헌의 해당화가 이미 시들어

희끗희끗한 두 살쩍 머리는 젊은 시절을 겁박하고

그윽한 역관엔 사람도 없이 강의 달은 기울었네.

비통해하며 강을 지나다 하룻밤 머무르니

새벽바람 불어 해당화는 다 졌네.

過江至蕭山, 縣驛東軒海棠已謝¹

星星兩鬢怯年華,² 幽舘無人江月斜.

惆悵過江遲一夕,³ 曉風吹盡海棠花.

【해제】

62세 때인 순희淳熙 13년1186 봄 임안臨安에서 산음山陰으로 돌아오던 도중 소산蕭山에 이르러 쓴 것으로, 시들어 버린 해당화를 안타까워하고 있다.

이 시는 『검남시고』에서는 누락되어 있으며, 『방옹일고속첨放翁逸稿續添』에 수록되어 있다.

【주석】

1 蕭山(소산) : 옛 현(縣) 이름. 지금의 절강성 항주시 소산구(蕭山區)이다.

2 星星(성성) : 흰 머리가 희끗한 모양.

怯(겁) : 겁박(劫迫)하다. 젊은 시절을 다그치고 앗아가는 것을 말한다.

年華(연화) : 인생의 가장 화려한 시기. 젊은 시절을 의미한다.

3 惆悵(추창) : 비통하다, 번민하다.

【해설】

이 시에서는 젊은 시절 다 지나 어느새 노년이 되어 버린 자신을 슬퍼하며 적막한 역관과 강에 기운 달로 자신의 신세를 비유하고, 새벽 바람에 시들어 버린 해당화에 동병상련의 심정을 나타내고 있다.

옛날을 느껴

남쪽 시장에선 밤마다 상원절의 등불이 밝았고

서쪽 교외에선 날마다 청명절을 즐겼네.

푸른 양탄자 깐 소 수레는 꽃을 구르며 가고

황금 장식 말 채찍은 버드나무 뚫고 지나갔네.

반은 붉고 반은 하얀 강독지의 연꽃이여

반은 깨고 반은 취한 채련녀의 배로다.

원앙이 놀라 깨어나 일찍이 무슨 상관하였으리?

둘이서 머리 구부리며 좋아 죽을 듯하였네.

미인이 술을 전해 맑은 밤은 다하고

노래하려다 다 하지 못하고 시름은 산에 가득하였네.

포도주 한 말은 본디 값을 따질 수 없으니

양주와 바꾸는 것도 막았다네.

感舊

南市夜夜上元燈,**1** 西郊日日是淸明.

靑氈犢車碾花去,**2** 黃金馬鞭穿柳行.

半紅半白官池蓮,**3** 半醒半醉女郎船.**4**

鴛鴦驚起何曾管,**5** 折得雙頭喜欲顚.**6**

美人傳酒淸夜闌, 欲歌未歌愁滿山.
蒲萄一斗元無價, 換得涼州也是閑.**7**

【해제】

56세 때인 순희^{淳熙} 7년¹¹⁷⁹ 정월 무주^{撫州}에서 쓴 것으로, 성도^{成都}에서의 옛일을 회상하고 있다.

『검남시고』에서는 제목 다음에 '절구^{絶句}'가 추가되어 있으며, 제1수 제2구의 '교^郊'가 '린^鄰'으로, 제3수 제2구의 '만^滿'이 '원^遠'으로 되어 있다. 또한 제2수 제1구 다음에 "강독묘의 못이다^{江瀆廟池}"라는 자주^{自注}가 있다. 총7수 중 제3·5·7수이다.

【주석】

1 南市(남시) : 남쪽 시장. 성도(成都)의 유명한 꽃시장이다.

2 碾(년) : 바퀴가 구르다, 회전하다.

3 官池(관지) : 관에서 관리하는 못. 성도의 강독묘(江瀆廟) 앞에 있는 연못으로, 연꽃이 많아 속칭 '상련지(上蓮池)'라고 한다.

4 女郞船(여랑선) : 연 캐는 여인의 배.

5 管(관) : 상관하다.

6 顚(전) : 즐거움이 극에 달하다. '전(癲)'과 같다.

7 換得涼州(환득량주) : 양주와 바꾸다. 삼국시대 위(魏)나라 때 맹타(孟他)가

중상시(中常侍) 장양(張讓)에게 포도주 10말을 바쳐 양주자사(涼州刺史)에

임명된 일을 가리킨다.

閑(한) : 막다, 제한하다.

【해설】

　제1수에서는 성도에서 보냈던 상원절上元節과 청명절의 모습을 밤과 낮으로 구분하여 나타내고, 소 수레와 말에 올라 꽃과 버들을 구경하며 다녔던 시절을 회상하고 있다.

　제2수에서는 성도의 강독지에 가득 핀 연꽃과 그 사이를 오가는 채련녀의 배를 묘사하고, 주위에 아랑곳하지 않고 서로만을 바라보며 사랑에 빠져 있는 한 쌍 원앙의 모습을 나타내고 있다.

　제3수에서는 아름다운 여인과 술로 밤을 지새우며 고향 그리움에 시름겨워했었던 때를 회상하고, 당시는 그 어떤 것과도 바꾸지 않을 정도로 술을 사랑하였음을 말하고 있다.

두포교를 지나며

다리 밖 물결은 오리 머리처럼 푸르고

잔 속의 술은 거위로 만들어 누렇네.

산다화 아래에서 취했다가 막 깨어

서촌을 지나며 지는 해를 본다네.

過杜浦橋[1]

橋外波如鴨頭綠,[2] 杯中酒作鵝兒黃.[3]

山茶花下醉初醒,[4] 却過西村看夕陽.

【해제】

60세 때인 순희淳熙 11년[1184] 정월 산음山陰에서 쓴 것으로, 두포교의 봄 풍경을 보고 돌아오는 감회를 나타내고 있다. 총2수 중 제1수이다.

【주석】

1 杜浦橋(두포교) : 다리 이름. 산음 서북쪽 조하(漕河) 가에 있다.

2 鴨頭綠(압두록) : 오리의 푸른 머리.

3 鵝兒黃(아아황) : 누런 거위. 한주(漢州)의 명주(名酒)인 아황주(鵝黃酒)를 가리킨다.

4 山茶花(산다화) : 나무 이름. 상록관목으로 관상용으로 널리 알려져 있다.

【해설】

이 시에서는 두포교의 푸른 물결을 바라보며 누런 아황주를 즐기고 있는 자신을 말하고, 아름다운 봄 풍경과 맛 좋은 술에 취해 저물녘이 되어서야 돌아오고 있는 모습이 나타나 있다.

배 안에서의 감회를 태부상공께 드리고 겸하여 악대용 낭중께 전하다

비는 외로운 봉선을 때리고 술은 점점 깨는데

어둑한 등불은 나와 함께 무료하네.

공명은 본디 의지할 것이 없는 일이니

차가운 강이 하루에 두 번 불었다 빠지는 것만 못하다네.

몽필역 가에서 코 쥐고 읊조리니

장대한 도모는 이루지 못하고 늙음만 날로 심해가네.

잠 못 들고 세 번의 닭 울음소리 모두 세니

옛날 일어나 춤추었던 마음이 절로 우습기만 하네.

舟中感懷, 呈太傅相公, 兼簡岳大用郎中[1]

雨打孤篷酒漸消,[2] 昏燈與我共無聊.

功名本是無憑事,[3] 不及寒江日兩潮.[4]

夢筆亭邊擁鼻吟,[5] 壯圖蹭蹬老侵尋.[6]

不眠數盡鷄三唱, 自笑當年起舞心.[7]

【해제】

61세 때인 순희淳熙 12년1185 겨울 소산蕭山에서 쓴 것으로, 이루지 못한 공업에 대한 아쉬움을 나타내고 있다.

『검남시고』에서는 제목에서 '감회感懷' 다음에 '삼절구三絶句'가 추가 되어 있다. 총3수 중 제2·3수이다.

【주석】

1 太傅相公(태부상공) : 사호(史浩). 남송(南宋) 명주(明州) 은현(鄞縣, 지금 의 절강성 영파시(寧波市)) 사람으로 자가 직옹(直翁)이다. 소흥(紹興) 연간 에 진사가 되어 상서우복야(尚書右僕射), 우승상(右丞相), 태보(太保) 등을 역임하였으며, 순희(淳熙) 10년(1183)에 태부(太傅)로 있다 관직에서 물러났 다.

　岳大用(악대용) : 악보(岳甫). 남송(南宋) 상주(相州) 탕음(湯陰, 지금의 하 남성 안양시(安陽市)) 사람으로 자가 대용(大用)이다. 남송의 명장 악비(岳 飛)의 손자로, 상서좌사낭관(尚書左司郎官) 등을 거쳐 이부상서(吏部尚書) 를 역임하였다.

2 篷(봉) : 봉선(篷船). 여린 부들로 지붕을 엮은 배를 가리킨다.

3 無憑(무빙) : 의지할 바가 없다. 기약할 수 없는 것을 의미한다.

4 兩潮(양조) : 두 차례 조수가 움직이다. 물이 불었다가 빠지는 것을 말한다.

5 夢筆亭(몽필정) : 역참 이름. 몽필역(夢筆驛)을 가리키며, 지금의 절강성 소 산현(蕭山縣)이다. 근처 강사(江寺) 앞에 몽필교(夢筆橋)가 있는데, 양(梁) 나라 강엄(江淹)이 이곳에 머무르다 꿈에 자칭 곽박(郭璞)이라는 사람에게 다섯 색의 붓을 돌려주고 이후 시 쓰는 재주를 잃었다는 전설이 전한다.

擁鼻吟(옹비음) : 코를 막고 읊조리다. 시를 읊는 것을 가리킨다. 동진(東晉)의 사안이 비염이 있어 시를 읊는 소리가 탁했는데, 사람들이 그 소리를 좋아하여 따라 하려 하였으나 미치지 못하자 손으로 코를 막고서 이를 흉내 내었다고 한 것에서 유래하였다.

6 蹭蹬(층등) : 곤경에 빠지다, 실의하다.

   侵尋(침심) : 점차 심해지다.

7 起舞(기무) : 일어나 춤추다. 스스로 부단히 정진하는 것을 의미한다. '문계기무(聞鷄起舞)'의 준말로, 진(晉)의 조적(祖逖)이 한밤중에 닭 울음소리를 듣고 일어나 춤을 추었다고 한 것에서 유래하였다.

【해설】

제1수에서는 비 오는 밤에 홀로 봉선에 올라 술을 마시며 무료한 시간을 보내고 있음을 말하고, 하루에 한 번씩 때가 되면 차오르기라도 하는 조수를 바라보며 공명을 이룰 기회조차 얻지 못한 자신의 신세를 탄식하고 있다.

제2수에서는 시나 읊조리고 있으며 장대한 꿈을 실현하지 못한 채 늙어만 가고 있는 자신을 말하고, 젊은 시절의 웅대했던 포부와 부단한 노력을 스스로 부질없는 것으로 여기고 있다.

장공부의 정원에서 술 마시며 놀이 삼아 부채 위에 쓰다

한식날과 청명절의 며칠 사이에

서쪽 정원에서의 봄놀이가 다시금 바빠지네.

매화는 새로 핀 복사꽃과 오얏꽃을 스스로 피한 것이니

높은 누각의 피리 소리 실린 한 줄기 바람 때문이 아니라네.

飮張功父園戱題扇上[1]

寒食淸明數日中, 西園春事又忽忽.[2]

梅花自避新桃李, 不爲高樓一笛風.[3]

【해제】

62세 때인 순희淳熙 13년1186 봄 임안臨安에서 쓴 것으로, 장공부 정
원에서의 봄놀이를 즐기며 뭇꽃 중에 매화가 없는 까닭에 대해 희화적
으로 나타내고 있다.

【주석】

1 張功父(장공부) : 장자(張鎡). 남송(南宋)의 사인(詞人)으로 자가 공부(功
父) 또는 공보(功甫父)이다. 신기질(辛棄疾)과 창화하여 사의 풍격이 비슷하
였으며, 특히 영물사에 뛰어났다.

2 春事(춘사) : 봄날의 일. 봄놀이를 의미한다.

3   笛風(적풍) : 피리 소리가 실려 오는 바람.

【해설】

　이 시에서는 한식날과 청명절을 맞아 장공부의 정원에서 봄놀이를
즐기느라 바쁨을 말하고, 매화가 사라진 것은 매화 스스로가 다른 봄
꽃들을 피한 것이지 풍악과 함께 매화를 잊고 다른 봄꽃들을 즐기는
자신들 때문이 아님을 말하고 있다.

봄날 저녁

한식날에 봄의 교외로 나가니

서른여섯 계곡에 봄물이 생겨나네.

천추관 안에서 급한 비를 만났다가

사적봉 앞에서 저녁에 개는 것을 보네.

春晚

一百五日春郊行,[1] 三十六溪春水生.

千秋觀裏逢急雨,[2] 射的峯前看晚晴.[3]

【해제】

62세 때인 순희淳熙 13년1186 봄 산음山陰에서 쓴 것으로, 한식날 봄
놀이를 즐기는 모습이 나타나 있다.

『검남시고』에서는 제목이 「봄놀이 절구春遊絶句」로 되어 있으며, 시
본문 다음에 "진망산으로부터 북쪽으로 가면 서른여섯 계곡의 물이 합
해져 약야계가 된다自秦望山而北, 合三十六溪水爲若耶溪"라는 자주自注가 있다.

【주석】

1   一百五日(일백오일) : 한식(寒食). 동지(冬至)가 지난 뒤 105일째 되는 날로,
    주로 청명(清明)과 같은 날이거나 다음 날이 된다.

2   千秋觀(천추관) : 도관 이름. 산음 동쪽 근교에 있다.

3   射的峯(사적봉) : 봉우리 이름. 산음 남쪽에 있다. 봉우리 위에 활의 과녁 모양의 절벽이 있어 이와 같이 불렀다.

【해설】

이 시에서는 한식날 교외로 유람을 나가 북쪽의 서른여섯 계곡부터 동쪽의 천추관과 남쪽의 사적봉에 이르고 있는 모습이 나타나 있는데, 중간에 비를 만나기도 하면서 산음의 사방 곳곳을 다니다가 저녁이 되고 있다.

즉시 쓰다

아름답게 꾸민 화려한 미녀는 빼어나지만

시는 여기에서 길이 막힌다네.

그대에게 흰 태양이 날아오르는 법을 말해주니

바로 향 사르고 빗소리 듣는 가운데에 있다네.

卽事

組綉紛紛衒女工,**1** 詩家於此欲途窮.**2**

語君白日飛昇法, 正在焚香聽雨中.

【해제】

62세 때인 순희^{淳熙} 13년¹¹⁸⁶ 가을과 겨울 사이 엄주^{嚴州}에서 쓴 것으로, 시에 대한 자신의 견해를 나타내고 있다.

『검남시고』에서는 제1구의 '수^綉'가 '수^繡'로 되어 있다.

【주석】

1　組綉(조수) : 아름답게 꾸미다.

　　衒女(현녀) : 화려하게 치장한 미녀.

2　詩家(시가) : 시 또는 시인.

【해설】

　이 시에서는 시란 겉으로 아름답고 화려하게 꾸미려고만 하면 이내 한계에 다다르게 됨을 말하고, 참선과 수양을 통한 내면의 심화와 확충이 하늘로 날아올라 높은 경지에 이르는 방법임을 강조하고 있다.

뜰 안에서

매화가 무겁게 눌러 모자 모서리는 기우는데

지팡이 끌고 노래하고 다니며 신선이 되고자 하네.

오백 년 후 그대 기억하게 되리니

방탕한 늙은이처럼 미친 사람은 결단코 없으리.

園中

梅花重壓帽簷偏,[1] 曳杖行歌意欲仙.

後五百年君記取, 斷無人似放翁顚.[2]

【해제】

62세 때인 순희淳熙 13년[1186] 겨울 엄주嚴州에서 쓴 것으로, 세상과 어울리지 않는 자신의 방탕한 성품을 말하고 있다.

『검남시고』에서는 제목 다음에 '절구絶句'가 추가되어 있다. 총2수 중 제1수이다.

【주석】

1 帽簷(모첨) : 모자의 각진 부분.

2 斷(단) : 단언컨대, 결코.

　　放翁(방옹) : 방탕한 늙은이. 자기 자신을 가리킨다.

顚(전) : 미치다, 마음대로 행동하다. '전(癲)'과 같다.

【해설】

이 시에서는 오래도록 매화나무 아래에서 노닐면서 마음대로 거리낌 없이 행동하며 신선을 꿈꾸는 자신을 말하고, 앞으로 오백 년 동안 자신처럼 방탕한 사람은 없을 것이라 확신하고 있다.

겨울밤 호각 소리를 듣고

가녀린 맑은 피리 소리는 눈 내리는 짙은 구름으로 들어가고

흰 머리 늙은 병사는 군중에 누워있네.

죽도록 남은 한 품고 있음이 스스로도 가련하니

변방의 소리 들려오는 거연을 향하지 않네.

冬夜聞角聲

嫋嫋淸笳入雪雲,**1** 白頭老守臥中軍.

自憐到死懷遺恨, 不向居延塞外聞.**2**

【해제】

63세 때인 순희淳熙 14년**1187** 겨울 엄주嚴州에서 쓴 것으로, 변방에 종군한 늙은 병사의 비애를 노래하고 있다. 총2수 중 제1수이다.

【주석】

1 嫋嫋(요뇨) : 부드럽고 가녀린 모양.

  雪雲(설운) : 눈이 내리는 짙은 구름.

2 居延(거연) : 지명. 당(唐) 이래 서북 변방의 중요 군사 거점 지역으로, 지금의 내몽고 자치구 액제납기(額濟納旗) 지역이다.

  塞外聞(새외문) : 변방의 소리. 스산한 바람 소리나 강적(羌笛)이나 호가(胡

笳) 등의 악기 소리, 말 울음소리 등과 같은 변방에서 들려오는 독특한 소리들을 가리킨다. 『문선(文選)・답소무서(答蘇武書)』에 "오랑캐 땅은 검푸른 얼음이 얼고 변방의 땅은 심하게 갈라져 다만 서글픈 바람이 쓸쓸히 부는 소리만 들립니다. 서늘한 가을 9월에 변방의 풀은 시들어 밤에 잠 못 이룬 채 귀 기울여 멀리 들어보면, 호가 소리가 서로 울리고 방목한 말들이 슬피 울며 사람의 신음과 탄식 소리가 무리를 이루어 변방의 소리가 사방에서 일어납니다(胡地玄冰, 邊土慘裂, 但聞悲風蕭條之聲. 涼秋九月, 塞外草衰, 夜不能寐, 側耳遠聽, 胡笳互動, 牧馬悲鳴, 吟嘯成羣, 邊聲四起)"라 하였다.

【해설】

이 시에서는 피리 소리가 들리고 눈보라가 날리는 변방의 스산한 풍광 속에 군영에서 시름겨워 누워있는 늙은 병사를 묘사하며, 죽도록 고향으로 돌아가지 못하는 회한에 등 돌려 애써 변방을 외면하고 있는 모습을 나타내고 있다.

하씨 집 객사에서

매실은 열매 맺고 제비는 새끼를 보호하는데

처마 둘러 새잎이 초록으로 성기네.

아침 되면 술 생각을 참지 못하고

고깃배에서 한 쌍 쏘가리를 산다네.

何家客亭[1]

梅子生仁燕護雛,[2] 遶簷新葉綠疎疎.[3]

朝來酒興不可耐, 買得釣船雙鱖魚.[4]

【해제】

60세 때인 순희淳熙 11년1184 3월과 4월 사이 산음山陰에서 쓴 것으로, 봄날의 일상을 나타내고 있다.

『검남시고』에서는 제목에서 '하가何家'가 '가교柯橋'로, 제2구의 '소소疎疎'가 '부소扶疎'로 되어 있다. 총2수 중 제2수이다.

【주석】

1　何家(하가) : 하씨의 집. 누구인지 알 수 없다.

2　生仁(생인) : 열매가 맺히다.

3　疎疎(소소) : 성긴 모양.

4　鱖魚(궐어) : 쏘가리.

【해설】

이 시에서는 매실이 맺히고 제비 새끼가 알에서 나오며 처마가 초록
으로 덮여가는 초여름의 경관을 묘사하고, 아침이면 술 생각에 고깃배
를 찾아가 안줏거리를 사고 있는 모습이 나타나 있다.

여지루에서 잠깐 술 마시며

병과 시름이 함께 술 실은 배를 두렵게 하는데

파 땅의 노래 다 들으니 더욱 슬퍼지네.

이 몸 죽지 않아 오래도록 객이 되어

기주를 돌아보니 또 이 년이 되었구나.

荔枝樓小酌¹

病與愁兼怯酒船,² 巴歌聞罷更悽然.³

此身未死長爲客, 回首夔州又二年.⁴

【해제】

49세 때인 건도乾道 9년1173 여름 가주嘉州에서 쓴 것으로, 타향살이
의 외로움을 나타내고 있다. 총2수 중 제2수이다.

【주석】

1 　荔枝樓(여지루) : 누각 이름. 지금의 사천성 낙산시(樂山市)에 있다.

2 　怯(겁) : 겁이 나다, 두렵다.

3 　巴歌(파가) : 파 땅의 노래. 지금의 사천성 가릉강(嘉陵江) 유역을 가리킨다.

4 　二年(이년) : 기주(夔州)를 떠나온 시간을 가리킨다. 육유는 건도 6년(1170)

　　겨울부터 건도 7년(1171) 겨울까지 기주통판(夔州通判)으로 있었다.

【해설】

　이 시에서는 병과 시름으로 인해 배에 올라 마음껏 술을 마시지도 못하는데 파 땅의 노래를 듣고 나니 슬픔이 더욱 깊어짐을 말하고, 기주를 떠난지도 벌써 2년이 되었음을 생각하며 객이 되어 타향을 떠도는 자신의 신세를 안타까워하고 있다.

노자의 동굴

단봉루에서의 말 아직 끝나지 않았는데

기구한 촉 땅의 길에서 다시 만났다네.

태청궁궐은 모두 재가 되어 버렸는데

어찌하여 적의 칼끝을 피해 남으로 왔던가?

老君洞[1]

丹鳳樓頭語未終,[2] 崎嶇蜀道更相逢.

太淸宮闕俱煨燼,[3] 豈亦南來避賊鋒.

【해제】

48세 때인 건도乾道 8년1172 봄 대안大安에서 쓴 것으로, 당 현종이 촉으로 몽진하다 노자를 다시 만난 일을 노래하고 있다.

저본에 제목 다음에 "당 현종이 촉으로 행차하다 이곳에서 노자를 만났다唐明皇幸蜀見老君於此"라는 자주自注가 있다. 『검남시고』에서는 자주에 '유석각재有石刻載'가 추가되어 있으며, 제2구의 '갱更'이 '부復'로 되어 있다.

【주석】

1   老君洞(노군동) : 노자의 동굴. 당 천보(天寶) 15년(756) 6월 안사(安史)의

반군에 동관(潼關)이 함락되자 현종은 장안을 떠나 촉으로 몽진하였는데, 이 때 이곳에서 노자가 내려오는 것을 친견하고 이 일을 비석에 새겨 남기게 하였다. 지금의 섬서성 영강현(寧强縣) 대안진(大安鎭)에 있다.

2 丹鳳樓(단봉루) : 당나라의 정궁인 대명궁(大明宮)의 남문. 당 천보 원년 (742)에 노자가 이곳으로 내려왔다고 한다. 지금의 섬서성 서안시(西安市)에 있다.

3 太淸宮(태청궁) : 노자의 사당. 당시 장안의 대녕방(大寧坊)에 있었으며, 본래 이름이 현원묘(玄元廟)였다가 천보 2년(743)에 바뀌었다.

【해설】

이 시에서는 당 현종이 장안의 대명궁에서 노자를 만났다가 촉으로 몽진하는 도중에 대안의 동굴에서 다시 만나게 되었음을 말하고, 이미 불에 타 버린 노자의 사당과 안사의 반군을 피해 촉으로 피신한 현종의 처지를 안타까워하고 있다.

선유각

장공께서 떠나신 지 이백 년,

호걸의 전각은 드리워진 안개 속에 여전하네.

배회하며 비석을 보고 다시 초상을 보노라니

때때로 가을바람에 잣 떨어지는 소리 들리네.

仙遊閣[1]

張公一去二百載,[2] 傑閣依然橫靄中.

徙倚看碑仍看畫,[3] 時聞柏子落秋風.

【해제】

50세 때인 순희淳熙 원년1174 9월 성도成都에서 쓴 것으로, 선유각을
찾아가 장영張詠을 추모하고 있다.

【주석】

1   仙遊閣(선유각) : 전각 이름. 성도의 도관인 천경관(天慶觀) 또는 용흥관(龍
     興觀) 안에 있었으며, 북송의 대신인 장영(張詠)의 비석과 초상이 있었다.

2   張公(장공) : 장영(張詠). 북송 복주(濮州) 견성(鄄城, 지금의 산동성 견성현
     (鄄城縣)) 사람으로 자가 복지(復之)이고 호가 괴애(乖崖)이다. 태종(太宗)
     과 진종(眞宗) 때 추밀직학사(樞密直學士), 예부상서(禮部尙書) 등을 역임

하였고, 촉(蜀) 지역을 잘 다스린 것으로 널리 알려져 있다.

3   徙倚(사의) : 이리저리 배회하다, 거닐다.

【해설】

    이 시에서는 장영이 세상을 떠난 지 200년이 되었지만 그의 유적이 남아 있는 선유각은 여전함을 말하고, 선유각에 남아 있는 장영의 비석과 초상을 바라보며 그에 대한 추모의 뜻을 나타내고 있다.

연을 캐다

물에 젖은 붉은 문을 닫지도 않고

연 캐는 작은 배는 밤 깊어서야 돌아오네.

술 동이 하나에 어딘들 풍월이 없으랴만

인생은 고달파 한가로움이 부족하네.

采蓮

蘸水朱扉不上關,[1] 采蓮小舫夜深還.

一樽何處無風月,[2] 自是人生苦欠閑.[3]

【해제】

55세 때인 순희淳熙 6년1179 5월 건안建安에서 쓴 것으로, 백성들의
고단한 삶을 연민하고 있다. 총3수 중 제1수이다.

【주석】

1 蘸水(잠수) : 물에 젖다.

2 風月(풍월) : 청풍명월(淸風明月). 아름다운 경관을 가리킨다.

3 欠(흠) : 부족하다.

【해설】

　이 시에서는 문도 걸어 잠그지 않은 채 물가로 나가 밤늦게까지 연을 캐고 돌아오는 배를 묘사하며 백성들의 순박함과 고된 노동의 일상을 나타내고, 그저 아름답기만 한 자연풍광과는 달리 인생은 고달프고 바쁘기만 함을 탄식하고 있다.

오언율시五言律詩

배에서 밤에 앉아

바람 이슬은 넓어 끝이 없고

은하수는 옅어 기울어지려 하네.

멀리서도 알겠으니, 나란한 배의 객은

나의 시 읊는 소리 듣겠지.

물새는 비끼어 지나가고

고깃배는 달을 등지고 가네.

정신은 맑아 잠을 이루지 못하고

책상에 기대어 창이 밝아오길 기다리네.

舟上夜坐

風露浩無際, 星河淡欲傾.[1]

遙知竝船客, 聞我詠詩聲.

水鳥橫行去, 漁舟背月行.

神淸不成寐, 隱几待窗明.[2]

【해제】

54세 때인 순희淳熙 5년1178 5월, 성도成都를 떠나 임안臨安으로 돌아오던 도중 이릉夷陵에서 쓴 것으로, 여름밤의 적막한 강의 모습을 바라보며 잠 못 이루고 있는 모습이 나타나 있다.

『검남시고』에서는 제목에서 '상上'이 '중中'으로 되어 있다.

【주석】

1　星河(성하) : 은하수.

2　隱几(은궤) : 책상에 기대다.

【해설】

이 시에서는 바람과 이슬이 하늘에 가득하고 은하수가 기울고 있는 여름밤의 장강의 풍경을 바라보며 시를 읊고 있는 자신을 말하고, 물새가 가로질러 날고 달빛을 등진 채 하류로 향하고 있는 배의 모습을 묘사하며 갈수록 정신이 맑아져 날이 밝도록 잠을 이루지 못하고 있음을 말하고 있다.

가려 했으나 비가 그치지 않아

그윽한 휘장에 등불 그림자 비치고

빈 계단에선 빗소리를 보내오네.

잠시 돌아왔다가 다시 나그넷길이니

늙어갈수록 고향 그리운 정이 배가 되네.

눈은 껄끄러워 책은 읽기 어렵고

마음은 어지러워 꿈은 쉽게 깬다네.

병이 많아 늘 취하기가 두려운데

술을 끊으니 오히려 술 생각만 날 뿐이네.

欲行雨未止

幽幌依燈影, 空階送雨聲.

暫歸仍客路,[1] 投老倍鄕情.

眼澁書難讀,[2] 心搖夢易驚.

病多常怕醉, 酒盡却思傾.[3]

【해제】

54세 때인 순희淳熙 5년1178 10월 산음山陰에서 쓴 것으로, 촉蜀 지역
에서 고향으로 돌아오자마자 다시 타향으로 관직 생활을 떠나야 하는
아쉬움을 나타내고 있다.

【주석】

  1 暫歸(잠귀) : 잠시 돌아오다. 촉(蜀) 지역에서 산음으로 돌아온 것을 가리킨다.

     客路(객로) : 나그넷길. 제거복건상평다염공사(提擧福建常平茶鹽公事)가

     되어 건안(建安)으로 부임하게 된 일을 가리킨다.

  2 眼澁(안삽) : 눈이 껄끄럽다. 시력이 약해져 잘 보이지 않는 것을 말한다.

  3 思傾(사경) : 생각이 기울다. 한 가지 생각에만 빠지는 것을 말한다.

【해설】

이 시에서는 가을비가 내리는 쓸쓸하고 적막한 고향 집의 모습을 묘
사하며 10년을 타지에서 떠돌다 돌아왔건만 다시금 고향을 떠나야 하
는 자신의 심정을 나타내고, 쇠약해진 몸과 마음을 한스러워하며 병 때
문에 술을 끊었건만 오히려 술 생각이 더욱 간절해짐을 말하고 있다.

연못가 정자에서 밤에 앉아

연못가 작은 정자는 그윽한데
맑은 밤에 촛불을 들고 노니네.
연꽃 접시는 때로 이슬을 쏟고
반딧불은 가을을 일찍 아네.
세월이 빠름에 감회가 있고
은하수는 소리 없이 흐르네.
먼 타향에 머물러 있기 어려우니
돌아가는 꿈에서 고향의 물가 모래톱을 도네.

池亭夜坐

池上小亭幽, 淸宵秉燭遊.
荷盤時瀉露,**1** 螢火早知秋.
有感歲時速, 無聲河漢流.**2**
殊方不堪住,**3** 歸夢繞滄洲.**4**

【해제】

55세 때인 순희淳熙 6년1179 6월 건안建安에서 쓴 것으로, 고향으로
돌아가고 싶은 마음을 나타내고 있다.
『검남시고』에서는 제목에서 '좌坐'이 '부賦'로 되어 있다.

1 荷盤(하반) : 접시 모양의 연잎.

2 河漢(하한) : 은하수.

3 殊方(수방) : 멀리 떨어져 있는 지역. 여기서는 시인이 있는 건안을 가리킨다.

4 滄洲(창주) : 물가 모래톱. 여기서는 고향을 가리킨다.

【해설】

이 시에서는 늦여름 밤 홀로 촛불 들고 연못가 정자에 올라 연잎에 맺힌 이슬과 날아다니는 반딧불을 감상하고 있다. 이어 세월의 **빠름**과 타향생활의 고단함을 탄식하며 고향으로 돌아가 은거하고 싶은 바람을 나타내고 있다.

작은 배로 길택을 지나다가 왕 우승을 본떠

물의 땅에 서리 이슬이 늦어
외로운 마을에 연기 불은 희미한데,
본디 큰길과 멀리 떨어져 있어
자연히 사람 자취 드물다네.
나뭇잎은 져 산이 모두 드러나고
종은 울려 스님이 홀로 돌아가는데,
어부의 집은 나처럼 한가로워
저녁도 되지 않아 사립문이 닫혔네.

小舟過吉澤効王右丞[1]

澤國霜露晚,[2] 孤村煙火微.[3]
本去官道遠,[4] 自然人迹稀.
木落山盡出, 鐘鳴僧獨歸.
漁家閑似我, 未夕閉柴扉.

【해제】

74세 때인 경원慶元 4년1198 가을 산음山陰에서 쓴 것으로, 산음의 적막하고 한가로운 가을의 정경을 묘사하고 있다.

【주석】

1 　吉澤(길택) : 연못 이름. 산음 근처에 있다.

　　王右丞(왕우승) : 왕유(王維). 당(唐) 기(祁, 지금의 산서성 기현(祁縣)) 사람

　　으로 자가 마힐(摩詰)이다. 태악승(太樂丞), 사창참군(司倉參軍), 우습유

　　(右拾遺) 등을 역임하였으며 관직이 상서우승(尙書右丞)에 이르렀다. 당대

　　(唐代) 산수자연시파의 대표적인 시인으로, 그림에도 뛰어났다.

2 　澤國(택국) : 호수가 많은 나라. 보통 남방 지역을 의미하며 여기서는 산음을

　　가리킨다.

3 　煙火(연화) : 연기와 불. 여기서는 불을 지펴 난방을 하는 것을 의미한다.

4 　官道(관도) : 관에서 관리하는 길. 큰길을 가리킨다.

【해설】

　이 시에서는 왕유의 시를 본떠 산음의 한가롭고 고요한 가을 풍경을
한 폭의 그림처럼 섬세하게 묘사하고 있다. 먼저 산음은 추위가 늦게
찾아오는 남방 지역이라 가을이 되었어도 난방하는 연기가 드물고, 큰
길에서 멀리 떨어진 곳에 있어 본디 오가는 사람이 적은 곳임을 말하
고 있다. 이어 나뭇잎이 다 떨어져 산이 온전히 드러나 석양의 종소리
를 들으며 바쁜 발걸음을 옮기고 있는 스님의 모습이 환히 보임을 말
하고, 그저 한가롭기만 한 어부와 자신을 스님과 대비하여 나타내고
있다.

눈 그친 후 천추관을 들러

말 고삐 풀고서 멀리 가는 것 싫어하지 않아

산을 만나 오히려 한 번 오른다네.

석양의 제방은 아득하고

잔설 덮인 탑은 층층인데,

꺾인 대나무는 드러누워 길을 막고

굶주린 새는 내려와 얼음을 쪼네.

돌아가려 하다 다시 잠깐 머물러

지팡이 의지하고 높은 산 마주하네.

雪霽過千秋觀¹

縱轡不嫌遠,² 逢山猶一登.

夕陽陂渺渺,³ 殘雪塔層層.⁴

折竹橫遮道, 飢鳥下啄冰.

欲歸還小駐, 倚杖對崚嶒.⁵

【해제】

57세 때인 순희淳熙 8년¹¹⁸¹ 2월 산음山陰에서 쓴 것으로, 천추관에서 바라본 겨울 풍경을 묘사하고 있다.

『검남시고』에서는 제목이 「눈이 그쳐 호숫가로 돌아오다가 천추관을 들러 잠시 머물러雪霽歸湖上, 過千秋觀少留」로 되어 있다.

【주석】

1 千秋觀(천추관) : 도관 이름. 산음 동쪽에 있다.

2 縱轡(종비) : 말고삐를 풀다. 말을 타고 자유롭게 거니는 것을 말한다.

3 渺渺(묘묘) : 멀고 아득한 모양.

4 塔(탑) : 천추관에 있는 응천탑(應天塔)을 가리킨다.

5 崚嶒(능증) : 산이 높고 험한 모양.

【해설】

이 시에서는 한가로이 말을 타고 거닐다 산 높은 곳에 자리한 천추관을 들르게 되었음을 말하고 있다. 이어 천추관에서 바라본 겨울 저녁의 풍경을 묘사하며 꺾여 길에 가로놓인 대나무와 굶주려 얼음을 쪼고 있는 새의 모습으로 뜻을 이루지 못한 궁벽한 자신의 처지를 나타내고, 높이 솟아 있는 험준한 산을 바라보며 현실의 벽과 인생의 고난을 생각하고 있다.

새벽에 일어나

가랑비는 맑은 새벽을 적시고

새로 온 꾀꼬리는 이른 봄에 우네.

시절은 병든 눈을 놀라게 하니

각 계절의 풍경이 한가로운 몸에 이어지네.

파강은 동으로 바다에 이어지고

파산은 북으로 진 땅을 제어하고 있었네.

멀리 떠나와 생각은 이어지고

흰옷의 먼지를 한스러워했었네.

晨起

小雨濕淸曉, 新鶯啼早春.

年光驚病眼,**1** 節物屬閑身.**2**

巴峽東連海,**3** 嶓山北控秦.**4**

遠遊端可繼,**5** 敢恨素衣塵.**6**

【해제】

58세 때인 순희淳熙 9년1182 정월 산음山陰에서 쓴 것으로, 남정南鄭에
종군하던 때를 회상하고 있다.

『검남시고』에서는 제5구의 '협峽'이 '협硤'으로, '해海'가 '초楚'로 되

어 있다.

【주석】

1 年光(연광) : 세월.

2 節物(절물) : 각 계절에 따른 사물과 풍경.

3 巴峽(파협) : 파강(巴江). 파촉(巴蜀) 지역을 흐르는 강으로, 협곡이 많아 이
   와 같이 불렀다.

4 嶓山(파산) : 파총산(嶓冢山). 한왕산(漢王山)이라고도 하며, 지금의 섬서성
   한중시(漢中市) 영강현(寧强縣)에 있다.

5 端(단) : 생각의 단서.

6 素衣塵(소의진) : 흰옷의 먼지. 나그네의 처지를 의미한다.

【해설】

이 시에서는 봄이 찾아와 또 한 해가 시작되었음을 느끼고 몸은 해
마다 노쇠해져 가건만 계절의 변화는 어김없이 찾아옴을 말하고 있다.
이어 옛날 남정에서 종군하던 때를 회상하며 당시 바라보았던 촉 땅의
풍광을 생각하고, 당시에는 많은 상념에 빠진 채 그저 고향 멀리 떠나
온 나그네 신세를 한스러워하기만 했음을 말하고 있다.

은거하며

젊은 시절엔 기괴하기만 하다가

중년에 비통해하며 없애 버렸으니,

화려한 집은 바둑과 쌍륙 놀이가 그치고

이름난 말은 연회와 유람이 드물게 되었네.

흐트러진 책에서 몸은 권태로움을 잊고

밭두둑의 채소에 손수 호미질하네.

아득히 천 년 후에

누가 이 은거지를 찾아와 주리?

幽居

早歲猶奇怪,[1] 中年痛掃除.

華堂棋陸廢,[2] 名馬宴遊疎.[3]

散帙身忘倦, 畦蔬手自鋤.

寥寥千載後,[4] 誰此訪幽居.

【해제】

80세 때인 가태嘉泰 4년1204 가을 산음山陰에서 쓴 것으로, 호방했던 젊은 시절을 회상하며 만년에 은거하는 감회를 나타내고 있다.

【주석】

1 早歲(조세) : 젊은 시절.

2 棋陸(기륙) : 바둑과 쌍륙(雙陸) 놀이. 쌍륙은 고대 놀이의 일종으로 쌍륙(雙
六) 또는 쌍록(雙鹿)이라고도 하며, 주사위를 던져 승부를 결정하는데 우리의
윷놀이와 비슷하다.

3 宴遊(연유) : 연회에 참석하고 유람하며 다니다.

4 寥寥(요요) : 멀고 광활한 모양.

【해설】

　이 시에서는 호방했던 젊은 시절의 기개가 중년 이후에는 비통함과
함께 사라져 버렸음을 말하고, 떠들썩한 놀이가 그친 화려한 집과 더
는 연회에 타고 갈 필요가 없는 명마를 통해 지금의 쓸쓸한 자신의 처
지를 나타내고 있다. 이어 독서와 텃밭 가꾸기로 소일하고 있는 만년
의 삶을 말하고, 오랜 세월 흐른 후에 누가 자신의 존재를 기억해 줄
수 있을까 생각하고 있다.

호각 소리를 듣고

작은 누각 사립문 가까이에서

황혼에 아로새긴 호각 소리가

때때로 바람 좇아 흩어지고

가녀리게 시름과 짝하여 생겨나네.

천지에 맑은 가을은 저물고

관하에 지는 달은 밝은데,

호남의 적을 아직 부수지 못하여

홀로 서서 오래도록 정을 품고 있네.

聞角

小閣柴門近, 黃昏畵角聲.**1**

時時逐風散, 嫋嫋伴愁生.**2**

天地清秋暮, 關河殘月明.**3**

湖南賊未破,**4** 獨立久含情.

【해제】

50세 때인 순희淳熙 2년1175 가을 성도成都에서 쓴 것으로, 농민 반군에 점령된 호남 지역을 생각하며 나라에 대한 걱정을 나타내고 있다.

이 시는 『검남시고』에서는 누락되어 있으며, 『방옹일고속첨放翁逸稿續

添』에 수록되어 있다.

【주석】

　1　畵角(화각) : 아름다운 장식이 새겨져 있는 호각(號角).

　2　嫋嫋(요뇨) : 부드럽고 가녀린 모양.

　3　關河(관하) : 관새(關塞)와 황하(黃河). 서북 변방 지역을 가리킨다.

　4　湖南賊(호남적) : 호남 땅의 적. 남송 순희 2년(1175)에 호북(湖北)에서 농민
　　　반란을 일으켜 호남(湖南)과 광동(廣東), 강서(江西) 지역을 점령한 뇌문정
　　　(賴文政)을 가리킨다.

【해설】

　이 시에서는 황혼 녘에 울리는 호각 소리를 시름 속에 듣고 있는 자
신을 말하고, 변방의 오랑캐도 아직 섬멸하지 못했는데 호남 지역까지
농민 반군에 점령된 나라의 현실을 생각하며 우국의 심정을 나타내고
있다.

양제백에게 부쳐

듣기에 황제의 사신이

만 리에서 돌아왔다 하니,

오계의 봄 냉이는 늙어 시들었고

삼협의 저녁 원숭이는 구슬피 울었겠죠.

지난날엔 상서성에 있다가

여러 해를 염여퇴에 계셨으니,

그대에게 어느 곳이 험난했는지 물어보며

전언이 오기를 헤아린답니다.

寄楊濟伯[1]

聞道皇華使,[2] 來從萬里回.[3]

五溪春薺老,[4] 三峽暮猿哀.[5]

昔日文昌省,[6] 頻年灩澦堆.[7]

問君何地險, 尌酺寄聲來.[8]

【해제】

43세 때인 건도乾道 3년1167 산음山陰에서 쓴 것으로, 촉蜀 지역에 있다 돌아온 양제백에게 안부를 묻고 있다.

이 시는 『검남시고』에서는 누락되어 있으며, 『방옹일고속첨放翁逸稿續

添』에 수록되어 있다.

【주석】

1 楊濟伯(양제백) : 육유의 다른 시에서는 양제백(楊齊伯)이라 칭하고 있는데, 동일 인물로 여겨진다. 자세한 사적은 알려져 있지 않으며, 육유의 시에 따르면 일찍이 상서성(尙書省)에서 좌사낭관(左司郎官)을 지내고 촉(蜀) 지역에서 관직 생활을 하고 돌아온 것으로 여겨진다.

2 皇華使(황화사) : 황제가 파견한 사신. 『시경·소아』의 편명인 「화려한 꽃(皇皇者華)」에서 유래한 말로, 「모시서(毛詩序)」에서 이 시를 임금이 사신을 보낼 때 부른 노래라 하였다.

3 萬里(만리) : 만 리 먼 곳. 여기서는 촉(蜀) 지역을 가리킨다.

4 五溪(오계) : 지명. 당시 무릉군(武陵郡)에 속한 다섯 계곡으로, 웅계(雄溪), 포계(蒲溪), 유계(酉溪), 원계(沅溪), 진계(辰溪)를 가리킨다. 지금의 호남성 귀주시(貴州市) 동쪽 지역이다.

5 三峽(삼협) : 장강(長江) 상류에 있는 세 협곡. 구당협(瞿塘峽, 지금의 사천성 봉절현(奉節縣) 동쪽), 무협(巫峽, 지금의 사천성 무산시(巫山市) 동쪽), 서릉협(西陵峽, 지금의 호북성 의창시(宜昌市) 서북쪽)을 가리킨다.

6 文昌省(문창성) : 상서성(尙書省)의 별칭. 여기서는 양제백이 상서성에서 좌사낭관(左司郎官)을 지낸 것을 가리킨다.

7 灩澦堆(염여퇴) : 구당협의 입구에 있는 큰 바위. 겨울에는 물 밖으로 드러나지만 물이 불어나는 여름에는 물속에 잠겨 있어 배가 자주 좌초되곤 하였다.

여기서는 촉 땅을 비유한다.

8　寄聲(기성) : 사람에게 부탁하여 전하는 말. 전언(傳言).

【해설】

　이 시에서는 양제백이 만 리 촉 땅에서 돌아왔다는 소식을 듣고 그가 지나왔을 무릉과 삼협의 장강 길을 상상하고, 도성에 있다가 여러 해 동안 먼 곳으로 나가 있었던 그의 노고를 위로하며 그와의 만남을 고대하고 있다.

가랑비

가늘게 봄 경치를 적시더니

자욱하여 석양을 가리네.

누워 듣다가 권태로운 잠에서 깨어

일어나 바라보다 대청으로 들어가네.

잎에 가려 꾀꼬리는 울고

진흙을 다투며 제비는 바쁜데,

이유 없는 시름을 풀 곳이 없으니

누구와 더불어 함께 술잔을 날리리?

小雨

細細濕春光, 霏霏破夕陽.¹

臥聞驚倦枕,² 起看入虛堂.³

映葉鶯猶囀,⁴ 爭泥燕正忙.

閑愁無遣處,⁵ 誰與共飛觴.⁶

【해제】

61세 때인 순희淳熙 12년1185 봄 산음山陰에서 쓴 것으로, 봄날의 무료함을 나타내고 있다.

1 霏霏(비비) : 비나 눈이 짙고 자욱한 모양.

2 倦枕(권침) : 권태로운 잠. 무료하여 자는 잠을 의미한다.

3 虛堂(허당) : 대청(大廳), 큰 마루.

4 映葉(영엽) : 잎에 가리다.

5 閑愁(한수) : 이유 없이 불현듯 생겨나는 시름.

6 飛觴(비상) : 술잔을 날리다. 술잔을 주고받는 것을 의미한다.

【해설】

　이 시에서는 가랑비가 자욱하게 덮인 봄날의 경관을 묘사하며 무료한 잠에서 깨어 이를 바라보다 대청으로 나왔음을 말하고 있다. 이어 빗속에서도 울고 날며 왕성한 생명력을 나타내고 있는 꾀꼬리와 제비를 묘사하며 무력감에 빠져 있는 자신과 대비하고, 함께 술 권하며 시름을 풀 사람이 없음을 안타까워하고 있다.

장진보 사인에게 부쳐

여러 공경은 바야흐로 많거늘

이 사람이 있을 곳은 없어,

만 리 기주의 태수로 있고

조정에선 지방으로 간 신하를 막고 있네.

외로운 배로 가을에 협곡을 오르고

다섯 말로 새벽에 봄날 순행을 하면서,

현명한 군주를 그리워하며

높은 곳에 임해 백발이 새로워지겠지.

寄張眞父舍人[1]

諸公方袞袞,[2] 無地著斯人.[3]

萬里夔州守,[4] 中朝禁省臣.[5]

孤帆秋上峽, 五馬曉行春.[6]

想見懷明主, 登臨白髮新.

【해제】

39세 때인 융흥隆興 원년1163 가을 산음山陰에서 쓴 것으로, 만 리 밖으로 떠나 관직 생활을 하는 친구에게 그리움과 위안을 나타내고 있다.

『검남시고』에서는 제6구의 '행行'이 '반班'으로 되어 있다. 총2수 중 제1수이다.

【주석】

1 張眞父(장진보) : 장진(張震). 남송(南宋) 광한(廣漢, 지금의 사천성 광한시 (廣漢市)) 사람으로 자가 진보(眞父)이다. 저작좌랑(著作佐郞), 중서사인(中書舍人), 부문각대제(敷文閣待制), 지기주(知夔州) 등을 역임하였다.

   舍人(사인) : 관직 이름. 중서사인(中書舍人)을 가리킨다.

2 衮衮(곤곤) : 번잡하고 많은 모양.

3 斯人(사인) : 이 사람. 장진보를 가리킨다.

4 夔州(기주) : 지명. 지금의 사천성 봉절현(奉節縣)이다.

5 中朝(중조) : 조정, 또는 조정의 관원.

   省臣(성신) : 중앙 관직에 있다가 지방으로 파견 나간 신하. 장진보를 가리킨다.

6 五馬(오마) : 다섯 마리 말. 한대(漢代)에는 태수(太守)가 타는 수레를 말 다섯 마리가 끌었기 때문에 태수가 타는 수레의 대칭(代稱)으로 쓰이며, 장진보가 당시 지기주(知夔州)로 있었기 때문에 이와 같이 말했다.

   行春(행춘) : 봄날의 순행(巡行). 관리가 봄날에 지역을 시찰하러 나가는 것을 가리킨다.

【해설】

이 시에서는 조정에 공경의 직위는 많으나 장진보가 있을 곳은 없어 만 리 밖 기주에서 관직 생활하고 있음을 안타까워하며 조정에 원망의 뜻을 나타내고 있다. 이어 기주에서 물길과 육로를 다니며 고된 관직을 수행하고 있을 장진보를 생각하고, 도성을 그리워하며 시름에 빠져 있을 장진보의 모습을 상상하고 있다.

왕궁의 학교에서 임기를 마치고 행재소로 가는 중고 형을 전송하며

형님께서 떠나가 현자를 맞이하는 문에서 노니시니

재주는 학사원을 감당할 수 있다네.

황제를 보필함이 늦었음을 근심하지 말고

사직을 청해 돌아올 것을 잠시 기억하시길.

도의는 예나 지금이 다름이 없지만

공명에는 시시비비가 있습니다.

헤어짐에 임해 쓴소리 올리니

뜻에 맞는지 거슬리는지 감히 헤아릴 수 없습니다.

送仲高兄宮學秩滿赴行在[1]

兄去游東閣,[2] 才堪直北扉.[3]

莫憂持橐晚,[4] 姑記乞身歸.[5]

道義無今古, 功名有是非.

臨分出苦語, 不敢計從違.[6]

【해제】

27세 때인 소흥紹興 21년1151과 28세 때인 소흥紹興 22년1152 사이에 산음山陰에서 쓴 것으로, 도성으로 부임하는 형님을 전송하며 권고와 경계의 뜻을 나타내고 있다.

1 仲高(중고) : 육승지(陸升之). 육유의 6촌 형으로 자가 중고(仲高)이며, 육유 와는 12살 차이가 났다.

宮學(궁학) : 왕궁의 학교. 송대 종실의 자제들이 다니던 학교를 가리킨다. 육 승지는 당시 이곳의 교수(敎授)로 있었다.

行在所(행재소) : 천자가 머무르고 있는 지방. 여기서는 남송의 수도 임안(臨 安)을 가리킨다.

2 東閤(동합) : 동쪽 문. 서한(西漢)의 승상(丞相) 공선홍(公孫弘)이 평진후 (平津侯)에 봉해진 뒤 객관(客館)을 세우고 동쪽 문을 내어 현자를 맞이한 것 에서 유래한 말로, 현자를 맞이하는 문을 의미한다.

3 北扉(북비) : 북쪽 문. 학사원(學士院)의 북문으로, 여기서는 학사원을 가리 킨다.

4 持橐(지탁) : 전대를 들고 붓을 꽂는다는 '지탁잠필(持橐簪筆)'의 준말로, 황 제를 가까운 거리에서 수행하며 질문에 답할 대비를 하거나 기록하는 것을 말 한다.

5 乞身(걸신) : 일신을 구걸하다. 관리가 사직을 청하는 것을 가리킨다. 관직에 나아가는 것을 '위신(委身)'이라 한 것에서 유래한 말이다.

6 從違(종위) : 따르거나 어기다. 뜻에 흡족하거나 거스르는 것을 가리킨다.

【해설】

이 시에서는 먼저 도성으로 가는 형님의 뛰어난 재능을 칭송하고, 관직에 오래 머무르기보다는 일찍 사직하고 고향으로 돌아오길 권하고 있다. 이어 그 이유에 대해 사람이 지키고 따라야 할 도의는 예나 지금이나 변함이 없지만, 공업에는 칭찬과 비난이 함께 따르기 때문이라 말하고 있다. 마지막에는 이별을 앞두고 쓴소리하는 것을 미안해하며, 자신의 말에 행여 형님의 마음이 상하지는 않았을까 걱정하고 있다.

밤에 꿈에서 몇몇 객을 따라 빗속에 술을 싣고 유람하러 나갔다가 장안으로 가

술이 있어 주를 얻으려 하지 않고

시에 능하니 절로 제후보다 낫다네.

다만 해를 묶어 둘 밧줄만 있으면 되니

어찌 근심을 묻을 땅이 필요하리?

꿩 사냥하러 별을 지고 나오고

꽃을 보러 촛불 들고 노닐며,

세모의 두릉객은

담비 갖옷 젖는 것을 한스러워하지 않았네.

夜夢從數客雨中載酒出遊之長安

有酒不謀州,[1] 能詩自勝侯.[2]

但須繩繫日, 安用地埋憂.[3]

射雉侵星出,[4] 看花秉燭遊.

殘年杜陵客,[5] 不恨濕貂裘.

【해제】

41세 때인 건도乾道 원년1165 겨울 융흥隆興에서 쓴 것으로, 꿈에서 금에 점령된 장안長安을 다녀온 감회를 나타내고 있다.

『검남시고』에서는 제목이 「밤에 꿈에서 몇몇 객을 따라 빗속에 술을 싣고 유람하러 나갔는데, 산천과 성궐이 매우 웅장하였고 장안이라고 하였다. 이에 객들과 말 위에서 운은 나누어 시를 썼는데 '유遊'자를 얻어夜夢從數客雨中載酒出遊，山川城闕極雄麗，云長安也，因與客馬上分韻作詩，得遊字」로 되어 있다. 또한 제7구의 '년年'과 '객客'이 '춘春'과 '우雨'로 되어 있다.

【주석】

1　謀州(모주) : 주(州)를 도모하다. 삼국시대 위(魏)나라 때 맹타(孟他)가 중상시(中常侍) 장양(張讓)에게 포도주 10말을 바쳐 양주자사(涼州刺史)에 임명된 일을 가리킨다.

2　勝侯(승후) : 제후보다 낫다. 두목(杜牧)의 「지주의 구봉루에 올라 장호에게 부쳐(登池州九峯樓寄張祜)」 시에서 "누가 능히 장공자와 같이, 천 수 시로 만호 제후를 가볍게 여길 수 있으리?(誰人得似張公子, 千首詩輕萬戶侯)"라 한 뜻을 차용한 것이다.

3　安用(안용) : 어찌 소용있으리? 필요하지 않는 것을 말한다.

4　侵星(침성) : 별을 머리에 이다. 이른 새벽을 가리킨다.

5　杜陵客(두릉객) : 두릉의 나그네. 자신을 가리킨다. 두릉은 한(漢) 선제(宣帝)의 능으로, 장안 동남쪽에 있다.

【해설】

이 시에서는 꿈속에서 여러 객과 함께 즐겁게 술과 시를 즐겼던 일을 회상하고, 만약 해를 묶어 두어 세월이 흐르지 않는다면 인생의 회한과 슬픔 또한 생겨나지 않을 것이라 말하고 있다. 이어 새벽에 꿩 사냥을 나가고 밤에는 촛불 켜고 꽃구경을 즐기면서 빗속에 장안의 두릉까지 갔었던 꿈속의 일을 떠올리고 있다.

큰아이가 벼를 베고 저녁에 돌아와

맑은 술을 홀로 마시지 않으니

석양이면 네가 반드시 돌아오기 때문이네.

국화는 서리 내린 후에 아름답고

콩깍지는 빗속에서 살이 차네.

길은 머니 응당 밥 더 먹고

날은 차가우니 옷 덜지는 말려무나.

늙은이 생각에 근심은 날로 간절해지건만

도의 눈으로 보면 모두 그릇된 것이리.

統分稻晚歸[1]

薄酒不自酌,[2] 夕陽須汝歸.

菊花霜後美, 豆莢雨中肥.

路遠應加飯, 天寒莫減衣.

老懷憂日切, 道眼看皆非.[3]

【해제】

43세 때인 건도乾道 3년1167 산음山陰에서 쓴 것으로, 농사일에 고생하는 큰아이에 대한 사랑과 염려를 나타내고 있다.

『검남시고』에서는 제3구의 '국화菊花'가 '귤포橘包'로, 제7구의 '일日'

이 '자自'로 되어 있다. 총2수 중 제2수이다.

【주석】

1 統(통) : 육유의 장자(長子) 자거(子虡)의 어릴 적 이름. 당시 자거는 20세였다.

分稻(분도) : 벼를 베다.

2 薄酒(박주) : 도수가 낮은 묽은 술.

3 道眼(도안) : 도의 눈. 불교 용어로, 모든 것을 통찰하여 참과 거짓을 구별할
수 있는 눈을 가리킨다.

【해설】

이 시에서는 농사일을 나갔다가 해가 지면 돌아오는 아들과 함께하려
술을 참고 있음을 말하고, 서리 맞아 아름다운 국화와 비 맞으며 자라는
콩깍지를 통해 정처 없는 모든 것은 시련을 겪은 후에 더욱 빛을 발하고
성장함을 말하고 있다. 이어 농사일에 고생하는 아들의 건강을 염려하
며 나이가 들수록 부질없는 걱정 근심만 많아짐을 탄식하고 있다.

강릉의 시골 주점 벽에 쓰다

작은 시장엔 푸른 술 깃발이 펄럭이고

십 리 언덕엔 누런 풀이 자라 있는데,

쑥은 날려 바람은 호탕하고

먼지 일어 해는 어둑하네.

말 달려 짐승을 쫓는 일은 많은데

호미와 곰방메로 황무지를 개간하는 일은 적네.

지나는 사람이 가리키는 것은 비슷하니

이 길은 양양으로 간다네.

題江陵村店壁[1]

靑旆三家市,[2] 黃茆十里岡.

蓬飛風浩浩,[3] 塵起日茫茫.[4]

馳騁多從獸, 鋤耰少破荒.[5]

行人相指似, 此路走襄陽.[6]

【해제】

46세 때인 건도乾道 6년1170 9월 기주夔州로 부임하며 강릉江陵을 지날 때 쓴 것으로, 양양으로 향하는 길의 황량한 경관을 나타내고 있다.

【주석】

1 江陵(강릉) : 지명. 지금의 호북성 형주시(荊州市) 강릉현(江陵縣)이다.

2 靑斾(청패) : 푸른 깃발. 주점의 깃발을 가리킨다.

  三家市(삼가시) : 세 집이 모여 있는 시장. 규모가 작은 시장을 가리킨다.

3 浩浩(호호) : 바람이 거세게 부는 모양.

4 茫茫(망망) : 흐릿하여 분명하지 않은 모양.

5 鋤耰(서우) : 호미와 곰방매. 둘 다 흙덩이를 부수거나 씨앗에 흙을 덮는 농기구이다.

6 襄陽(양양) : 지명. 호북성 양양시(襄陽市)이다.

【해설】

이 시에서는 십 리 멀리까지 황량한 언덕이 이어지는 작은 마을의 주점에서 잠시 머물고 있음을 말하고, 바람에 날리는 쑥과 먼지에 가려진 해를 통해 정처 없는 나그네 신세와 고된 여정을 나타내고 있다. 이어 수렵은 많고 농경은 드문 강릉 사람들의 삶을 묘사하며 그들의 호방한 기질을 나타내고, 이 길이 양양까지 이어지고 있음을 말하며 자신의 다음 행선지를 말하고 있다.

배를 옮겨타고

모래톱 가에 배들은 꼬리를 물고

서로 의지하며 가까운 이웃이 되네.

노년에 강개함이 많아

만 리 길 또한 비통하니,

대나무 꺾어 가는 날을 점치고

퉁소 불어 물신에게 굿을 하네.

수고로이 역참을 묻지 않으니

오래된 나그네라 절로 나루터를 안다네.

移船

沙際舟銜尾,[1] 相依作四鄰.[2]

暮年多慷慨, 萬里亦悲辛.[3]

折竹占行日, 吹簫賽水神.[4]

無勞問亭驛,[5] 久客自知津.[6]

【해제】

46세 때인 건도乾道 6년1170 9월 기주夔州로 부임하며 강릉江陵을 지날 때 쓴 것으로, 여행길의 고단함을 나타내고 있다.

『검남시고』에서는 제3구의 '강慷'이 '감感'으로, 제4구가 '분로역산

신分路亦酸辛'로 되어 있다.

【주석】

1   銜尾(함미) : 앞과 끝이 서로 이어지다. 꼬리를 물고 이어져 있는 것을 말한다.

2   四鄰(사린) : 사방의 이웃. 가까운 이웃을 의미한다.

3   悲辛(비신) : 비통하고 마음이 쓰라리다.

4   賽(새) : 굿을 하다.

5   亭驛(정역) : 역참(驛站). 여행객의 숙소를 의미한다.

6   久客(구객) : 집을 떠난 지 오래된 나그네. 여기서는 자신을 가리킨다.

【해설】

이 시에서는 강가 모래톱에 배들이 줄지어 정박해 있는 모습을 묘사하며 뱃길을 가고 있는 자신을 나타내고, 노년에 떠나는 만 리 고된 여행길을 비통해하며 점과 굿을 통해 앞으로 남은 여정의 순탄함을 기원하고 있다. 마지막에는 이미 길을 떠나온 지 오래되어 물길의 나루터 위치 정도는 이제 굳이 묻지 않아도 절로 알 수 있음을 말하고 있다.

녹문관에서 방사원의 사당을 지나며

방사원이 죽은 지 천 년,

슬퍼하며 남아 있는 사당을 지나네.

천하는 늘 합해지기 어려우니

하늘의 마음을 어찌 쉽게 알 수 있으리?

영웅은 지금과 옛날을 한스러워하건만

시골 늙은이는 한 해의 농사일을 생각한다네.

푸른 이끼는 참으로 무정하니

가을 되어 끊어진 비석에 가득하네.

鹿門關過龐士元祠[1]

士元死千載, 悽惻過遺祠.

海內常難合,[2] 天心豈易知.

英雄今古恨, 父老歲事思.[3]

蒼蘚無情極, 秋來滿斷碑.[4]

【해제】

48세 때인 건도乾道 8년1172 11월에서 12월 사이 남정南鄭에서 성도成都로 돌아오던 도중 녹문관鹿門關에서 쓴 것으로, 방통의 사당을 방문하여 천하통일을 이루지 못한 그의 뜻을 애도하고 있다.

『검남시고』에서는 제목에서 '문^門'이 '두頭'로, '사祠'가 '묘廟'로 되어 있다.

【주석】

1   鹿門關(녹문관) : 관문 이름. 지금의 사천성 덕양시(德陽市) 북쪽에 있다.

龐士元(방사원) : 방통(龐統). 한말(漢末) 형주(荊州) 양양(襄陽, 지금의 호북성 양양시(襄陽市)) 사람으로 자가 사원(士元)이고 호가 봉추(鳳雛)이다. 제갈량(諸葛亮)과 더불어 유비(劉備)의 중요한 책사였다.

2   海內(해내) : 바다 안쪽. 천하를 가리킨다.

3   歲事(세사) : 한 해의 일. 농사일을 가리킨다.

4   斷碑(단비) : 끊어진 비석. 방통의 비석을 가리킨다.

【해설】

이 시에서는 방통의 사당에 들러 천하통일의 뜻을 끝내 이루지 못하고 죽은 그를 애도하고, 인간이 하늘의 뜻을 알 수 없음을 탄식하고 있다. 이어 장대한 포부를 실현하지 못하고 한스러워하는 영웅과 한 해의 농사일만을 생각하는 시골 늙은이를 대비하며 회한을 간직한 채 죽었을 방통을 기리고, 부서져 무성한 이끼에 덮인 그의 비석을 통해 더는 그를 추모하지 않고 천하통일을 향한 그의 뜻이 존중받지 못하고 있는 현실을 비통해하고 있다.

상원절 하루 전날

타향에서 객으로 떠돈 지 오래인데

올해의 봄은 더디기만 하니,

매서운 추위에 술값은 더해지고

가랑비에 등불 밝히는 시기는 괴롭기만 하네.

늙은 모습은 사람이 아직 깨닫지 못해도

외로운 시름은 마음이 절로 아니,

수레 멈추고 병든 부인 불러

억지로 내보내 여러 아들과 짝하게 하네.

上元前一日

異縣客遊久,**1** 今年春事遲.

峭寒增酒價, 微雨惱燈期.**2**

老態人未覺, 孤愁心自知.

停車呼病婦,**3** 彊出伴諸兒.**4**

【해제】

52세 때인 순희淳熙 3년1176 정월 성도成都에서 쓴 것으로, 타향에서 상원절을 맞이하는 쓸쓸한 감회를 나타내고 있다.

1 異縣(이현) : 타향. 여기서는 촉(蜀) 지역을 가리킨다.

2 燈期(등기) : 등불 밝히는 시기. 상원절(上元節), 즉 정월 대보름을 가리킨다.

3 病婦(병부) : 병든 부인. 부인 왕씨(王氏)를 가리키며, 당시 50세였다.

4 諸兒(제아) : 여러 아들. 육유의 일곱 아들 중 장자 자거(子虡)를 비롯하여 자룡(子龍), 자수(子修), 자탄(子坦), 자약(子約), 자포(子布) 등 여섯을 가리키며, 막내 자휼(子遹)은 당시 아직 출생하지 않았다.

【해설】

이 시에서는 타향에서 오랜 시간을 보냈지만 올해의 봄은 유독 더딤을 말하고, 추위를 이기려 술값만 늘고 상원절에 가랑비까지 내려 객수가 더욱 깊어짐을 말하고 있다. 이어 육신의 노쇠함을 깨닫지 못해도 외로운 시름은 마음에 절로 느껴짐을 말하고, 자신처럼 시름에 빠져 있을 병든 부인을 위해 일부러 밖으로 나가 아이들과 함께 상원절을 즐기게 하고 있다.

오언절구五言絶句

이른 매화

　동쪽 마을에 매화가 막 피어

　향 전해오니 향하는 정이 깊네.

　울타리 밖에 있음을 분명히 알건만

　가보면 찾기가 어렵네.

早梅

　東塢梅初動,[1] 香來託意深.[2]

　明知在籬外, 行到却難尋.

【해제】

　77세 때인 가태嘉泰 원년1201 겨울 산음山陰에서 쓴 것으로, 이른 봄의 매화를 노래하고 있다.

【주석】

　1　塢(오) : 마을. 사면이 높고 중간이 낮은 지역을 가리킨다.

　2　託意(탁의) : 기탁하는 뜻. 매화로 향하는 정을 가리킨다.

【해설】

  이 시에서는 이른 매화에서 향기가 전해져 와 매화를 향한 정이 깊어짐을 말하고, 정작 찾아 나서면 은은한 향기만 느껴질 뿐 있는 곳을 알 수 없음을 말하고 있다.

병중에 여러 일을 읊다 10수

반년을 책을 읽지 않아

그림자 돌아보며 내가 아닌가 의심하네.

이에 백 년 세월 중에

이렇게 보내는 것도 괜찮음을 알겠네.

病中雜詠十首

半年不讀書, 顧影疑非我.**1**

乃知百年中,**2** 如此過亦可.

【해제】

85세 때인 가정嘉定 2년1209 겨울 산음山陰에서 쓴 것으로, 병중의 감회를 나타내고 있다.

『검남시고』에서는 제목이 「병중에 여러 가지를 읊다 10수病中雜詠十首」로 되어 있으며, 『검남시고』의 자주自注에 "각 4운이며 제8수는 2운이다各四韻第八首二韻"라 하여 본디 오언시와 칠언시가 혼합된 총10수로 이루어져 있다. 이 시에서는 이 중 오언율시인 제1수의 전반부이다.

【주석】

1   顧影(고영) : 그림자를 돌아보다. 자신의 모습을 되돌아보는 것을 말한다.

2 百年(백년) : 백 년 세월. 사람의 일생을 의미한다.

【해설】

이 시에서는 병중에 있느라 반년 동안 책을 읽지 못한 자신에게 낯
섦을 느끼고, 일생에서 이렇게 보내는 시간도 의미가 없는 것은 아님
을 말하고 있다.

국화를 캐다

가을꽃을 살쩍 머리에 꽂지는 말지니

비록 좋아도 또한 처량하다네.

국화를 캐다 만지작거리니

공연히 소매 가득 향이 남았네.

採菊

秋花莫插鬢, 雖好亦凄凉.

採菊還挼却,[1] 空餘滿袖香.

【해제】

정확한 창작시기는 알 수 없으며, 가을날 국화를 캐고 즐기는 모습
이 나타나 있다.

이 시는『검남시고』에서는 누락되어 있으며,『방옹일고속첨放翁逸稿續
添』에 수록되어 있다.

【주석】

1　挼却(뇌각) : 비비다, 만지작거리다.

【해설】

이 시에서는 가을꽃은 비록 아름답지만 이내 다가올 겨울에 곧 시들 운명이라 처량함 또한 느끼게 됨을 말하고, 국화를 캐다 꽃을 만지느라 옷소매에 국화 향이 배었음을 말하고 있다.

육방옹시별집
陸放翁詩別集

오언시五言詩

옛날 남정에 종군할 때 흥주과 봉주 사이를 자주 왕래하였는데 한가한 날에 옛날 노닐던 것을 추억하고 쓰다

옛날 촉 땅 북쪽에서 수자리하며
봉주 남쪽으로 자주 갔었으니,
봉화를 전하는 군영은 조밀한데
역참은 멀어 나그넷길에서 찾아다녔네.
봄은 저물었어도 꽃은 여전히 피어 있고
구름은 낮게 드리워 비를 반쯤 머금고 있었으며,
묵은 밭에는 콩과 조가 많이 심어 있었고
나무는 소나무와 녹나무가 섞여 심어 있었네.
여인들은 오로지 도자기로 물을 긷는데
사람들은 태반이 초가 오두막에 살았으며,
바람과 안개는 잔도와 누각에 자욱하고
우레와 번개가 늪과 연못에서 일어났네.
성곽은 진나라의 형식과 가깝고
마을에는 촉 지역의 말이 섞여 있었으며,
마음 흡족해하며 너른 들을 만나고
눈 비비며 떠오르는 남기를 바라보았네.
옛날을 생각하면 때로 감흥이 일어나지만

시가 없는 것에 늘 스스로 부끄러워하는데,

가릉강이 가장 기억에 남으니

말 맞이하며 버들은 드리워 무성했었네.

頃歲從戎南鄭, 屢往來興鳳間, 暇日追懷舊遊有賦[1]

昔戍蠶叢北,[2] 頻行鳳集南.[3]

烽傳戎壘密,[4] 驛遠客程貪.[5]

春盡花猶坼, 雲低雨半含.

種畬多菽粟,[6] 藝木雜松枏.[7]

婦汲惟陶器, 民居半草菴.[8]

風煙迷棧閣, 雷霆起湫潭.

城郭秦風近, 村墟蜀語參.

快心逢曠野,[9] 刮目望浮嵐.

考古時興感, 無詩每自慚.

嘉陵最堪憶,[10] 迎馬柳毿毿.[11]

【해제】

84세 때인 가정嘉定 원년1208 여름 산음山陰에서 쓴 것으로, 남정南鄭
에 종군할 때 산남山南 지역을 유람했던 일을 회상하고 있다.

1 南鄭(남정) : 지명. 지금의 섬서성 한중시(漢中市)로, 당시 금(金)과 대치한 최전선이었다.

興鳳(흥봉) : 흥주(興州)와 봉주(鳳州). 남정과 함께 산남서도(山南西道)에 속했다.

2 蠶叢(잠총) : 전설상 촉왕(蜀王)의 선조로, 백성들에게 누에 치는 일을 가르쳤다고 한다. 여기서는 촉(蜀) 지역을 가리킨다.

3 鳳集(봉집) : 봉황이 모여 있는 곳. 여기서는 봉주(鳳州) 가리킨다.

4 戎壘(융루) : 군영(軍營). 군대의 주둔지를 가리킨다.

5 貪(탐) : 찾다, 모색하다. '탐(探)'과 같다.

6 畲(여) : 묵은 밭. 개간한 지 3년이 지나 숙성된 밭을 가리킨다.

7 藝木(예목) : 나무를 심다.

8 草菴(초암) : 초가 오두막.

9 快心(쾌심) : 마음에 들다, 흡족하다.

10 嘉陵(가릉) : 강 이름. 섬서성에서 발원하여 감숙성과 사천성을 지나 중경시에서 장강에 합류한다. 여기서는 사천성 경내를 흐르는 강을 가리킨다.

11 毿毿(삼삼) : 가지가 드리워져 무성한 모양.

【해설】

이 시에서는 남정에 종군할 때 산남 지역을 자주 돌아다녔음을 말하고, 금과 대치하는 군사적 긴장감 속에서도 아름다운 풍광과 더불어 소박하고 평화로운 삶을 살아가고 있는 사람들의 모습을 묘사하고 있다. 이어 산남 지역의 험준한 산세와 광대한 평원을 바라보며 그 속에서 중원수복의 웅대한 포부를 키웠음을 말하고, 말을 타고 가릉강 유역을 노닐던 기억이 가장 오래도록 남아있음을 말하며 산남 지역과 산남 사람들에 대한 깊은 애정을 나타내고 있다.

겨울의 감흥 10운

비와 이슬에 가린 하늘은 어둡고 음습하며

못과 호수에 덮인 땅은 험하고 깊은데,

허공을 가리며 까마귀는 진을 치고

길 어둑하게 대추나무는 숲을 이루었네.

먼지바람 속 나그네는

여러 해 노환이 드니,

꿈속의 혼에는 병마가 찾아오고

관상에서는 장수의 징조가 없네.

오랜 울분에 외로운 검 열어보고

새로운 시름에 끊어진 다듬이 소리 느끼니,

당구는 통곡만 하였고

장석은 슬피 읊기만 하였네.

가을 문의 말은 여윈 채 지나가고

밤 객점의 이불에선 한기 생겨나는데,

다만 옛 옥벽이 온전하기만을 생각할 뿐

감히 잃어버린 비녀를 찾아 구하기를 바라리?

누대 위에서 눈은 아득히 바라보고

등불 앞에서 마음은 부서지는데,

길게 노래하며 탁한 술 기울이니

강개함이 짙은 구름을 짓누르네.

冬日感興十韻

雨露天昏曀,**1** 陂湖地阻深.**2**

蔽空鴉作陣, 暗路棘成林.

有客風埃裏, 頻年老病侵.

夢魂來二豎,**3** 相法缺三壬.**4**

舊憤開孤劍, 新愁感斷砧.

唐衢惟痛哭,**5** 莊舄正悲吟.**6**

瘦跨秋門馬, 寒生夜店衾.

但思全舊璧,**7** 敢冀訪遺簪.**8**

樓上蒼茫眼,**9** 燈前破碎心.

長謠傾濁酒, 慷慨厭層陰.**10**

【해제】

74세 때인 경원慶元 4년1198 겨울 산음山陰에서 쓴 것으로, 이루지 못한 중원수복의 회한을 나타내고 있다.

『검남시고』에서는 제1구의 '우로雨露'가 '무우霧雨'로, 마지막 구의 '염厭'이 '압壓'으로 되어 있다.

【주석】

1 昏曀(혼에) : 하늘이 어두컴컴하고 음습하다.

2 阻深(조심) : 땅이 험하고 깊다.

3 二豎(이수) : 두 어린아이. 『좌전(左傳)·성공십년(成公十年)』에 성공의 꿈
   에 나타나 성공의 명치 위와 뱃살 아래에 있으면서 병을 일으킨 두 어린아이를
   가리키는 것으로, 치료하기 힘든 병마(病魔)를 비유한다.

4 三壬(삼임) : 사람의 배에 있다고 하는 장수(長壽)의 징조. 『삼국지(三國志)
   ·위지(魏志)·관로전(管輅傳)』에서 "저는 이마에는 자라는 주골이 없고 눈
   에는 응축된 정기가 없으며 코에는 들보가 없고 다리에는 뒤꿈치가 없으며 등
   에는 삼갑이 없고 배에는 삼임이 없으니, 이 모두가 장수하지 못하는 징험입니
   다(吾額上無生骨, 眼中無守精, 鼻無梁柱, 脚無天根, 背無三甲, 腹無三壬,
   此皆不壽之驗)"라 한 것에서 유래하였다.

5 唐衢(당구) : 중당의 시인. 과거시험에 여러 번 낙방하여 뜻을 이루지 못해 늘
   애절한 소리로 통곡하였다고 한다.

6 莊舃(장석) : 전국시대 월(越)나라 사람으로, 초(楚)나라에서 높은 관직에 올
   랐으나 고향을 잊지 못하였다. 『사기(史記)·장의열전(張儀列傳)』에 "월나
   라 사람 장석이 초나라에서 관직에 나가 집규가 되었는데 얼마 안 있어서 병이
   났다. 초왕이 말하기를 '장석은 옛날에 월나라에서 비천한 사람이었다. 지금
   초나라에서 관직에 나가 집규가 되어 부귀해졌는데, 역시 월나라를 그리워하
   고 있을까?'라고 하였다. 시종하는 신하가 대답하기를 '무릇 사람이 고향을 그
   리워하는 것은 병이 들었을 때입니다. 그가 월나라를 그리워하면 월 땅의 소
   리를 낼 것이고, 월나라를 그리워하지 않으면 초 땅의 소리를 낼 것입니다'라
   고 하였다. 사람을 시켜 들어보게 했더니, 여전히 월 땅의 소리를 내고 있었다

(越人莊舃仕楚執珪, 有頃而病. 楚王曰, 舃故越之鄙細人也. 今仕楚執珪,
貴富矣, 亦思越不. 中謝對曰, 凡人之思故, 在其病也. 彼思越則越聲, 不思
越則楚聲. 使人往聽之, 猶尙越聲也)"라 하였다.

7 　舊璧(구벽) : 옛날의 옥벽(玉璧). 전국시대 조(趙)나라에 있던 화씨(和氏)의
　　옥벽을 가리킨다. 당시 진(秦) 소왕(昭王)이 이를 탐내어 진의 열다섯 성과 바
　　꿀 것을 제안했는데, 인상여(藺相如)가 옥벽을 들고 사신으로 갔다가 진나라
　　의 계략을 알아차리고 기지를 발휘하여 다시 무사히 조나라로 돌아오게 하였
　　다. 여기서는 금(金)에 함락된 옛 도성을 가리킨다.

8 　訪(방) : 찾아 구하다.
　　遺簪(유잠) : 잃어버린 비녀. 오래된 물건이나 옛정을 비유하는 말로,『한시
　　외전(韓詩外傳)』권9에서 한 부인이 비녀를 잃어버리고 통곡하며 공자에게
　　비녀가 아까워서가 아니라 옛정을 잊지 못해서라 말한 것에서 유래하였다. 여
　　기서는 금에 빼앗긴 중원 지역을 가리킨다.

9 　蒼茫(창망) : 드넓고 끝이 없이 아득한 모양.

10 　厭(염(壓)) : 누르다. '압(壓)'과 같다.
　　陰(층음) : 겹겹으로 쌓인 짙은 구름.

【해설】

　이 시에서는 먼저 하늘과 땅 가득 비가 내리고 까마귀가 떼 지어 나
는 음습하고 황량한 겨울 풍광을 묘사하고, 잦은 노환에 시달리며 장
수를 기대할 수 없는 자신의 우울한 심정을 나타내고 있다. 이어 이루

지 못한 중원수복의 회한을 당구의 통곡과 장석의 슬픈 읊조림에 비유
하여 나타내고, 다만 금에 함락된 옛 지역이 온전히 있기만을 바랄 뿐
다시 찾아 구하는 것까지는 기대조차 하지 않음을 말하고 있다. 마지
막에는 누대에 올라 먼 중원 땅을 바라보고 등불 앞에서 비통해하고
있는 자신을 말하고, 회한을 담아 길게 읊조리고 술잔 기울이며 비분
강개한 심정을 토해내고 있다.

숙직하는 관서의 벽에 쓰다

도산당 서쪽 아래 길은

아득히 겹겹 회랑을 지나네.

땅은 적막하여 물시계 소리 들리고

주렴은 성기어 한바탕의 향기 나는데,

도랑은 맑아 수마는 튼실하고

집은 오래되어 바위솔은 기다랗네.

나가려다 다시 베개에 기대니

어디에서도 고향을 찾을 수 없네.

書直舍壁

道山西下路,[1] 杳杳歷重廊.[2]

地寂聞傳漏,[3] 簾疎有斷香.[4]

渠淸水馬健,[5] 屋老瓦松長.[6]

欲出重欹枕, 無何覓故鄉.[7]

【해제】

78세 때인 가태嘉泰 2년1202 가을 임안臨安에서 쓴 것으로, 떠나온 고향에 대한 그리움을 나타내고 있다. 총2수 중 제2수이다.

1 道山(도산) : 당(堂) 이름. 실록원(實錄院)에 있던 건물이다.

2 杳杳(묘묘) : 멀고 아득한 모양.

3 傳漏(전루) : 물시계의 시각을 알리다.

4 斷香(단향) : 홀연히 이는 한바탕의 향기.

5 水馬(수마) : 개구리의 일종으로, 몸은 갈색이고 배는 흰색이며 다리가 넷이다.

6 瓦松(와송) : 바위솔. 돌나무과에 속하는 다년생 풀로, 오래된 돌담이나 지붕
   에서 자란다.

7 無何(무하) : 어느 곳도 없다. '무하처(無何處)'의 의미이다.

【해설】

　육유는 효종孝宗과 광종光宗의 두 실록을 편찬하는 임무를 받고 실록
원동수찬實錄院同修撰 겸 동수국사同修國史가 되어 이해 6월에 임안臨安에
도착하였다. 이 시에서는 실록원에서 숙직하며 바라본 도산당 주변의
적막한 한밤의 경관을 묘사하고, 이를 감상하러 나가려다 어딘들 고향
만 한 곳이 없음을 생각하고 다시금 잠자리로 돌아와 고향 생각에 빠
지고 있다.

관직을 그만두고 감회를 쓰다 2수

소흥 말에 관직에 나아갔다가
경원 중에 관직에서 물러나니,
염여퇴의 험한 길을 지나왔고
한단의 꿈은 헛되기만 하였네.
한가로이 소 감별하는 법을 전하고
취하여 닭싸움 즐기는 늙은이 속에 끼어 있다가,
비 맞으며 저물녘에 돌아오니
산 꽃은 삿갓 가득히 붉네.

가죽 띠와 베옷의 처음 옷차림으로 돌아와
봉초와 호초 속의 옛 오두막에 누우니,
여전히 화식하고 있는 것이 부끄럽고
둥지에 살지 못하고 있는 것이 한스럽네.
이랴이랴 하며 누런 송아지를 몰고
가고 가며 흰 나귀를 타니,
사귀던 벗들은 각기 강건하여
어떠한지 물어볼 필요 없다네.

致仕述懷二首

彈冠紹興末,[1] 解組慶元中.[2]

灩澦危塗過,³ 邯鄲幻境空.⁴

閑傳相牛法,⁵ 醉挾鬪鷄翁.

衝雨歸來晩, 山花滿笠紅.

韋布還初服,⁶ 蓬蒿臥故廬.⁷

所慚猶火食, 更恨未巢居.⁸

叱叱驅黃犢,⁹ 行行跨白驢.

交親各强健, 不必問何如.

【해제】

75세 때인 경원慶元 5년1199 여름 산음山陰에서 쓴 것으로, 오랜 세월 관직에 있다 물러난 감회를 나타내고 있다.

『검남시고』에서는 제목에서 '치사致仕' 다음에 '후後'가 추가되어 있다. 총6수 중 제1·5수이다.

【주석】

1 彈冠(탄관) : 관모를 털다. 관원이 된 것을 가리킨다.

   紹興末(소흥말) : 소흥(紹興) 28년(1158)에 복주(福州) 영덕현주부(寧德縣 主簿)가 된 것을 가리킨다.

2 解組(해조) : 인끈을 풀다. 관직을 그만둔 것을 가리킨다.

慶元中(경원중) : 경원(慶元) 5년(1199)에 상소하여 7월에 제거건녕부무이

산충우관(提擧建寧府武夷山沖祐觀) 직을 그만둔 것을 가리킨다.

3 灩澦(염여) : 염여퇴(灩澦堆). 구당협의 입구에 있는 큰 바위.

4 邯鄲(한단) : 지명. 전국시대 조(趙)나라의 도성으로, 지금의 하북성 한단시

(邯鄲市)이다.

幻境(환경) : 꿈의 경계. 한단의 꿈을 의미한다. 당(唐) 심기제(沈旣濟)의『침

중기(枕中記)』에 나오는 내용으로, 소년 노생(盧生)이 한단(邯鄲)의 객사에

서 도사 여옹(呂翁)을 만나 도사가 준 베개를 베고 잠이 들었는데, 꿈속에서

고관대작을 지내고 부귀영화를 누리며 50여 년을 살다가 깨어나 보니 잠들기

전에 찌던 기장이 아직 다 익지도 않은 시간이었다. 여기서는 시인의 지난 40

여 년간의 관직 생활을 가리킨다.

5 相牛法(상우법) : 좋은 소를 감별하는 법.

6 韋布(위포) : 가죽 띠와 베옷. 평민이나 관직에 있지 않은 사람의 복식이다.

初服(초복) : 관직에 나아가기 전에 입던 옷. '조복(朝服)'과 상대되는 의미이다.

7 蓬蒿(봉호) : 봉초(蓬草)와 호초(蒿草). 둘 다 쑥의 일종으로, 여기서는 사람

의 발길이 끊어진 것을 의미한다.

8 巢居(소거) : 둥지에서 살다. 은거 생활을 의미한다.

9 叱叱(질질) : 소 모는 소리.

【해설】

제1수에서는 관직에 처음 나아갔을 때와 물러났을 때를 말하며 촉

지역에서의 험난했던 경험과 한바탕의 꿈과 같았던 지난 관직 생활을 회고하고 있다. 이어 마을 사람들과 어울려 한가로이 즐기다 저녁이 되어 모자에 가득한 꽃과 함께 돌아오는 모습으로 관직에서 벗어난 여유와 평안함을 나타내고 있다.

제2수에서는 이제 관복을 벗고 관직에 나아가기 전의 복장으로 돌아와 그동안 떠나 있었던 고향 집에 머무르고 있음을 말하고, 아직은 화식을 끊고 둥지에서 사는 참된 은거의 삶에 이르지 못하고 있음을 부끄러워한다. 이어 논에서 송아지를 몰고 나귀를 타고 다니는 자신의 일상을 말하며 옛 친구들이 여전히 건강한 것에 기쁨을 나타내고 있다.

늦봄의 여러 감흥

못 수면의 부평초는 막 보랏빛을 띠고

담장 위의 살구는 이미 파랗네.

아이 데리고 작은 배를 젓고

객 머물게 해 외로운 정자에 앉네.

관상에 제후의 뼈대는 없고

태어난 해는 주성에 해당하니,

반드시 만사를 버려두고

잠시라도 깨어 있게 해서는 안 되리.

春晚雜興

池面萍初紫, 牆頭杏已靑.

攜兒撑小艇, 留客坐孤亭.

相法無侯骨,[1] 生年直酒星.[2]

正須遺萬事, 莫遣片時醒.

【해제】

71세 때인 경원慶元 원년1195 봄 산음山陰에서 쓴 것으로, 봄의 감흥을 노래하며 자신이 술에 취해 있어야 하는 이유를 해학적으로 말하고 있다. 총6수 중 제3수이다. 이 시는 『간곡정선육방옹시집』 권10에 같은 제목으로 수록되어 있다.

【주석】

1　相法(상법) : 관상법(觀相法). 사람의 관상을 보고 길흉을 점치는 것을 가리
　킨다.

2　直(직) : 해당하다, 상당하다.
　酒星(주성) : 별 이름. '주기성(酒旗星)'이라고도 한다.

【해설】

　이 시에서는 호수와 담장 위에 펼쳐진 봄의 경관을 묘사하고, 배를
타거나 객을 맞이하며 봄을 즐기고 있는 모습이 나타나 있다. 이어 자
신에게는 제후의 관상이 없고 태어난 해가 주성에 해당하니, 공명에
대한 마음을 버리고 늘 술에 취해 있어야 함을 말하고 있다.

늦봄 2수

소진의 황금은 다하였고

반악의 백발은 새로워졌으니,

무정한 오경의 비에

한 해의 봄을 보내네.

서쪽 누각의 꿈은 이어지기 어렵고

북쪽 밭두렁의 몸만 헛되이 남아 있으니,

해당화는 옛날과 같으련만

비통해하며 다시 먼지가 되어 버렸으리.

초록 잎은 가지에 빽빽하고

푸른 풀은 밭두렁에 무성하니,

강산은 눈 가득 들어오지 못하고

천지는 외로운 읊조림 속으로 들어오네.

몸은 이미 두 살쩍 머리 쇠해지고

집에는 다만 소박한 거문고 하나 있으니,

세상의 사정을 그대 말하지 말게나

두통이 끝없이 생겨나려 한다네.

暮春二首

季子黃金盡,[1] 安仁白髮新.[2]

無情五更雨, 便送一年春.

難續西樓夢,³ 空存北陌身.⁴

海棠應似舊, 惆悵又成塵.⁵

綠葉枝頭密, 靑蕪陌上深.

江山妨極目,⁶ 天地入孤吟.

身已雙蓬鬢,⁷ 家惟一素琴.⁸

世情君莫說, 頭痛欲涔涔.⁹

【해제】

73세 때인 경원慶元 3년1197 봄 산음山陰에서 쓴 것으로, 옛날 촉주蜀州 성도成都에서 보냈던 봄을 회상하며 봄을 보내는 감회를 나타내고 있다.

【주석】

1 季子(계자) : 소진(蘇秦). 전국시기 종횡가(縱橫家)로 자가 계자(季子)이며, 합종책(合縱策)을 성사시켜 진(秦)에 대항하였다. 이 구는 처음에 소진이 진 왕(秦王)에게 유세하였으나 받아들여지지 않아 담비 갖옷은 헤지고 지니고 있던 돈은 다 떨어져 진(秦)나라를 떠나 돌아온 일을 가리키는 것으로, 뜻을 이루지 못하고 곤궁한 처지에 놓여 있는 것을 의미한다.

2 安仁(안인) : 반악(潘岳). 서진(西晉)의 문학가로 자가 안인(安仁)이다. 이

구는 반악의 「추흥부서(秋興賦序)」에서 "내 나이 서른둘에 처음 흰 머리가 보였고, 태위연 겸 호분중랑장으로 산기시랑의 관서에서 우연히 근무하게 되었다(余春秋三十有二, 始見二毛, 以太尉掾兼虎賁中郞將, 偶直於散騎之省)"라 한 뜻을 차용한 것으로, 뜻을 이루지 못하고 헛되이 시간만 보내고 있는 것을 의미한다.

3 西樓夢(서루몽) : 서쪽 누각의 꿈. 촉(蜀) 지역에 있을 때 성도(成都)의 서루에서 연회하며 해당화를 감상했던 일을 가리킨다.

4 北陌身(북맥신) : 북쪽 밭두렁에 있는 몸. 산음에 은거하고 있는 자신을 가리킨다.

5 惆悵(추창) : 비통하다, 번민하다. 해당화가 자신을 보아주는 이가 없어 비통해하는 것을 말한다.

6 極目(극목) : 시야에 가득하다.

7 蓬鬢(봉빈) : 흐트러진 살쩍 머리. 초췌하고 노쇠한 모습을 의미한다.

8 素琴(소금) : 장식을 하지 않은 거문고.

9 涔涔(잠잠) : 눈물이나 땀 등이 끊임없이 새어 나오는 모양. 여기서는 두통이 끊임없이 생겨남을 말한다.

【해설】

제1수에서는 뜻을 이루지 못하고 시름 속에 궁벽하게 지내고 있는 자신을 말하며 또 한 해의 봄이 덧없이 저물어감을 안타까워하고, 촉 지역에서 봄을 즐기던 옛일을 회상하며 당시 보았던 해당화는 이제 자신이 보아주지 않아 상심하여 헛되이 피고 졌으리라 상상하고 있다.

제2수에서는 여름이 다가와 나무와 들에 초록이 무성함을 말하며 쓸쓸히 산천의 풍광을 시를 읊고 있는 자신을 나타내고, 몸은 이미 늙고 초췌해져 세상사를 다 잊어버리고 거문고와 함께 자연 속에서 은거하며 지내고 싶은 바람을 나타내고 있다.

작은 배로 서쪽 도랑을 노닐다 서쪽 강을 건너 돌아오다

가랑비 세 차례 지난 후

추위 남아 있는 한식날 전이라네.

불어난 강물을 틈타

한가로이 목란배를 띄우니,

눈처럼 배꽃은 천 그루 나무에 어둑하고

안개처럼 버들은 온 시내에 자욱하네.

서쪽 언덕 석양길은

이르지 못하고 또 한 해가 지나갔네.

小舟遊西涇, 度西江而歸[1]

小雨重三後, 餘寒百五前.[2]

聊乘瓜蔓水,[3] 閑泛木蘭船.

雪暗梨千樹, 煙迷柳一川.

西岡夕陽路, 不到又經年.

【해제】

73세 때인 경원慶元 3년1197 봄 산음山陰에서 쓴 것으로, 봄날 경호鏡湖를 유람하는 감회를 나타내고 있다.

『검남시고』에는 제목에서 '강江'이 '강岡'으로 되어 있다.

1   西涇(서경) : 서쪽 도랑. 경호로 들어가는 도랑이다.

2   百五(백오) : 한식날. 동지(冬至)가 지난 후 105일째 되는 날이라 이와 같이
불렀다.

3   瓜蔓水(과만수) : 음력 5월에 불어난 강물을 가리키며, 이때 오이 덩굴이 무성
해진다고 하여 이와 같이 불렀다. 여기서는 시기가 맞지 않으니, 단순히 봄에
불어난 물의 의미로 사용된 듯하다.

【해설】

이 시에서는 봄날 경호의 물이 불어난 때에 맞춰 배를 띄워 배꽃이
만발하고 버들이 무성한 경호 주변의 풍경을 감상하고 있음을 말하고,
날이 저물어 서쪽 강을 건너오며 서쪽 언덕길은 미처 가보지도 못하고
한 해가 지나가 버렸음을 아쉬워하고 있다.

초봄의 감흥

강물은 길어 갈매기 막 물에 떠 오르고

산은 차가워 차의 싹은 아직 나지 않았는데,

깊은 숲에서 사당의 북소리가 들리고

지는 해는 어부의 집을 비추네.

나루터는 멀어 배를 부른지 오래되었고

다리는 기울어 길은 경사져있어,

나그네 시름겨워 멀리 바라보지 않으니

먼지바람이 두려워서가 아니라네.

初春雜興

水長鷗初泛, 山寒茗未芽.**1**

深林聞社鼓, 落日照漁家.

渡遠呼船久, 橋傾取路斜.**2**

客愁慵遠眺,**3** 不是怯風沙.

【해제】

78세 때인 가태嘉泰 2년1202 봄 산음山陰에서 쓴 것으로, 봄날 먼 길 떠나는 나그네의 시름을 나타내고 있다. 총5수 중 제2수이다.

【주석】

1 茗(명) : 차의 싹.

2 斜(사) : 기울다, 경사지다.

3 慵(용) : 게으르다, 하기 싫다.

【해설】

이 시에서는 초봄에 접어든 강가 마을의 고요한 정경을 묘사하고, 배 끊어진 나루터와 기울어진 다리를 통해 나그네의 고된 여정을 나타내고 있다.

중춘에 우연히 쓰다

이웃집에선 누에 치는 시기에 기원하고

연못 제방에선 씨 뿌리는 때에 물을 대네.

봄은 차가워 숯을 깨닫게 되고

비 그치니 북과 종소리를 알겠네.

나귀는 여위어 진흙 딛는 것을 겁내고

물고기는 놀라 미끼 무는 것이 더디네.

노쇠한 늙은이 오로지 게으르기만 하니

경작하고 봉양하는 내 아이들에게 부끄럽기만 하네.

中春偶書

鄰曲祈蠶候,**1** 陂塘浸種時.**2**

春寒薪炭覺,**3** 雨霽鼓鐘知.

驢瘦衝泥怯,**4** 魚驚食釣遲.**5**

衰翁一味嬾, 耕養媿吾兒.

【해제】

78세 때인 가태嘉泰 2년1202 봄 산음山陰에서 쓴 것으로, 바쁜 농촌의
봄날을 무료하게 지내고 있는 자신을 부끄러워하고 있다.

1   鄰曲(인곡) : 이웃집 또는 이웃 사람.

2   浸(침) : 물을 대다, 관개(灌漑)하다.

3   薪炭(신탄) : 목탄, 숯.

4   衝泥(충니) : 진흙을 디디다.

5   食釣(식조) : 낚싯밥을 먹다. 미끼를 무는 것을 의미한다.

【해설】

이 시에서는 봄을 맞아 누에를 치고 논에 물을 대느라 바쁜 농촌 사람들의 모습과 방 안에서 추위를 느끼며 바깥의 소리를 듣고 있는 자신을 대비하고 있다. 이어 길에서 나귀를 몰고 연못에서 낚시하고 있는 사람들의 상황을 말하고, 하는 일 없이 소일하는 자신을 봉양하며 농사짓느라 고생하는 자식들에게 미안함을 나타내고 있다.

북쪽 서재에서 뜻을 써서 아이들에게 보이다

초여름 좋은 바람이 이는 날에

매임 없이 북쪽 서재에 앉아있노라니,

평생을 실의하여 곤궁하게 지냈지만

만사는 안배하는 것을 꺼린다네.

고향의 풍속은 늙은이를 존중할 줄 알고

임금의 은혜는 치사를 허락하였으니,

굶주림과 추위를 비록 면하지 못해도

어찌 내 생각을 묶어둘 수 있었으리?

北齋書志示兒輩

初夏佳風日, 頹然坐北齋.**1**

百年從落魄,**2** 萬事忌安排.

鄕俗能尊老, 君恩許賜骸.**3**

飢寒雖未免, 何足繫吾懷.**4**

【해제】

78세 때인 가태^{嘉泰} 2년1202 여름 산음^{山陰}에서 쓴 것으로, 관직 생활에서 물러난 감회를 자식들에게 말하고 있다.

『검남시고』에서는 제4구 다음에 "서중거는 안정 선생의 '안배하지 말라'는 가르침을 듣고 배우는 바가 더욱 진보하였다徐仲車,聞安定先生莫安排之敎, 所學盆進"라는 자주自注가 있다. 서중거는 북송의 시인 서적徐積으로, 소식蘇軾을 비롯하여 황정견黃庭堅, 장뢰張耒 등 소문사학사蘇門四學士와 교유하였다. 안정 선생은 북송의 이학가 호원胡瑗이다.

【주석】

1　頹然(퇴연) : 매이지 않고 자유로운 모양.

2　落魄(낙백) : 곤궁하고 실의하다.

3　賜骸(사해) : 시골에 뼈를 묻는 것을 하사하다. 관원이 늙어 사직을 청하는 것을 말한다. 육유는 경원(慶元) 5년(1199)에 상소하여 7월에 제거건녕부무이산충우관(提擧建寧府武夷山冲祐觀) 직을 그만두며 관직에서 물러났다.

4　吾懷(오회) : 나의 뜻. 치사(致仕)하여 은거하려는 뜻을 가리킨다.

【해설】

이 시에서는 시원한 바람이 부는 북쪽 서재에 앉아 평생을 실의에 빠진 채 곤궁하게 살아온 자신의 삶을 회고하고, 세상만사는 계획하여서 되는 것이 아님을 말하고 있다. 이어 늙은이를 공경할 줄 아는 후덕한 풍속과 치사의 청을 허락한 임금의 은혜로 인해, 비록 경제적으로는 궁핍하나 관직에서 물러나 고향에서 편안한 여생을 보낼 수 있게 된 것에 만족해하고 있다.

오월 초에 쓰다

이웃집에선 새 보리를 찧고

집안사람들은 늦은 누에를 거두어들이네.

시간은 흘러 여름 오월이 되니

하늘의 부여함이 조삼모사와 같음을 탄식하네.

시간을 보내려 바둑을 두고

근심을 잊으려 술 항아리에 의지하니,

은거함에 고아한 정취가 있어

많이 즐기되 욕심내지는 않는다네.

五月初作

鄰舍春新麥, 家人拾晚蠶.

推移逢夏五,**1** 賦與歎朝三.**2**

遣日須棋局, 忘憂賴酒甔.

幽居有高致,**3** 多取未爲貪.

【해제】

78세 때인 가태嘉泰 2년1202 여름 산음山陰에서 쓴 것으로, 은거 생활의 고상한 정취를 나타내고 있다.

1 　推移(추이) : 시간이 흘러 변해가다.

2 　朝三(조삼) : 조삼모사(朝三暮四). 눈앞에 보이는 차이만 알고 결과가 같은

　　것을 알지 못하는 우매함을 말한다.

3 　高致(고치) : 고아한 정취나 흥취.

【해설】

　이 시에서는 여름을 맞은 농촌의 바쁜 일상을 묘사하며 바쁨과 한가
로움이 교차하는 인간사와 생장과 소멸이 반복되는 계절의 변화가 그
순서나 순간의 현상만 다를 뿐 무한히 반복되는 자연의 순환 속에서
결국은 같은 것에 불과함을 말하고 있다. 이어 바둑으로 소일하고 술
로 근심을 달래는 은거 생활의 고상한 정취를 나타내고, 이를 즐기되
탐닉하지는 않음을 말하고 있다.

매시로 가는 도중에

비는 산언덕 길에 어둑하고
사람들은 북쪽 나루에서 떠들썩하네.
사당의 담엔 새로 말 그림을 그렸고
마을의 피리는 멀리서 소를 부르며,
밥을 팔며 나와 자리다툼할 줄을 알고
조수 맞이하며 다투어 배를 푸네.
평생 괴로이 읊던 곳에서
또 한 해의 가을을 보내네.

梅市道中¹

雨暗山陂路, 人喧北渡頭.
廟垣新畫馬, 村笛遠呼牛.
買飯諳爭席,² 迎潮競解舟.³
平生苦吟處, 又送一年秋.

【해제】

81세 때인 개희開禧 원년1205 9월 산음山陰에서 쓴 것으로, 매시로 가던 도중 바라본 물가 마을의 경관을 묘사하며 또 한 해를 보내는 감회를 나타내고 있다.

『검남시고』에서는 제2구의 '북北'이 '고古'로 되어 있다. 총2수 중 제
2수이다.

【주석】

1 梅市(매시) : 지명. 산음 서쪽에 있는 마을로, '매시향(梅市鄕)' 또는 '매시리
   (梅市里)'를 가리킨다.

2 爭席(쟁석) : 자리를 다투다. 시골 사람들이 자신과 스스럼없이 지내는 것을
   말한다. 『장자(莊子)·우언(寓言)』에 따르면, 양주(楊朱)가 노자에게 배움
   을 얻으러 갔을 때 노자는 그의 교만하고 과시하는 모습을 지적하였다. 전에
   양주가 여관에 있을 때 함께 묵는 사람들은 그를 전송하고 맞이하였으며 주인
   은 방석을 들고 오고 주인댁은 수건과 빗을 가져왔다. 또한 그를 보면 함께 묵
   는 사람들은 자리를 피하고 불을 때던 사람도 부뚜막을 피해 갔다. 그러나 양
   주가 노자의 가르침을 받고 난 후에는 사람들이 자리를 다투며 그와 함께 어울
   리게 되었다.

3 迎潮(영조) : 조수를 맞이하다. 물이 불어나는 때를 맞추는 것을 말한다.

【해설】

이 시에서는 산과 물로 시선을 옮겨가며 정동의 대비를 통해 물가
마을의 생기 있고 활기찬 모습을 말하고 있다. 이어 새로 그린 말이 있
는 사당과 소를 부르는 마을의 피리 소리로 시각과 청각을 대비하며
마을의 풍요로움을 나타내고, 밥을 사 먹으며 자신과 격의 없이 대하

고 조수에 맞춰 고깃배를 띄우며 살아가는 마을 사람들의 순박하면서도 평온한 삶을 나타낸다. 그러나 마지막에는 정작 자신은 이곳에서 평생을 회한 속에서 지내며 또 한 해를 보내고 있음을 탄식한다.

가을밤에 생각을 적다

북두성은 드넓은 평원에 드리워지고

은하수는 맑은 하늘에 떠 있네.

바람 부는 숲에 낙엽 하나 떨어지고

이슬 젖은 풀에 온갖 벌레 울어대네.

병은 새로 서늘해지니 나아지고

시는 반쯤 잠든 상태에서 이루어졌네.

대산관의 길을 생각하면

횃불이 역참 앞에서 맞이하였지.

秋夜紀懷

北斗垂莽蒼,**1** 明河浮太淸.**2**

風林一葉下, 露草百蟲鳴.

病入新涼減, 詩從半睡成.**3**

還思散關路,**4** 炬火驛前迎.**5**

【해제】

72세 때인 경원慶元 2년1196 가을 산음山陰에서 쓴 것으로, 남정南鄭에

종군했던 때의 일을 회상하고 있다. 총3수 중 제3수이다.

1 莽蒼(망창) : 아득히 드넓은 평원.

2 太淸(태청) : 드넓고 청명한 하늘.

3 半睡(반수) : 반쯤 잠들다. 자다 깨다 하는 상태를 말한다.

4 散關(산관) : 대산관(大散關). 당시 금(金)과 국경을 접하고 있었던 군사적 요충지로, 지금의 섬서성 보계현(寶鷄縣) 서남쪽에 있다.

5 驛前迎(역전영) : 역참 앞에서 맞이하다. 건도(乾道) 8년(1172) 8년 10월에 낭중(閬中)으로 시찰 나갔다가 남정(南鄭)으로 돌아오던 도중 소백역(小柏驛)에 머무를 때의 일을 가리킨다.

【해설】

이 시에서는 가을밤 하늘과 땅의 청명하고 고요한 정경을 묘사하며 한결 나아진 병세에 일어나 앉아 시를 쓰고 있는 자신을 말하고, 옛날 남정에서 보냈던 가을의 기억을 회상하고 있다.

집 북쪽에 요락한 경물이 매우 아름다워 우연히 쓰다 5수

올해 겨울은 늦어
십일월이 되어서야 약간 서리가 내리네.
들녘 햇빛은 단풍잎에 밝고
강바람에 기러기 행렬은 끊어졌네.
궁벽한 길은 밟혀 무너진 곳이 많고
노년의 시기는 슬퍼 아파하기 쉽네.
시의 정이 게으른 것이 스스로 우스우니
옛 비단 주머니는 텅 비어 버렸네.

길에는 새로 서리 물든 잎이 쌓여 있고
개울에는 옛날 불어났던 모래가 남아 있네.
깃들인 까마귀는 막 가지에 가득하고
돌아가는 오리는 각자 집을 아네.
세상사 본디 우스우니
나의 생은 참으로 끝이 있네.
남촌에서 술 익었다는 말 듣고
어린 종 보내어 외상 사게 하네.

작은 마을은 갈매기 모래톱 북쪽에 있고
가로지른 숲은 어부의 집 동쪽에 있네.

뱃머리에선 취한 늙은이 잠들고
소 등에는 마을 아이가 서 있네.
해는 져 구름은 온통 푸르고
서리는 남아 잎은 태반이 붉네.
곤궁한 물고기와 고달픈 새라도
마침내 연못과 새장에 있는 것보다는 낫다네.

지붕 모양은 금金자를 이루고
개울 물은 풀어진 무늬를 만드네.
작은 다리 길은 비스듬히 통하고
석양의 문은 반쯤 닫혀 있네.
외로운 배는 안개에 부딪히며 지나가고
성긴 종소리가 둑 너머에서 들려오네.
문 닫아두니 병들어서가 아니라
번잡한 것이 싫어서라네.

풀 사잇길에 오는 사람은 드물고
사립문은 절로 열려 있네.
숲은 성기어 까마귀는 적게 머물고
개울은 얕아 해오라기는 자주 오네.
처마 가에서 오이 덩굴을 자르고

담장 모퉁이에서 토란을 캐네.

동쪽 이웃의 제사 고기 이르니

한번 웃으며 새로 익은 술을 드네.

舍北搖落景物殊佳偶作五首

今年冬候晚, 仲月始微霜.[1]

野日明楓葉, 江風斷雁行.

窮塗多藉蹢,[2] 老境易悲傷.

自笑詩情嬾, 蕭然舊錦囊.[3]

路擁新霜葉,[4] 溪餘舊漲沙.

栖烏初滿樹, 歸鴨各知家.

世事元堪笑, 吾生固有涯.[5]

南村聞酒熟, 試遣小僮賖.

小聚鷗沙北,[6] 橫林蟹舍東.[7]

船頭眠醉叟, 牛背立村童.

日落雲全碧, 霜餘葉半紅.

窮鱗與倦翼,[8] 終勝在池籠.

屋角成金字,[9] 溪流作紆紋.[10]

斜通小橋路, 半掩夕陽門.

孤艇衝煙過, 疎鐘隔塢聞.

杜門非獨病,[11] 實自厭紛紛.

草徑人稀到,[12] 柴扉手自開.

林疎鴉小泊, 溪淺鷺頻來.

簷角除瓜蔓, 牆隅斸芋魁.[13]

東鄰膰肉至,[14] 一笑舉新醅.[15]

【해제】

72세 때인 경원慶元 2년1196 겨울 산음山陰에서 쓴 것으로, 겨울의 풍광을 바라보며 삶의 의미를 생각하고 있다.

【주석】

1 仲月(중월) : 매 절기의 중간 달. 즉 음력 2월과 5월, 8월, 11월을 가리킨다.

2 藉蹦(자린) : 밟혀 무너지다.

3 蕭然(소연) : 텅 비어 적막한 모양.

錦囊(금낭) : 비단 주머니. 시 원고나 중요한 문서를 담아두었다. 당(唐) 이상은(李商隱)이 나귀를 타고 비단 주머니를 등에 메고 다니다가 좋은 시구를 얻으면 즉시 써서 주머니에다 던져넣은 것에서 유래하였다.

4 擁(옹) : 쌓다, 누르다.

5 有涯(유애) : 한계가 있다. 삶의 유한함을 말한다.

6 小聚(소취) : 작은 촌락.

7 蟹舍(해사) : 어부의 집.

8 窮鱗與倦翼(궁린여권익) : 곤궁한 물고기와 고달픈 새. 야생에서 힘들게 생
존하는 것을 의미한다.

9 屋角(옥각) : 가옥의 모서리. 집의 지붕을 가리킨다.

金字(금자) : '금(金)'의 글자. 지붕의 모양을 비유한다.

10 紓紋(서문) : 풀어진 무늬. 물결의 모양을 비유한다.

11 杜門(두문) : 문을 닫다.

12 草徑(초경) : 풀 사이로 난 길. 오솔길을 가리킨다.

13 斸(촉) : 캐다.

芋魁(우괴) : 토란 열매.

14 膰肉(번육) : 제사 고기.

15 新醅(신배) : 새로 익은 술.

【해설】

제1수에서는 늦은 서리에 단풍이 물들고 기러기도 이미 떠나 버린
강가의 풍경을 묘사하고, 나이가 들어 경물에 쉬이 슬픔을 느끼게 됨
을 말하며 그동안 게을러 시를 쓰지 못한 자신을 책망하고 있다.

제2수에서는 단풍이 쌓인 길과 여름에 밀려온 모래가 남아있는 개

울을 묘사하며 가지에 깃들인 까마귀와 집으로 돌아가는 오리를 대비하여 나타내고, 인생사의 덧없고 유한함을 말하며 그저 술로 위안을 삼고자 하고 있다.

제3수에서는 모래톱과 숲이 있는 물가 마을의 정경을 묘사하며 배에서 취해 잠들어 있는 자신과 소 등에 올라탄 마을 아이를 대비하여 나타내고, 비록 곤궁한 삶이라도 매임 없이 자유롭게 사는 것이 나은 것임을 말하며 관직을 그만두고 은거하는 기쁨을 나타내고 있다.

제4수에서는 금金자 모양으로 펼쳐진 지붕과 아름다운 무늬로 흐르는 개울을 묘사하며 저물녘의 고요하고 적막한 마을의 정경을 나타내고, 문을 닫아두는 것이 병 때문이 아니라 번잡한 것을 싫어해서임을 말하고 있다.

제5수에서는 인가와 떨어져 풀숲 사이에 있는 자신의 집을 말하며 집 주변에 적게 서식하는 까마귀와 자주 찾아오는 해오라기를 대비하여 나타내고, 토란을 캐어 이웃에서 보내온 제사 고기와 함께 안주 삼아 새로 익은 술을 마시는 기쁨을 말하고 있다.

남은 섣달

남은 섣달에 날이 많지 않으니

내 또 일 년을 살았네.

수풀 연못에 석양은 밝고

마을에 봄 연기는 옅으며,

산색은 난간 모서리에 위태롭고

매화는 술 가에서 푸르네.

계절의 풍경을 본디 좋아하건만

늙고 병드니 홀로 처연해지네.

殘臘

殘臘無多日, 吾生又一年.

林塘明夕照, 墟落淡春煙.¹

山色危欄角,² 梅花綠酒邊.

歲時元自好,³ 老病獨悽然.

【해제】

71세 때인 경원慶元 원년1195 겨울 산음山陰에서 쓴 것으로, 섣달에 또 한 해를 보내는 서글픈 심경을 나타내고 있다. 총2수 중 제2수이다.

1 墟落(허락) : 촌락, 마을.

2 山色(산색) : 산의 경관.

3 歲時(세시) : 일 년 사계절. 여기서는 계절의 풍경을 가리킨다.

【해설】

　이 시에서는 섣달이 얼마 남지 않아 자신이 또 일 년을 더 살게 되었음을 말하고, 봄기운이 어린 연못과 마을의 경관을 바라보며 아직은 이른 매화와 함께 술을 마시고 있는 모습을 나타내고 있다. 이어 본디 계절의 풍경을 좋아했건만 늙고 병드니 풍경을 보면 그저 처연한 느낌만 들 뿐임을 탄식하고 있다.

초한에 홀로 있다가 놀이 삼아 쓰다

껍질을 까 자색 밤을 얻고

잎과 함께 노란 귤을 따네.

홀로 유마힐의 방에 누워있으니

미륵불의 감실을 누구와 함께하리?

종문은 닭장을 만들고

영조는 나물 바구니를 들었으니,

무생무멸의 말을

등불 달고 절로 이야기할 수 있겠네.

初寒獨居戲作

開殼得紫栗,**1** 帶葉摘黃甘.**2**

獨臥維摩室,**3** 誰同彌勒龕.**4**

宗文樹鷄柵,**5** 靈照挈蔬籃.**6**

一段無生話,**7** 燈籠自可談.**8**

【해제】

74세 때인 경원慶元 4년1198 가을 산음山陰에서 쓴 것으로, 불가의 지향과 단란한 가족의 모습을 나타내고 있다.

『검남시고』에서는 마지막 구의 '자가自可'가 '가여可與'로 되어 있다.

1 殼(각) : 껍질.

2 甘(감) : 귤의 일종으로, '감(柑)'이라고도 한다.

3 維摩室(유마실) : 유마힐(維摩詰)의 방. 이 구는 유마힐이 병이 든 모습으로 현신(現身)한 것을 가리키는 것으로, 여기서는 자신이 병들어 누워있는 것을 의미한다.

4 彌勒龕(미륵감) : 미륵불(彌勒佛)의 감실. 이 구는 속세에서 벗어나 미륵불과 함께한다는 뜻으로, 여기서는 부처에 귀의하여 도를 닦고 수행하는 것을 의미한다.

5 宗文(종문) : 두보(杜甫)의 장자(長子). 종문이 두보의 명을 받들어 닭장을 설치했던 일을 가리키는 것으로, 여기서는 자신의 아들이 부친의 뜻을 잘 따르는 것을 의미한다.

6 靈照(영조) : 양주거사(襄州居士) 방온(龐蘊)의 딸. 스님이 집으로 아버지를 찾아왔을 때 영조가 나물 캐던 바구니를 들고 맞이했던 일을 가리키는 것으로, 여기서는 자신의 딸이 부친을 잘 봉양하는 것을 의미한다.

7 無生話(무생화) : 불교 용어. 피아의 구분이나 생사와 득실에서 벗어난 무생무멸(無生無滅)의 말을 가리킨다. 이하 두 구는 『경덕전등록(景德傳燈錄)』권8에 방거사(龐居士)가 게송(偈頌)에서 "혼인하지 않은 아들이 있고 시집가지 않은 딸이 있어, 온 가족이 둘러앉아 함께 무생무멸의 말을 하네(有男不婚, 有女不嫁, 大家團欒頭, 共說無生話)"라 한 뜻을 차용하였다.

8 燈籠(등롱) : 난간이나 벽 등에 걸어 놓은 조롱(鳥籠) 모양의 등불.

【해설】

이 시에서는 막 추워진 날씨에 밤과 귤을 따고 있는 자신을 말하고, 병들어 누워있으며 고해의 세속에서 벗어나 부처에 귀의하고 싶은 바람을 나타내고 있다. 이어 두보의 아들 종문과 방거사의 딸 영조의 일을 들어 자신의 뜻을 잘 따르며 극진히 봉양하는 아들과 딸을 칭찬하고, 방거사의 가족처럼 온 가족이 무생무멸의 말을 하며 단란하게 살아가고 있음을 기뻐하고 있다.

새벽에 일어나

새벽에 일어나 머리 빗기도 싫어

옷 걸치고 초당에 서 있네.

안개는 자욱하여 나무를 온전히 가리고

날씨는 따뜻하여 서리가 되지 못하며,

여울은 급해 물고기 떼는 돌아오고

하늘은 낮아 기러기 행렬이 가까이 있네.

새봄이 아직 한 달이나 남았는데

이미 해가 약간 길어진 것이 느껴지네.

晨起

晨起梳頭懶,¹ 披衣立草堂.

霧昏全隱樹, 氣暖不成霜.

灘急回魚隊, 天低襯雁行.²

新春猶一月, 已覺日微長.

【해제】

71세 때인 경원慶元 원년1195 겨울 산음山陰에서 쓴 것으로, 머지않은
새봄에 대한 기대를 나타내고 있다.

1   梳頭(소두) : 머리를 빗다.

     嬾(란) : 게으르다, 귀찮다.

2   襯(친) : 가까이하다, 붙어 있다.

【해설】

이 시에서는 새벽에 일어나 머리 빗기도 귀찮아하며 간단히 옷만 걸치고 초당 앞으로 나가 겨울의 풍광을 감상하고 있다. 이어 따뜻해진 기온에 서리 대신 안개가 자욱한 숲의 모습을 묘사하며 물고기가 가득한 여울과 기러기 행렬이 드리워진 하늘을 대비하여 나타내고 있다. 마지막에는 새봄이 아직 한 달이나 남았지만 이미 해가 길어지는 것이 느껴짐을 말하며 곧 다가올 새봄을 기다리고 있다.

오경에 잠을 이루지 못하다가 일어나 술 한잔하고 다시 잠자리로 가다

우리는 차가워 닭 울음소리는 목이 메고

창은 깊어 촛불의 불꽃은 밝은데,

흐르는 세월은 쉬이 지나가 버리고

흰 머리칼은 무심히 생겨나네.

막 익은 탁한 술을 뜨고

잎 달린 향기로운 등자를 문지르니,

남은 뼈는 땅강아지와 개미에게 맡기고

역사책에 다시 이름을 실어야 하리.

五鼓不得眠, 起酌一盃復就枕

棲冷雞聲咽, 窓深燭焰明.

流年容易過, 華髮等閑生.[1]

濁挹連醅酒,[2] 香搓帶葉橙.[3]

殘骸付螻蟻, 汗簡更須名.[4]

【해제】

68세 때인 소희^{紹熙} 3년¹¹⁹² 겨울 산음^{山陰}에서 쓴 것으로, 공업을 이루지 못한 노년의 회한이 나타나 있다.

1　華髮(화발) : 흰 머리칼.

　　等閑(등한) : 예사롭다, 아무렇지 않다.

2　連醅酒(연배주) : 거르지 않은 술. 막 익은 술을 가리킨다.

3　橙(등) : 등자(橙子). 오렌지.

4　汗簡(한간) : 불에 구운 죽간(竹簡). 역사서나 전적을 비유한다.

【해설】

　이 시에서는 새벽녘에 일어나 등불 마주하고 앉아 닭 울음소리를 들으며 빠른 세월의 흐름을 탄식하고 있다. 이어 등자를 안주 삼아 갓 익은 술을 마시며 사람은 죽어서 마땅히 역사책에 이름을 올릴 수 있어야 함을 말하고 있다.

신유년 동지

오늘 해가 남쪽에 이르는데

우리 집은 적막하기만 하니,

집안은 가난하여 절기 쇠는 것도 가볍고

몸은 늙어 한 해가 더해가는 것이 두렵네.

제수 음식 나누고 자녀들이 모두 절하고

접시를 나누어 홀로 일찍 잠자니,

오직 봄을 찾는 꿈 꾸려 하는데

마음은 이미 경호 가를 맴도네.

辛酉冬至

今日日南至,¹ 吾門方寂然.

家貧輕過節,² 身老怯增年.

畢祭皆扶拜,³ 分盤獨早眠.⁴

惟應探春夢,⁵ 已繞鏡湖邊.⁶

【해제】

77세 때인 가태嘉泰 원년1201 겨울 산음山陰에서 쓴 것으로, 노년의 빈한한 형편에 동지를 맞은 감회를 나타내고 있다.

저본과 『검남시고』 모두 제4구 다음에 "마을 속담에 동지 밥을 먹으면 한 살이 더해진다고 한다^{鄕俗, 謂喫冬至飯卽添一歲}"라는 자주自注가 있다.

【주석】

1   日南至(일남지) : 해가 남쪽에 이르다. 해가 남방 한계선에 이른 것을 가리키
     는 것으로, 동지가 되었음을 말한다.

2   過節(과절) : 절기를 쇠다. 절기에 따라 관련한 행사를 하는 것을 말한다.

3   扶拜(부배) : 절하다. 여자와 남자가 절하는 방식인 '부(扶)'와 '배(拜)'를 가리
     키며, 여기서는 자녀들이 육유에게 절하는 것을 의미한다.

4   分盤(분반) : 접시를 나누다. 제수 음식을 나누어 먹는 것을 말한다.

5   探春夢(탐춘몽) : 봄을 찾는 꿈. 꿈속에서 봄을 찾아 노니는 것을 말한다.

6   鏡湖(경호) : 호수 이름. 지금의 절강성 소흥시(紹興市) 남쪽에 있으며, 육유
     는 경호 가에 오두막을 짓고 기거하였다.

【해설】

이 시에서는 동지가 되었지만 빈한한 형편이라 절기도 제대로 쇠지
못함을 말하며 다시 나이 한 살이 더해지는 것에 아쉬움을 나타내고
있다. 이어 자녀들의 절을 받고 따로 나와 홀로 이른 잠자리에 든 상황
을 나타내고, 봄을 찾는 꿈에 이르기도 전에 마음은 이미 경호 가를 맴
돌고 있음을 말하고 있다.

기유년 초하루

밤비에 남은 눈은 녹고

아침 햇살에 쌓인 어둠이 걷히네.

붓에 입김 불어 도부를 쓰고

꽃을 띄워 산초 술을 따르네.

거리의 버들은 바람에 흔들리며 아직 이르고

길의 진흙은 말을 씻어 질퍽하네.

행궁에서 조정의 하례를 금하시니

모두 알아 성군의 마음을 흠모하네.

己酉元日

夜雨解殘雪, 朝陽開積陰.

桃符呵筆寫,**1** 椒酒過花斟.**2**

巷柳搖風早, 街泥濺馬深.**3**

行宮放朝賀, 共識慕堯心.**4**

【해제】

65세 때인 순희淳熙 16년1189 정월 임안臨安에서 쓴 것으로, 새해를 맞은 희망과 기대를 나타내고 있다.

『검남시고』에서는 시 본문 다음에 "황제께서 상중이라 하례를 하지 않았다以亮陰免賀禮"라는 자주自注가 있다.

【주석】

1 桃符(도부) : 복숭아나무 판에 쓴 부적. 매년 정월 초하루에 신다(神茶)와 울
루(鬱壘) 두 신인(神人)의 이름을 써서 악귀를 쫓고 액운을 막았다.
呵筆(가필) : 붓에 입김을 불다. 얼어붙은 붓을 녹이는 것을 말한다.

2 椒酒(초주) : 산초를 넣어 빚은 술. 정월 초하루에 마시며 장수와 복을 기원하
였다.

3 濺馬(천마) : 말을 씻다.

4 堯心(요심) : 요(堯) 임금의 마음. 성군(聖君)의 마음을 의미한다.

【해설】

이 시에서는 남은 눈이 녹고 짙은 어둠이 걷히는 원일 아침의 모습
을 묘사하며 새해에 대한 희망과 기대를 나타내고, 도부를 쓰고 산초
술을 마시며 새해를 맞이하고 있음을 말하고 있다. 이어 이른 버들가
지가 바람에 흔들리고 말을 씻어 질퍽해진 거리를 묘사하며 새해를 맞
는 도성 사람들의 기대와 새로운 마음가짐을 나타내고, 상중이라 조정
의 하례를 금지한 황제의 성덕을 칭송하고 있다.

갑자년 초하루

도소주 마셨으니

진정 팔십 노인이 되었네.

본디 곧아서 죽게 될 것을 근심하였는데

오히려 곤궁하여 시가 빼어남을 기뻐하네.

쌀값은 싸 도둑이 없음을 알겠고

구름이 어둑하니 다시 풍년이 들겠네.

한 대나무 통의 밥을 어찌 다시 걱정하리?

웃고 즐기며 아이들과 짝한다네.

甲子元日

飮罷屠蘇酒,[1] 眞爲八十翁.

本憂緣直死,[2] 却喜坐詩窮.[3]

米賤知無盜, 雲霧又主豐.[4]

一簞那復慮,[5] 嬉笑伴兒童.[6]

【해제】

80세 때인 가태嘉泰 4년1204 봄 산음山陰에서 쓴 것으로, 풍년의 여유로움을 나타내고 있다.

『검남시고』에서는 제목에서 '갑자甲子' 다음에 '세歲'가 추가되어 있으며, 시 본문 다음에 "새해가 시작되며 약간 흐리고 비가 내리지 않으니, 올해 분명 풍년이 될 것이다開歲微陰不雨, 法當有年"라는 자주自注가 있다.

【주석】

1 屠蘇酒(도소주) : 도소초(屠蘇草)를 넣어 빚은 술. 정월 초하루에 마시며 한 해의 복을 빌고 액운을 막았다.

2 緣(연) : 따르다, 순종하다.
   直死(직사) : 강직함으로 인해 죽임을 당하다.

3 坐(좌) : 이르다, 결과를 초래하다.
   詩窮(시궁) : 시가 곤궁한 처지에 이르다. 곤궁함에 처해 시가 빼어나게 되는 것을 말한다.

4 露(음) : 구름이 해를 가려 어둑하다.
   主豐(주풍) : 풍년을 주관하다. 풍년이 드는 것을 말한다.

5 一簞(일단) : 대나무 통에 담은 밥. 소박한 음식을 가리킨다.

6 嬉笑(희소) : 즐거워하고 웃다. 장난하며 웃고 즐기는 것을 말한다.

【해설】

이 시에서는 정월 초하루의 도소주를 마시며 이제 온전히 팔십의 나이가 되었음을 말하고, 지난 세월 자신의 강직한 성격 때문에 많은 고초를 겪었지만 이로 인해 시는 오히려 더 빼어나게 되었음을 위안으로 삼고 있다. 이어 지난해의 풍년으로 인해 백성의 삶이 한결 나아졌음을 말하며 올해도 풍년이 이어지리라 예상하고, 먹고 사는 고민에서 벗어나 아이들과 함께 놀이하며 즐거운 시간을 보내고 있다.

청명절

기후는 삼오 지역이 달라

청명절에도 이처럼 춥다네.

늙으니 무덤의 감회는 더해지고

가난하니 인생길의 어려움을 괴로워하네.

제비는 집집마다 날아들고

배꽃은 나무마다 시들어,

한 철 봄이 고개 돌리는 사이 다해 버렸으니

회포가 어찌하면 너그러워질 수 있으리?

清明

氣候三吳異,**1** 清明乃爾寒.**2**

老增丘墓感, 貧苦道途難.

燕子家家入, 梨花樹樹殘.

一春回首盡,**3** 懷抱若爲寬.**4**

【해제】

73세 때인 경원慶元 3년1197 봄 산음山陰에서 쓴 것으로, 인생행로의
고달픔을 노래하며 지는 봄을 아쉬워하고 있다.

『검남시고』에서는 제1구의 '삼三'이 '강江'으로 되어 있다.

1 　三吳(삼오) : 지명. 오흥(吳興), 오군(吳郡), 단양(丹陽) 또는 회계(會稽)를
　가리키며, 오(吳) 땅을 대표하는 지역이다.

2 　乃爾(내이) : 이와 같이, 이처럼.

3 　回首(회수) : 고개 돌리는 사이. 잠깐의 시간을 가리킨다.

4 　若(약) : 어찌.
　寬(관) : 너그럽다, 풀어지다.

【해설】

　이 시에서는 오 땅이 지역마다 기후가 달라 청명절에도 추위가 느껴
짐을 말하고, 늙어갈수록 죽음에 대한 감회가 많아지고 가난으로 인해
고통스러운 나날을 보내고 있음을 말하고 있다. 이어 제비가 날아들고
배꽃이 시든 늦봄의 경관을 묘사하며 순식간에 저버린 봄을 안타까워
하고 있다.

삼짇날

남은 생이 팔십이 되니

좋은 날을 거듭해서 만나네.

주렴 휘장엔 내려온 제비가 낮게 날고

창살 방에선 여름누에가 깨어나며,

이름난 꽃은 붉게 배에 가득하고

잘 익은 술은 초록으로 항아리에 가득하네

봄 일은 여전히 지난날과 같은데

노쇠한 감회를 견딜 수가 없네.

上巳¹

殘年登八十, 佳日遇重三.²

簾幙低垂燕,³ 房櫳起晚蠶.⁴

名花紅滿舫,⁵ 美醞綠盈甔.⁶

春事還如昨, 衰懷自不堪.

【해제】

80세 때인 가태嘉泰 4년1204 봄 산음山陰에서 쓴 것으로, 봄의 경관을 바라보며 노년의 회한을 나타내고 있다.

『검남시고』에서는 제3구의 '수垂'가 '신新'으로 되어 있다.

【주석】

1 上巳(상사) : 고대의 명절로 3월의 첫 번째 사일(巳日)을 가리키며, 위(魏)나라 이후로는 3월 3일로 고정되었다. 이날 물가에서 몸을 씻으며 한 해의 묵은 때를 씻고 액운을 막았다.

2 重三(중삼) : 두 번과 세 번. 거듭되는 것을 말한다.

3 垂燕(수연) : 땅 가까이 내려와 날아가는 제비.

4 房櫳(방롱) : 창살이 있는 방. 잠실(蠶室)을 가리킨다.

晩蠶(만잠) : 여름누에.

5 名花(명화) : 유명한 꽃. 명기(名妓)를 가리킨다.

6 美醞(미온) : 맛 좋은 술, 잘 익은 술.

甔(담) : 항아리.

【해설】

이 시에서는 팔십 세까지 살다 보니 좋은 날도 여러 번 만나게 됨을 말하고, 휘장 밖으로 제비가 낮게 날고 잠실에서 누에가 깨어나는 지상의 경관과 아름다운 기녀들과 맛 좋은 술이 배에 가득한 물 위의 상황을 대비하며 봄날의 아름다운 풍경과 여유로운 정취를 나타내고 있다. 그러나 이렇듯 좋은 봄은 해마다 반복되건만, 자신은 날로 늙어가며 예전과 같지 않음을 안타까워하고 있다.

취중에 쓰다

벼슬길에 있은 지 삼십 년

행동과 걸음걸이로 또한 사람을 보았으니,

술을 사랑하여 상관이 욕했고

꽃을 가까이하여 승상께서 노하셨네.

호수와 산이 지금 손에 들어오고

풍월이 비로소 몸을 받아들였건만,

가슴속 기운을 조금만 토해내도

흰 머리칼 새롭게 하기만 하네.

醉中作

宦遊三十載, 舉步亦看人.**1**

愛酒官長罵,**2** 近花丞相嗔.

湖山今入手, 風月始關身.**3**

少吐胸中氣, 從教白髮新.**4**

【해제】

68세 때인 소희紹熙 3년1192 가을 산음山陰에서 쓴 것으로, 고난으로 가득했던 지난 관직 생활을 회상하고 있다.

1 擧步(거보) : 행동과 걸음걸이.

看人(간인) : 사람을 보다. 다른 사람을 판단하고 평가하는 것을 말한다.

2 官長(관장) : 관서의 책임자. 상관(上官)을 가리킨다.

3 關身(관신) : 몸을 받아들이다. 온전한 은거 생활을 시작한 것을 가리킨다.

4 從(종) : 이로 인해.

敎(교) : 사역형. ~하게 하다.

【해설】

이 시에서는 지난 30년의 관직 생활 동안 자신의 행동만으로 남들이 자신을 판단하고 평가했던 것에 불만을 나타내며, 자신이 술과 꽃을 사랑하여 윗사람들의 미움과 질시를 받게 되었음을 말하고 있다. 이어 이제야 관직에서 벗어나 자연과 함께 은거 생활을 할 수 있게 되었지만, 가슴속 울분을 약간만 토해내도 시름겨운 흰 머리칼만 새로 늘어날 뿐임을 탄식하고 있다.

눈 속에서 2수

봄날 낮에 눈은 키질하는 것과 같고

파리하게 여윈 채 병석에서 일어나는 때라네.

인적은 깊어 호랑이 지나가는 것에 놀라고

연기는 끊어져 스님이 굶주리는 것에 마음 아픈데,

땅은 얼어 훤초 싹은 짧고

숲은 깊어 새 지저귐은 더디네.

서창에 해 기우는 저녁

손에 입김 불며 남은 바둑돌을 모으네.

홀연히 궁벽한 곳을 슬퍼하며

오래도록 아름다웠던 시절을 느끼네.

저녁 구름은 먹물을 뿌린 듯하고

봄 눈은 눈꽃을 만들지 못하며,

눈은 껄끄러워 등불에서 무리가 생겨나고

시가 완성되니 글자는 태반이 기울었네.

남은 술통 이미 다 기울이고는

동쪽 집에 술 있나 물어보려 일어나네

雪中二首

春晝雪如篩,**1** 清羸病起時.**2**

跡深驚虎過, 煙絕閔僧飢.

地凍萱芽短, 林深鳥哢遲.

西窗斜日晚, 呵手斂殘棋.[3]

忽忽悲窮處,[4] 悠悠感歲華.[5]

暮雲如潑墨, 春雪不成花.

眼澁燈生暈,[6] 詩成字半斜.

殘尊已傾盡,[7] 試起問東家.

【해제】

82세 때인 개희開禧 2년1206 봄 산음山陰에서 쓴 것으로, 궁핍한 은거 생활과 그 속에서 느끼는 즐거움을 나타내고 있다.

『검남시고』에서는 제1수와 제2수의 순서가 바뀌어 있으며, 제1수 제6구의 '심深'이 '한寒'으로 되어 있다.

【주석】

1 篩(사) : 키질하다. 눈이 먼지처럼 날리는 것을 비유한다.

2 清羸(청리) : 파리하게 여위다.

3 呵手(가수) : 손에 입김을 불다. 얼어붙은 손을 녹이는 것을 말한다.

斂(감) : 거두다, 모으다. '렴(斂)'과 같다.

4　忽忽(홀홀) : 빠른 모양, 홀연한 모양.

5　悠悠(유유) : 시간이 오래되다.

　　歲華(세화) : 인생의 아름다운 시절.

6　眼澁(안삽) : 눈이 껄끄럽다. 시력이 약해져 잘 보이지 않는 것을 말한다.

　　暈(훈) : 무리. 발광체 주위를 둘러싼 희미한 띠.

7　殘尊(잔존) : 남은 술통. '존(尊)'은 '준(樽)'과 같다.

【해설】

　제1수에서는 싸락눈이 자욱하게 내리는 봄날에 오랫동안 병석에 있다 일어난 자신을 말하고 있다. 이어 호랑이가 다니는 외진 곳에 자리한 거처와 스님에게 공양도 할 수 없는 빈한한 처지를 말하며 봄이 아직 이르지 않은 적막한 주변의 경관을 묘사하고, 언 손을 불어가며 바둑돌을 모으고 있는 모습으로 자신의 고단하고 궁핍한 은거 생활을 나타내고 있다.

　제2수에서는 궁벽한 자신의 처지를 슬퍼하며 화려하고 아름다웠던 옛 시절을 생각하고 있다. 이어 눈 내리는 저녁 경관을 묘사하며 노년에 시력조차 나빠져 시 쓰는 것조차 바로 할 수 없음을 탄식하고, 집에 있는 술을 다 마시고 다시금 이웃집에 술을 얻으러 가는 모습으로 이웃들과 허물없이 지내는 자신의 생활을 말하고 있다.

적은 눈

밤에 누우니 바람이 들에서 부르짖고

새벽에 일어나니 눈이 울타리에 덮였네.

풍토병의 기운을 누를 수 있다 말할 순 없어도

시를 재촉하는 것은 할 수 있네.

느린 나귀를 타는 것도 비록 좋지만

배를 부르는 것이 더욱 나은 듯하니,

본디 섬계의 길에 있는 것이

파교에 있을 때보다 못하지 않음을 안다네.

小雪

夜臥風號野, 晨興雪擁籬.

未言能壓瘴,¹ 要是欲催詩.²

跨蹇雖堪喜,³ 呼舟似更奇.⁴

元知剡溪路,⁵ 不減灞橋時.⁶

【해제】

84세 때인 가정嘉定 원년1208 겨울 산음山陰에서 쓴 것으로, 눈 쌓인
새벽의 시흥을 나타내고 있다.

【주석】

1 壓瘴(압장) : 장기(瘴氣)를 억누르다. 눈이 덮여 풍토병의 기운을 막는 것을 말한다.

2 要是(요시) : 주요한 것은 ~이다. 눈의 주요한 기능을 말한다.

3 跨蹇(과건) : 느린 나귀를 타다. 눈보라 치는 파교(灞橋)에서 나귀를 타며 시흥을 느꼈던 당대(唐代) 정계(鄭綮)의 고사를 차용한 것이다. 『전당시화(全唐詩話)·정계(鄭綮)』에 따르면, 당대(唐代) 정계는 「노승시(老僧詩)」라는 제목의 오언율시를 지음에 앞 6구를 먼저 완성하고 나머지 2구를 완성하지 못한 채 "나타내고 싶은 시의 뜻은 눈이 휘날리는 파교 위의 나귀 등 위에 있는데, 이를 어떻게 얻을 것인가?(詩思在灞橋風雪中驢子背上, 此何以得之)"라 하며 평생을 고심하였다고 한다.

4 呼舟(호주) : 배를 부르다. 동진(東晉) 왕휘지(王徽之)가 눈 오는 밤에 섬계(剡溪)에 있는 대규(戴逵)가 생각나 밤새 배를 타고 갔다가 막상 대규의 집 앞에 이르러서는 흥이 다해 만나지 않고 돌아왔던 고사를 차용한 것이다.

5 剡溪(섬계) : 물 이름. 조아강(曹娥江)의 상류로, 지금의 절강성 승현(嵊縣) 서남쪽에 있다.

6 不減(불감) : 줄지 않다. 못하지 않는 것을 말한다.
   灞橋(파교) : 장안 동쪽의 다리.

【해설】

이 시에서는 새벽에 일어나 눈이 덮인 광경을 바라보며 비록 눈이

많지 않아 풍토병을 억누를 정도까진 아니라도 시흥은 충분히 불러일
으킬 수 있음을 말하고 있다. 이어 눈 속에서 시흥을 느꼈던 정계와 왕
휘지의 일을 떠올리며 섬계의 시흥이 파교의 시흥보다 못하지 않음을
말하고 있다.

큰 눈이 달 아래 아침까지 내리다가 낮에 비로소 개려 하여

어스름 저녁에 눈구름이 낮게 깔리니

맑은 밤에 생각은 슬퍼지네.

창을 때리는 급한 소리 막 들리더니

계단과 나란해졌다며 이미 알려왔네.

성긴 발에 나는 나비 뚫고 들어오고

빈 뜰엔 노니는 사자가 모여 있네.

새로 개어 찾아올 객을 생각하니

성 가득한 진흙에 시름겨워하네.

大雪月下至旦欲午始晴

薄暮雪雲低, 淸宵意慘悽.1

方聽打窗急, 已報與階齊.

疎箔穿飛蝶,2 空庭聚戲猊.3

新晴思訪客, 愁絶滿城泥.4

【해제】

62세 때인 순희淳熙 13년1186 12월 엄주嚴州에서 쓴 것으로, 폭설로 인해 지인을 만나지 못하는 아쉬움을 나타내고 있다.

『검남시고』에는 제목에서 '월하月下'가 '자야自夜'로, 제2구의 '의意'

가 '기氣'로 되어 있다.

【주석】

1 慘悽(참처) : 비참하고 처량하다.

2 疎箔(소박) : 성기게 드리운 발. '박(箔)'은 갈대 등을 엮어 만든 발이다.

　飛蝶(비접) : 날아다니는 나비. 여기서는 발 사이를 뚫고 들어오는 눈을 비유한다.

3 戲猊(희예) : 노니는 사자. 여기서는 집 마당에 휘몰아치는 눈을 비유한다.

4 泥(니) : 진흙. 길이 진흙탕으로 되어 있는 것을 말한다.

【해설】

이 시에서는 저물녘에 눈구름이 낮게 드리웠다가 밤부터 아침까지 폭설이 내렸음을 말하고, 발을 뚫고 들어오고 뜰에 휘몰아치는 거센 눈발을 나비와 사자의 모습에 비유하여 나타내고 있다. 마지막에는 낮이 되어 비록 눈이 그쳤지만 길이 진흙탕으로 변해 약속했던 객을 만나지 못하는 것에 시름겨워하고 있다.

밤에 달빛을 거닐며

한밤중에 잠을 이루지 못하고

일어나 희미한 달을 찾아 거니네.

바람 일어 떨어지는 잎에 놀라고

이슬 무거워 기울어진 연을 발견하네.

취중의 흥취는 높은데

사후의 명성은 멀기만 하네.

흥이 다해 다시 문 닫고

앉아 해가 동쪽에서 떠오르기 기다리네.

夜中步月

夜半不成寐, 起尋微月行.

風生驚葉墮, 露重覺荷傾.

兀兀酒中趣,[1] 悠悠身後名.[2]

興闌還掩戶,[3] 坐待日東生.

【해제】

72세 때인 경원慶元 2년1196 여름 산음山陰에서 쓴 것으로, 달밤을 거
니는 감회를 나타내고 있다.

1 兀兀(올올) : 높이 솟은 모양.

2 悠悠(유유) : 멀고 아득한 모양.

   身後名(신후명) : 죽은 후의 명성. 사후에 사적에 남겨지는 공업을 의미한다.

3 闌(란) : 그치다, 끝나다.

【해설】

이 시에서는 한밤중에 일어나 달빛을 찾아 거닐고 있음을 말하며, 나뭇잎 지는 소리가 들리고 이슬 젖은 연꽃이 기울어 있는 고요하고 적막한 숲과 연못의 경관을 묘사하고 있다. 이어 술의 흥은 높은데 명성을 이루는 것은 요원하기만 함을 탄식하며, 흥이 다해 방으로 돌아와 아침 해를 기다리고 있다.

서재 벽에 쓰다 2수

태평한 백성은 스스로 만족해하고

늙은 몸은 당당하네.

하늘과 땅은 하나의 여관이요

해와 달은 두 개의 수레바퀴,

도롱이는 고귀하여 삼품의 관직보다 낫고

채소는 달아 산해진미에 대적하네.

내년이면 참으로 팔십이 되니

산과 바다의 봄에 흠뻑 취한다네.

힘써 농사지어도 조정 관원보다 못하지만

책 소장하여 자손들을 가르치네.

유람하고 다님에 갖옷과 말은 물리치고

연회의 모임에 닭과 돼지고기는 없으며,

가난한 선비는 함께 공부하던 친구를 맞이하여

빈한한 가문과 더불어 혼사를 논의하네.

분명 알겠으니, 천 년 후에는

육씨의 마을이 될 것이네.

題齋壁二首

崞崞太平民,[1] 堂堂大耋身.[2]

乾坤一旅舍, 日月兩車輪.

蔾貴超三品,³ 蔬甘敵八珍.⁴

明年眞耄矣,⁵ 爛醉海山春.⁶

力穡輸公上,⁷ 藏書敎子孫.

追遊屛裘馬,⁸ 宴集止鷄豚.⁹

寒士邀同學,¹⁰ 單門與議婚.¹¹

定知千載後, 猶以陸名村.

【해제】

79세 때인 가태^{嘉泰} 3년^{1203} 겨울 산음^{山陰}에서 쓴 것으로, 은거 생활의 만족감과 번성한 가문의 기대감을 나타내고 있다.

【주석】

1　皞皞(호호) : 광대하고 자득(自得)한 모양. 『맹자(孟子)·진심상(盡心上)』에서 "왕업을 이룬 자의 백성은 거리낌이 없다(王者之民, 皞皞如也)"라 한 뜻을 차용한 것으로, 자유롭게 지내며 스스로 만족해하는 것을 말한다.

2　堂堂(당당) : 기세가 성대하고 웅장한 모양.

　　大耋(대질) : 늙은이.

3　耄(모) : 80세 또는 90세의 나이. 여기서는 80세를 가리킨다.

4 三品(삼품) : 관직의 품계로, 높은 관직을 가리킨다.

5 八珍(팔진) : 여덟 가지 맛 좋은 음식. 가리키는 것은 각각 다르며, 일반적으로 산해진미를 가리킨다.

6 爛醉(난취) : 흠뻑 취하다.

7 力穡(역색) : 힘써 농사짓다.

公上(공상) : 조정의 관원.

8 屏(병) : 막다, 물리치다.

9 止(지) : 저지하다, 제지하다.

10 寒士(한사) : 홑겹 옷을 입어 몸이 추운 선비. 빈궁한 선비를 가리킨다.

11 單門(단문) : 홑겹 옷을 입는 가문. 빈한한 가문을 가리키며, 여기서는 자신의 집안을 겸양하여 나타낸 것이다.

【해설】

제1수에서는 태평성세에 백성들은 편안하며 늙은 자신 또한 기력이 쇠하지 않았음을 말하고 있다. 이어 천지와 일월조차 대수롭지 않게 여기는 장대한 기개와 높은 지위나 산해진미에서도 얻을 수 없는 은거 생활의 즐거움을 나타내며, 봄을 맞은 산과 바다에서 흠뻑 취하는 모습으로 팔십을 눈앞에 둔 지금의 삶에 만족감을 드러내고 있다.

제2수에서는 관직에서 물러나 농사짓고 살며 비록 경제적으로는 궁 핍하지만, 오히려 자손들을 가르치는 기쁨과 보람이 있음을 말하고 있다. 이어 갖옷과 말도 없이 유람하며 고기 음식도 없는 소박한 연회를 즐기는 모습과 동학하던 친구와 자식들의 혼사를 맺는 상황을 말하며, 지금은 비록 보잘것없는 가문이지만 천 년 후에는 번성한 가문으로 이름을 떨치게 될 것이라 확신하고 있다.

스스로 서술하다 3수

옛 우물은 물결이 일지 않고
뜬구름은 한 번에 쓸려 깨끗하네.
『시경』과 『서경』으로 유가의 학문을 닦고
밭을 바꿔 타작마당 만들어 「빈풍」을 계승하네.
두려움은 추위와 굶주림 밖에 있고
근심은 잠든 꿈에서 나타나네.
내 생이 비록 날마다 가고 있지만
오히려 새로운 공이 있기를 바라네.

옛날의 일로 돌아와 밭 갈고 낚시하니
남은 생은 팔십의 나이에 가까워지네.
몸은 쇠약해진 후에야 깨닫게 되고
힘은 꿈속에서나 알 수 있네.
객은 개울가 정자에서 술 마시자 약속하고
스님은 대숲 속 절에서 바둑두자 부르네.
은거의 일을 온전히 다 이해하지는 못하지만
결국 관직에 있을 때보다는 낫다네.

물러나 돌아와 쉰 후부터
적막한 중에 살아가네.

가난함을 견디며 절반의 녹봉도 사양하고

옛날을 배우며 심신을 보전하는 공을 얻었네.

서쪽 보 마을의 탁주는 진한데

동쪽 언덕의 외나무다리로 통하네.

지나는 길에 좋은 흥취가 있어

어린아이도 함께 갈 수 있다네.

自述三首

古井無由浪,[1] 浮雲一掃空.[2]

詩書修孔業,[3] 場圃嗣豳風.[4]

懼在飢寒外, 憂形夢寐中.

吾年雖日逝, 猶冀有新功.

舊業還耕釣, 殘年迫老期.[5]

筋骸衰後覺, 力量夢中知.

客約溪亭飮, 僧招竹院棋.

未爲全省事,[6] 終勝宦遊時.

屛迹歸休後, 頤生寂寞中.[7]

忍貧辭半俸,[8] 學古得全功.[9]

西塗村酷釀,[10] 東坡小酌通.[11]

經行有佳趣, 稚子也能同.

【해제】

78세 때인 가태嘉泰 2년1202 여름 산음山陰에서 쓴 것으로, 노년의 은거 생활의 감회를 나타내고 있다.

『검남시고』에서는 제1수 제6구의 '몽夢'이 '오寤'로, 제2수 제2구의 '로老'가 '모耄'로, 제3수 제6구의 '피坡'가 '피陂'로 되어 있다.

【주석】

1 古井(고정) : 옛 연못.

    無由浪(무유랑) : 물결이 일지 않다. 맹교(孟郊)『열녀조(列女操)』에 "정숙한 부인은 지아비를 따라 죽는 것을 귀하게 여기니 생을 버리는 것 또한 이와 같습니다. 물결이 일지 않을 것을 맹세하니, 신첩의 마음은 옛 연못의 물이랍니다(貞婦貴殉夫, 捨生亦如此. 波瀾誓不起, 妾心古井水)"라 한 뜻을 차용한 것으로, 외물에 흔들리지 않고 적막하게 있는 것을 의미한다.

2 一掃空(일소공) : 일거에 쓸어내어 깨끗하다. 온갖 번민이 사라진 상태를 의미한다.

3 孔業(공업) : 공자의 학업. 유가의 학문을 가리킨다.

4 場圃(장포) : 밭을 바꾸어 만든 마당. 이 구는『시경(詩經)·빈풍(豳風)·칠월(七月)』에 "구월에 채소밭을 타작하는 마당으로 닦는다(九月築場圃)"라

한 뜻을 차용하였다.

5 老期(노기) : 노년의 시기. 여기서는 '모기(耄期)'의 의미로 80세의 나이를 가리킨다.

6 全省事(전성사) : 일을 온전히 알다. 은거 생활을 다 이해하지는 못함을 말한다.

7 頤生(이생) : 삶을 영위하다, 양생(養生)하다.

8 半俸(반봉) : 절반의 녹봉(祿俸). 치사(致仕)한 관원이 받는 본래 녹봉의 절반을 가리킨다. 당시에는 스스로 신청해야만 주었는데, 육유는 이를 신청하지 않았다.

9 全功(전공) : 몸과 마음을 보전하는 공.

10 村醅(촌배) : 시골의 거르지 않은 술. 탁주를 가리킨다.

釅(엄) : 술맛이 진하고 뛰어나다.

11 小彴(소박) : 외나무다리.

【해설】

제1수에서는 고요하고 청정한 자신의 마음을 나타내며 글공부와 농경으로 살아가는 은거의 삶을 말하고, 노년이 되어서도 가슴속 시름을 떨치지 못한 채 공업 수립의 바람을 나타내고 있다.

제2수에서는 고향으로 돌아와 옛날처럼 농사짓고 낚시하지만 이미 팔십 가까운 나이가 되어 몸이 쇠약해져 버렸음을 탄식하고, 다른 사람들과 어울려 술 마시고 바둑 두는 은거 생활이 관직에 있을 보다 나음을 말하고 있다.

제3수에서는 치사한 후 적막하고 빈한한 삶을 살아가며 독서를 통해 심신의 수양법을 익히고 있음을 말하고, 아이 데리고 이웃 마을로 건너가 맛 좋은 술을 마시는 즐거움을 나타내고 있다.

붓 가는 대로 쓰다

늙은이 나이 칠십이지만

실로 어린아이와 같다네.

산의 과일을 소리 지르며 따고

역귀 쫓는 행렬을 웃으며 따라다니네.

무리 지어 놀며 기와 탑을 쌓고

홀로 서 접시 연못을 비춰본다네.

게다가 남은 책 끼고 읽으니

배우러 다니던 때와 똑같네.

書適

老翁垂七十, 其實似童兒.

山果啼呼覓, 鄕儺喜笑隨.[1]

羣嬉累瓦塔, 獨立照盆池.[2]

更挾殘書讀,[3] 渾如上學時.[4]

【해제】

68세 때인 소희紹熙 3년1192 겨울 산음山陰에서 쓴 것으로, 칠십 노인이지만 어린아이처럼 노는 모습이 나타나 있다. 총2수 중 제1수이다.

1 鄕儺(향나) : 마을에서 역귀를 쫓는 의식.

2 盆池(분지) : 접시에 물을 담아 삼은 연못.

3 殘書(잔서) : 남은 책. 아직 다 읽지 못한 책을 가리킨다.

4 渾如(혼여) : 흡사, 똑같다.

【해설】

이 시에서는 나이가 칠십이 되어 가지만 마음이나 행동은 어린아이와 같음을 말하며 산과 들을 쏘다니고 마을 곳곳을 누비고 다니는 자유분방한 모습을 나타내고, 게다가 다 읽지 못한 책까지 읽고 있노라니 마치 어릴 적 공부 배우러 다니던 때와 다름없음을 말하고 있다.

은거하며

날마다 은거 생활하며

늘 좋은 느낌이 드네.

비 오는 뜰에 대나무 분가루는 남아 있고

바람 부는 섬돌에 쌍갈래비녀는 떨어져 있네.

나비와 짝하며 이끼 자란 길을 걷고

강 언덕 가에서 개구리 소리 듣네.

궁하고 통함이야 말할 것이 못 되니

다시 안배할 필요도 없다네.

幽事

日日營幽事,¹ 時時有好懷.

雨園殘竹粉, 風砌落花釵.²

伴蝶行苔徑, 聽蛙傍水涯.

窮通了無謂,³ 不必更安排.⁴

【해제】

산음山陰에 있으며 쓴 것으로 정확한 창작시기는 알 수 없으며, 은거 생활의 즐거움과 세상사에 대한 달관의 심정을 나타내고 있다.

이 시는 『검남시고』에서는 누락되어 있으며, 『방옹일고속첩放翁逸稿續

添』에 수록되어 있다.

【주석】

【주석】

1 幽事(유사) : 그윽한 일. 은거 생활을 의미한다.

2 花釵(화채) : 장식한 쌍갈래비녀.

3 無謂(무위) : 말할 것이 못 되다. 아무 의미가 없는 것을 가리킨다.

4 安排(안배) : 안배하다. 일을 미리 계획하고 결과를 헤아리는 것을 말한다.

【해설】

이 시에서는 매일 같이 찾아오는 은거 생활의 즐거움을 말하며 아름답고 한적한 들과 강의 경관을 즐기고 다니는 자신을 나타내고, 일신의 궁달에 달관한 심정을 드러내며 성공을 위해 모든 것을 계획하고 안배할 필요가 없음을 말하고 있다.

정원을 만들어

나무 심는 책을 자주 읽고

농사법을 거듭 보네.

일찍이 대나무 심는 날을 구하고

다시금 버드나무 잠드는 때를 묻네.

노귤은 본디 귤이 아니고

포규는 해바라기가 아니니,

인하여 사물의 이름을 변별하며

늙은 번지가 되는 것을 즐겁게 여기네.

葺圃

種樹書頻讀, 齊民術屢窺.[1]

曾求竹醉日,[2] 更問柳眠時.[3]

盧橘初非橘,[4] 蒲葵不是葵.[5]

因而辨名物, 甘作老樊遲.[6]

【해제】

산음山陰에 있으며 쓴 것으로 정확한 창작시기는 알 수 없으며, 농사일을 익히며 즐거워하는 모습이 나타나 있다.

이 시는 『검남시고』에서는 누락되어 있으며, 『방옹일고속첨放翁逸稿續

添』에 수록되어 있다.

【주석】

1 齊民術(제민술) : 농사짓는 기술. '제민(齊民)'은 평민의 의미로, 농사법을 가
리킨다.

2 竹醉日(죽취일) : 대나무를 심는 날. '용생일(龍生日)'이라고도 하며 음력 5월
13일을 가리킨다.

3 柳眠時(유면시) : 버드나무가 잠자는 때. 한(漢)나라 황제의 동산에 사람 형
상의 버드나무가 있어 '인류(人柳)'라 칭하였는데, 하루에 세 번 자고 깨었다
고 한다.

4 盧橘(노귤) : 비파(枇杷). 장미과의 상록교목으로 잎이 긴 원형이다. 열매는
구형 또는 타원형으로 맛이 달다. '금귤(金橘)'이라고도 한다.

5 蒲葵(포규) : 종려(棕櫚) 나무. 야자나무과의 상록교목으로 잎이 좁고 길다.
잎을 엮어 돗자리나 부채를 만든다.

6 樊遲(번지) : 공자의 제자로 공자에게 농사일을 물어보았다.

【해설】

이 시에서는 정원을 만들어 자신이 직접 나무를 심고 가꾸면서 책
을 통해 관련된 농사법을 자주 익히고 있음을 말하고, 대나무와 버들
의 생리와 속성에 대해 사람들에게 부지런히 묻고 배우고 있는 모습을
나타내고 있다. 이어 이와 같은 배움을 통해 작물의 이름과 실제가 다

름을 깨달았음을 말하고, 나이 들어 뒤늦게나마 작물에 대해 알아가고
농사일을 배우는 것에 만족감을 나타내고 있다.

은거하며

은거 생활에 봄이 오는 것이 이르니

새벽에 일어나 이내 문을 여네.

들보 쓸어 제비를 맞이하고

느티나무 심어 새로 자란 죽순을 보호하며,

여러 날 친구를 불러

미리 술통 열 것을 기약하네.

옷소매 젖어 축축해도

봄에 젖은 흔적이라 상관하지 않는다네.

幽事

幽事春來早, 晨興即啓闔.

堵梁迎燕子, 插榎護龍孫.[1]

數日招賓友, 先期辦酒尊.[2]

淋漓衣袖濕,[3] 不管漬春痕.[4]

【해제】

산음山陰에 있으며 쓴 것으로 정확한 창작시기는 알 수 없으며, 봄을 맞은 은거 생활의 일상과 즐거움을 나타내고 있다.

이 시는 『검남시고』에서는 누락되어 있으며, 『방옹일고속첨放翁逸稿續

添』에 수록되어 있다.

【주석】

1 龍孫(용손) : 새로 자란 죽순.

2 辦(판) : 처리하다. 여기서는 술통을 여는 것을 의미한다.

酒罇(주존) : 술통. '존(罇)'은 통을 의미하며, '준(樽)'과 같다.

3 淋漓(임리) : 흠뻑 젖은 모양.

4 漬(지) : 스미다, 적시다.

【해설】

이 시에서는 시골에서 은거하니 봄이 일찍 시작됨을 말하며 들보를 쓸고 죽순의 울타리를 만드는 일상을 나타내고 있다. 이어 여러 날을 친구 불러 함께 노닐며 봄 술이 익기를 기다리고 있는 상황을 말하고, 이른 새벽부터 일하느라 옷소매가 젖어도 이를 봄의 흔적으로 여기고 즐겁게 받아들이고 있다.

북쪽 울타리

북쪽 울타리는 중당 마루와 가까워

초록 계단에 사물은 절로 향기롭네.

새벽은 맑아 꽃은 이슬을 머금고 있고

땅은 외져 이끼가 회랑으로 스며드네.

오래도록 앉아 이따금 책을 펼치고

읊조리거나 향을 사르네.

온종일 오는 객이 없어

누워있으며 복희씨의 시대에 이르네.

北檻

北檻近中堂, 綠堦物自芳.[1]

晨清花拱露,[2] 地僻蘚侵廊.

坐久時開卷, 吟餘或炷香.

終朝無客至,[3] 一枕到羲皇.[4]

【해제】

산음山陰에 있으며 쓴 것으로 정확한 창작시기는 알 수 없으며, 한가
로운 은거 생활의 정취를 나타내고 있다.

이 시는 『검남시고』에서는 누락되어 있으며, 『방옹일고속첩放翁逸稿續

添』에 수록되어 있다.

【주석】

1 綠堦(녹계) : 초록빛 계단. 풀이 덮인 계단을 가리킨다.

2 拱露(공로) : 이슬을 양손으로 받쳐 들다. 이슬을 머금고 있는 것을 가리킨다.

3 終朝(종조) : 이른 아침.

4 羲皇(희황) : 복희씨(伏羲氏). 전설상 고대 삼황(三皇) 중의 하나로, 팔괘(八
卦)를 만들고 사람들에게 사냥과 고기 잡는 법을 가르쳤다고 한다. 여기서는
근심 걱정이 없는 태평한 시대를 의미한다.

【해설】

이 시에서는 가까이 있는 북쪽 울타리에 향기로운 풀과 꽃이 가득
피어나 있음을 말하고, 이슬 머금은 꽃과 회랑까지 번진 이끼를 통해
이른 새벽의 시간과 외진 곳에 자리한 자신의 거처를 나타내고 있다.
이어 오래도록 앉아 책을 보거나 향을 사르고 있는 자신을 나타내고,
하루 종일 찾아오는 사람 없어 줄곧 자리에 누운 채 근심 걱정 없이 편
안한 시간을 보내고 있음을 말하고 있다.

산을 노닐며 2수

통소와 북소리 울리는 호수와 산의 길에서
하늘이 끈과 굴레에서 벗어나게 하셨네.
매미 소리는 옛 사찰로 들어가고
말 그림자는 거친 언덕을 건너가며,
나무꾼의 노랫소리에 때로 귀를 기울이고
스님의 말에 또한 웃음 짓네.
편문에서 등불은 요란하니
돌아가는 것이 늦음을 한스러워하지 않네.

옛 사찰에 오지 않은 지 오래이니
문 닫고 공연히 탄식하네.
스님은 입적하여 사리탑만 보이고
나무는 늙어 이미 꽃도 없으니,
세상사 비록 헤아리기 어려우나
나의 생은 참으로 끝이 있다네.
정 깊은 반달이
십 리를 함께하며 집으로 돌아오네.

遊山二首

蕭鼓湖山路, 天敎脫羈羈.[1]

蟬聲入古寺, 馬影度荒陂.

樵唱時傾耳, 僧談亦解頤.[2]

偏門燈火鬧,[3] 不敢恨歸遲.

古寺不來久, 入門空歎嗟.

僧亡惟見塔, 樹老已無花.

世事雖難料, 吾生固有涯.

慇懃一梳月,[4] 十里伴還家.

【해제】

79세 때인 가태^{嘉泰} 3년¹²⁰³ 가을 산음^{山陰}에서 쓴 것으로, 호수와 산을 거닐다 오랜만에 옛 사찰을 찾아간 감회를 나타내고 있다.

『검남시고』에서는 제1수 제1구의 '고^鼓'가 '산^散'으로, 제2수 제3구의 '유^惟'가 '유^猶'로 되어 있다. 총4수 중 제1·4수이다. 또한 제1수 다음에 "편문은 회계성 서남문의 이름이다^{偏門, 會稽城西南門名}"라는 자주^{自注}가 있다.

【주석】

1 羈覊(첩기) : 말의 다리를 묶는 끈과 머리에 씌우는 굴레. 여기서는 인생의 속박을 의미한다.

2 解頤(헤이) : 턱을 열다. 얼굴을 펴고 웃는 것을 의미한다.

3 偏門(편문) : 문 이름. 회계성의 서남문이다.

4 慇懃(은근) : 정이 깊고 간절한 모양.

   梳月(소월) : 빗 모양의 달. 반달을 가리킨다.

【해설】

제1수에서는 자유로이 호숫길과 산길을 거닐며 눈에 보이는 정경과 길에서 만나는 사람들에게 정겨움을 나타내고, 밤이 되어서도 성문 앞에서 등불 밝힌 사람들의 모습을 구경하느라 돌아가는 것도 잊었음을 말하고 있다.

제2수에서는 옛날 다니던 사찰을 오랜만에 찾아가 깊은 탄식을 하고 있다. 이어 옛 스님은 이미 입적하여 사리탑만 남아 있고 옛 나무도 이제는 늙어 꽃이 피지 않음을 안타까워하며 자신 또한 죽음이 멀지 않았음을 말하고, 달빛과 함께 십 리 길을 지나 집으로 돌아오고 있다.

소산 2수

소산에서 세상 어지러움을 피하고
몸은 만 겹 구름에 숨었네.
골짜기 중턱에선 나무꾼의 소리가 전해오고
숲 가운데로 호랑이 무리가 지나가며,
벌레는 잎을 새겨 전각을 만들고
바람은 물을 일어 무늬가 생겨나네.
개울 다리 길을 밟지 않으니
선계와 속계가 이에 절로 구분되네.

짧은 머리의 산 둥지 객이여
성과 이름을 아는 이 누구이리?
한 쌍 짚신으로 숲을 뚫고 지나고
물병 하나에 물을 담으니,
목마른 사슴은 무리 지어 개울을 엿보고
놀란 원숭이는 홀로 가지를 흔드네.
어찌 붓과 벼루로 그릴 필요 있으리?
경물이 절로 시가 되는 것을.

巢山二首[1]

巢山避世紛, 身隱萬重雲.

半谷傳樵響, 中林過虎羣.

蟲鏤葉成篆,[2] 風蹙水生紋.[3]

不蹋溪橋路, 僊凡自此分.[4]

短髮巢山客,[5] 人知姓字誰.

穿林雙不借,[6] 取水一軍持.[7]

渴鹿羣窺澗, 驚猿獨裊枝.

何曾畜筆硯,[8] 景物自成詩.

【해제】

71세 때인 경원慶元 원년1195 여름 산음山陰에서 쓴 것으로, 소산을 유람하는 감회를 나타내고 있다.

『검남시고』에서는 제1수 제4구의 '호虎'가 '록鹿'으로 되어 있다.

【주석】

1 巢山(소산) : 산 이름. 지금의 안휘성 합비시(合肥市) 소호(巢湖) 가에 있다.

2 鏤(수) : 아로새기다. 벌레가 나뭇잎을 갉아 먹는 것을 가리킨다.

3 蹙(축) : 핍박하다, 위축시키다. 물에 바람이 이는 것을 가리킨다.

4 僊凡(선범) : 선계(仙界)와 속계(俗界).

5 巢山客(소산객) : 소산의 나그네. 시인 자신을 가리킨다.

6 不借(부차) : 짚신의 별명.

7 軍持(군지) : 군영에서 쓰는 휴대용 물병.

8 何曾(하증) : 어찌 ~할 필요 있으리?

　　筆硯(필연) : 붓과 벼루. 시문을 가리킨다.

【해설】

　제1수에서는 세상의 번잡한 일을 피해 소산의 구름 속으로 숨어들어왔음을 말하고, 깊은 숲과 아름다운 골짜기가 있는 소산의 경관을 묘사하며 개울 하나를 사이에 두고 선계와 속계가 구분되고 있음을 말하고 있다.

　제2수에서는 소산을 유람하고 있는 자신을 아는 이가 없음을 말하고, 숲과 개울을 자유로이 다니며 감상하고 있는 자신을 나타내며 소산의 경관이 굳이 글로 묘사할 필요 없이 절로 한 편의 시가 되고 있음을 말하고 있다.

홀로 공부하며

홀로 공부하며 비록 세상을 버렸지만

그래도 하나의 고지식한 유생이라네.

집이 가난한 것이 내 모든 역량을 차지하니

밤에 꿈에서나 공부를 시험해 본다네.

은거 생활에 편안해지려 하지만

어찌 상소 아뢰는 것을 잊으리?

남은 생 얼마 되지 않음을 알면서

아직도 구구하기만 함을 스스로 책망하네.

孤學

孤學雖遺俗, 猶爲一腐儒.**1**

家貧占力量,**2** 夜夢驗工夫.**3**

正欲安三徑,**4** 寧忘奏六符.**5**

殘年知有幾,**6** 自怪尙區區.**7**

【해제】

79세 때인 가태嘉泰 3년1203 가을 산음山陰에서 쓴 것으로, 노년에 이
르러서도 나라의 일을 걱정하는 모습이 나타나 있다.

『검남시고』에서는 제1구의 '유遺'가 '위違'로, 제5구의 '욕欲'이 '부復'

로 되어 있다.

【주석】

1 腐儒(부유) : 진부하고 고지식한 유생(儒生). 자신을 겸양하여 나타낸 것이다.

2 占力量(점력량) : 모든 힘을 차지하다. 생계를 유지하느라 공부할 다른 여력
이 없는 것을 말한다.

3 工夫(공부) : 학문의 성취.

4 三徑(삼경) : 세 갈래 길. 은거 생활을 비유한다. 『삼보결록(三輔決錄)·도
명(逃名)』에서 장후(蔣詡)가 벼슬을 버리고 고향으로 돌아가 집 주위에 가시
나무를 심고 문을 닫은 채 나가지 않으며 다만 세 갈래 길을 내어 구중(求仲)
과 양중(羊仲)의 무리와만 교유한 것에서 유래하였다.

5 六符(육부) : 삼대육성(三臺六星)의 부절(符節). 조정 관원의 상소를 비유한
다. 삼대육성은 태계(泰階)에 있는 상중하 삼대(三臺)의 한 쌍의 별들을 가리
키며, 조정의 관원을 비유한다.

6 幾(기) : 약간. 적은 수를 가리며, 여기서는 남은 생이 얼마 되지 않은 것을 말
한다.

7 區區(구구) : 집착하여 벗어나지 못하다.

【해설】

이 시에서는 비록 세상사에서 벗어나 은거 생활을 하고 있으나 자신
은 여전히 유생임을 말하며 가난한 집안 형편으로 인해 다른 일에 정

력을 빼앗기고 글공부에 매진하지 못함을 안타까워하고 있다. 이어 은
거 생활에 안주하고자 해도 국사를 염려하는 마음을 남아 있음을 말하
고, 생이 얼마 남지 않은 노년에 이르러서도 나라에 대한 걱정에서 벗
어나지 못하고 있는 자신을 스스로 책망하고 있다.

개손을 곡하며

걸음마 배우며 점차 침상에 기대고

수레에 올라 이미 양을 몰았었네.

누대의 사신이라 헛되이 불렀으니

신묘한 처방을 만나지도 못했네.

머나먼 하늘에 따지기도 어렵고

아득한 밤은 길기만 하네.

적막하니 누가 너와 짝하리?

사찰에서 빈방을 닫네.

哭開孫[1]

學步漸扶床,[2] 乘車已駕羊.

虛稱砌臺使,[3] 不遇玉函方.[4]

杳杳天難問,[5] 茫茫夜正長.[6]

寂寥誰伴汝,[7] 蕭寺閉空房.[8]

【해제】

82세 때인 개희開禧 2년1206 봄 산음山陰에서 쓴 것으로, 요절한 손자 개손을 애도하고 있다.

1 開孫(개손) : 육유의 장자(長子) 자거(子虡)의 삼남(三男) 원과(元過)로, 자가 개손(開孫)이다. 개희(開禧) 원년(1205) 2월에 태어나 1년여 만에 세상을 떠났다.

2 扶床(부상) : 침상에 의지하다. 어린아이가 침상을 잡고 일어나 걸음마를 배우는 것을 의미한다.

3 砌臺使(체대사) : 누대의 사신. 개손을 장난삼아 임명하여 부른 것을 가리킨다. '체대'는 왕가나 제후의 집에서 높이 올라 경관을 바라보기 위한 용도로 만든 누대이다.

4 玉函方(옥함방) : 의서(醫書) 이름. 뛰어난 효험이 있는 처방을 비유한다.

5 杳杳(묘묘) : 멀고 아득한 모양.

6 茫茫(망망) : 아득히 넓고 광활한 모양.

7 寂寥(적료) : 적막하고 쓸쓸하다.

8 蕭寺(소사) : 사찰 이름. 본디 양(梁) 무제(武帝)가 세우고 소자운(蕭子雲)에게 명하여 편액을 써서 하사했다고 하는 사찰을 가리키며, 후에는 사찰의 범칭으로 사용되었다.

【해설】

이 시에서는 손자가 걸음마를 배우고 양이 모는 수레를 타고 다니던 모습을 회상하고, 집안의 사랑을 독차지하였지만 결국 병으로 죽고 말았음을 안타까워하고 있다. 이어 하늘을 원망할 수도 없고 슬픔으로 보내는 밤은 길기만 함을 탄식하며 사찰을 찾아가 손자의 명복을 기원하고 있다.

병 중에 쓰다

헤진 갖옷 꿰매니 다시 따뜻해지고

현미밥도 맛있어 남기는 것이 없네.

유마힐은 병이 들어 설법했고

우경은 궁벽하여 책을 저술했네.

몸은 여위어 베개에 누운 지 오래고

다리는 절어 당을 내려오는 것이 드무네.

오늘 맑게 갠 창이 좋으니

그윽한 회포를 조금이나마 풀 수 있겠네.

病中作

破裘縫更暖, 糲食美無餘.**1**

摩詰病說法,**2** 虞卿窮著書.**3**

身羸支枕久,**4** 足蹇下堂疎.**5**

今日晴窗好, 幽懷得細攄.**6**

【해제】

74세 때인 경원慶元 4년1198 봄 산음山陰에서 쓴 것으로, 오랫동안 병
석에서 누워 지내고 있는 상황을 나타내고 있다.

『검남시고』에서는 마지막 구의 '세細'가 '호好'로 되어 있다.

【주석】

1 糲食(여식) : 탈곡이 잘되지 않아 겨가 남아 있는 쌀로 만든 밥. 거칠고 껄끄러
  운 현미밥을 가리킨다.

2 摩詰(마힐) : 유마힐(維摩詰). 인도 비사리국(毗舍離國)의 장자(長者)로 석
  가모니의 속제자(俗弟子)이며, 병이 든 모습으로 현신(現身)하여 설법하였
  다.

3 虞卿(우경) : 우신(虞信). 전국시대 조(趙)나라 사람으로 경(卿)에 올랐다. 지
  략이 뛰어나 조나라를 중심으로 제(齊)와 위(魏)가 연합하여 진(秦)에 대항할
  것을 주장하였으나, 뜻이 받아들여지지 않자 관직을 버리고 조나라를 떠났다.
  후에 위나라의 대량(大梁)에 있으며 발분저서하여『우씨정전(虞氏征傳)』과
  『우씨춘추(虞氏春秋)』를 썼다.

4 羸(리) : 여위다, 수척하다.

  支枕(지침) : 베개에 기대다, 눕다.

5 蹇(건) : 다리를 절다, 절뚝이다.

6 攄(터) : 생각을 펼치다, 퍼뜨리다.

【해설】

이 시에서는 비록 병중이지만 옷은 따뜻하고 식욕 또한 떨어지지 않
음을 다행스럽게 여기고, 유마힐과 우신의 일을 떠올리며 사람이 궁함
에 이르렀을 때 더 나은 성취를 이루게 됨을 말하고 있다. 이어 오랜
병에 자리에만 누워있으며 집 밖으로 나가지도 못했지만, 오늘처럼 맑

게 갠 날에는 잠시나마 밖으로 나가 그동안 맺힌 가슴속 회포를 풀 수 있으리라 기대하고 있다.

병들어 누워 생각나는 대로 쓰다 2수

종일토록 늘 객을 사양하니

한 해의 절반을 병상에 있네.

곤궁함을 사랑하여 붙잡아 짝으로 삼고

병과 친숙하여 함께 있는 것도 잊는다네.

부엌 계집종은 죽 끓이는 솜씨가 뛰어나고

정원 사내종은 약방 쓰는 것에 익숙하네.

오늘 아침 좋은 일이 있으니

오래도록 비 내리다 창이 밝아졌네.

인간 세상의 절름발이 남자요

세상 바깥의 병든 유마힐이로다.

다만 찾아가 안부 묻는 것만 방해될 뿐이니

어찌 이 때문에 시 읊고 노래하기를 그만두리?

나물국에 식초와 간장은 묽고

마을 거리에 대추나무와 가시나무는 많네.

손들어 이웃집 아비에게 사례하니

그대 아니었으면 누가 기꺼이 찾아 왔으리?

臥病雜題二首

終日常辭客, 經年半在床.

愛窮留作伴, 諳病與相忘.**1**

竈婢工烹粥, 園丁習寫方.**2**

今朝有奇事, 久雨得窗光.

人間跛男子,**3** 物外病維摩.**4**

但可妨趨拜,**5** 何因廢嘯歌.**6**

菜羹醯醬薄,**7** 村巷棘茨多.**8**

擧手謝鄰父, 非君誰肯過.

【해제】

85세 때인 가정嘉定 2년1209 가을 산음山陰에서 쓴 것으로, 오랜 질병
의 감회를 나타내고 있다.

『검남시고』에서는 제1수 제2구의 '년年'이 '추秋'로 되어 있으며, 제
1수 제3구 다음에 "오랜 병에 집안사람이 죽을 끓이다가 마침내 뛰어
나게 되었으니, 아침저녁으로 늘 만들었기 때문이다. 또한 정원의 노복
은 본디 글을 몰랐는데, 오래도록 약물을 배합하다 보니 마침내 긴 약
방 몇 편도 쓸 수 있게 되었다久病家人作粥逐佳, 蓋朝夕常爲之也. 又有山僕, 本不識字,
因久合藥, 逐能寫藥方數大篇"라는 자주自注가 있다. 또한 제2수 제2구 다음에
"병 중에 마침내 연달아 오른쪽 발에 병이 났다病中逐牽聊病右足"라는 자
주自注가 있는데, 저본에도 실려 있으며 '료聊'자가 누락되어 있다. 의미

상 '련聯'의 오류로 여겨진다. 총5수 중 제4·5수이다.

【주석】

1 諳(암) : 친숙하다, 익숙하다.

2 方(방) : 약방(藥方).

3 跛男子(파남자) : 절뚝거리는 남자. 오른쪽 발에 병이 나 절뚝거리는 자신을 가리킨다.

4 物外(물외) : 인간 세상 바깥.

   病維摩(병유마) : 병든 유마힐(維摩詰). 유마힐이 병이 든 모습으로 현신(現身)하여 설법한 일을 가리킨다.

5 趨拜(추배) : 종종걸음으로 달려가 절하다. 문안하는 예절을 가리킨다.

6 嘯歌(소가) : 시를 읊고 노래하다. 한가롭게 지내는 삶을 말한다.

7 醯醬(혜장) : 식초와 간장.

8 棘茨(극자) : 대추나무와 가시나무.

【해설】

　제1수에서는 한 해의 절반을 병중에 있음을 말하며 오랜 질병에 익숙해진 자신과 집안사람들의 상황을 해학적으로 나타내고, 오랜 비가 개어 맑아진 창을 바라보며 자신의 병도 곧 나으리라는 희망을 나타내고 있다.

　제2수에서는 오랜 병에 다리 병까지 겹쳐 제대로 걷지도 못하지만 다른 사람을 방문하기에만 불편할 뿐 즐겁고 편안하게 지내고 있음을 말하고, 나물국을 먹으며 허름한 곳에서 지내는 궁핍한 생활을 묘사하며 늘 찾아와 자신을 보살펴 주는 이웃에게 감사해하고 있다.

병 중에 아이들에게 보이다

멀고 멀어 살 방책은 요원하니

어둡고 아득히 죽으면 그만일 뿐이지만,

광포한 생각은 귀신의 손을 물리치니

위급함에 이르면 단약을 복용하리로다.

검이 있다 한들 누구에게 전해주리?

남길 수 있는 향기가 없네.

다만 효성과 근신에 힘쓰고

일마다 염후를 귀감으로 삼아라.

病中示兒輩

去去生方遠,**1** 冥冥死卽休.**2**

狂思攘鬼手,**3** 危至服丹頭.**4**

有劍知誰與, 無香可得留.**5**

惟應勤孝謹, 事事鑑恬侯.**6**

【해제】

85세 때인 가정嘉定 2년1209 12월 산음山陰에서 쓴 것으로, 이루지 못한 공업의 회한과 자식들에 대한 당부를 나타내고 있다.

1 去去(거거) : 멀리 떠나가는 모양.

2 冥冥(명명) : 어둡고 컴컴한 모양. 죽음을 의미한다.

   休(휴) : 그치다, 그만이다.

3 狂思(광사) : 광포(狂暴)한 생각. 북벌과 중원수복의 꿈을 가리킨다.

   鬼手(귀수) : 귀신의 손. 사람을 죽음으로 이끄는 귀신을 의미한다.

4 危至(위지) : 위급함이 이르다. 죽음이 닥치는 것을 말한다.

   丹頭(단두) : 단약(丹藥). 도가(道家)에서 신선이 되게 하는 약물. 여기서는
   죽음에서 벗어나게 하는 선약(仙藥)을 가리킨다.

5 無香(무향) : 향기가 없다. 자식들에게 남겨줄 만한 공적이 없는 것을 비유한다.

6 恬侯(염후) : 석경(石慶). 만석군(萬石君) 석분(石奮)의 아들로 한(漢) 무제
   (武帝) 때 승상을 지내고 목구후(牧丘侯)에 봉해졌으며, 시호가 염후(恬侯)
   이다. 석경을 비롯한 사형제가 모두 효성스럽고 근신하여 이천 석의 관직에
   올랐다.

【해설】

  이 시에서는 자신은 비록 죽음에 초연하지만 아직 북벌의 바람을 이
루지 못한 까닭에 지금 이대로는 차마 죽을 수가 없으며, 만약 죽음의
순간이 이르게 된다면 단연코 이를 뿌리치고 거부할 것임을 말하고 있
다. 이어 자신의 꿈을 이어줄 사람이 없는 현실과 생전에 이루지 못한
공업의 회한을 나타내고, 자식들에게 염후를 귀감으로 삼아 효성과 근

신에 힘쓸 것을 당부하고 있다.

칠언시七言詩

엄주를 다스리며 감회를 쓰다

동군의 옛 은거지에서 가을을 두 번 지나니

작은 방의 외로운 등불은 밤마다 시름겹네.

이름난 술은 진 소왕이 조나라의 옥벽을 구하기보다 어렵고

진귀한 책은 유비가 형주를 빌리는 것과 똑같네.

개울과 산의 빼어난 곳은 몸이 이르기 어렵고

풍월이 좋은 때는 일이 그치지 않네.

어찌하면 구름 높이 이어진 곳에 수레에 술 싣고

금 채찍 들고 완화계에서의 유람을 다시 할 수 있으리?

守嚴述懷

桐君故隱兩經秋,[1] 小院孤燈夜夜愁.

名酒過於求趙璧,[2] 異書渾似借荊州.[3]

溪山勝處身難到, 風月佳時事不休.

安得連雲車載釀,[4] 金鞭重作浣花遊.[5]

【해제】

63세 때인 순희淳熙 14년1187 겨울 엄주嚴州에서 쓴 것으로, 타향에서

의 쓸쓸하고 무료한 관직 생활의 감회를 나타내고 있다.

『검남시고』에서는 제목이 「엄주에 온 지 15개월이 되었는데 군의 술이 좋지 않아 도성에 구했지만 이미 때가 맞지 않았다. 책을 빌려서 읽으려 하였지만 외지 출신 관원에게는 감추고 내어주려 하지 않아 시간을 보낼 방도가 없어 매우 막막하였다到嚴十五晦朔, 郡釀不佳, 求於都下旣不時. 至欲借書讀之, 而寓公多祕不肯出, 無以度日殊惘惘也」로 되어 있으며, 제7구의 '연운거재連雲車載'가 '연거재비連車載郫'로 되어 있다.

【주석】

1 桐君(동군) : 전설상 동군산(桐君山)에 은거했다는 사람. 오동나무 아래 오두막을 짓고 살았다 하여 이와 같이 불렸으며, 그가 은거했던 산을 동군산이라 하였다. 지금의 절강성 동려현(桐廬縣)에 있으며, 당시 엄주(嚴州)에 속했다.

2 趙璧(조벽) : 조(趙)나라의 옥벽(玉璧). 전국시대 조나라 혜문왕(惠文王)에게 있던 화씨(和氏)의 옥벽을 가리킨다. 당시 진(秦) 소왕(昭王)이 이를 탐내어 진의 열다섯 성과 바꿀 것을 제안했다가 인상여(藺相如)의 기지로 무산되었다.

3 異書(이서) : 진귀한 책.

   渾似(혼사) : 완전히 똑같다.

   借荊州(차형주) : 형주를 빌리다. 유비(劉備)가 오(吳)나라 손권(孫權)에게 형주도독(荊州都督) 자리를 청한 것을 가리킨다.

4 連雲(연운) : 하늘과 나란히 이어진 구름. 여기서는 촉(蜀) 지역의 높은 산세

를 가리킨다.

5   浣花(완화) : 완화계(浣花溪). 탁금강(濯錦江) 또는 백화담(百花潭)이라고
    도 하며, 지금의 사천성 성도시(成都市) 서쪽 교외에 있다.

【해설】

이 시에서는 엄주에서 두 번의 가을을 보내고 있음을 말하며 객지에
서 관직 생활을 하는 쓸쓸함을 나타내고 있다. 이어 좋은 술을 구하기
도 어렵고 책조차 얻어 보기 어려운 타향생활의 무료함을 말하며, 옛
날 촉蜀 지역을 두루 다니면서 술 마시고 화려한 말에 올라 성도成都에
서 유람했던 일을 회상하고 있다.

성에 들어와 군의 정원과 여러 집의 뜰 정자에 이르렀는데 노니는 사람이 매우 많아

늙은이가 어찌 시장의 먼지에 익숙한지

오늘 아침에도 다시 성문으로 들어왔네.

태평시절에는 징표가 있으니 사람마다 취하고

조물주는 사사로움이 없어 곳곳마다 봄이네.

아홉 길의 꾀꼬리와 꽃을 눈으로 바라보며 즐기고

풍월에 드리우는 낚싯대 하나를 한가로운 몸에 맡기네.

일찍 노 돌려 돌아오는 건 흥이 다해서가 아니니

호숫물로 가 각건을 비춰보려 해서라네.

入城至郡圃及諸家園亭, 遊人甚盛[1]

老子何曾慣市塵, 今朝也復入城闉.[2]

太平有象人人醉, 造物無私處處春.

九陌鶯花娛望眼, 一竿風月屬閑身.[3]

不緣興盡回橈早,[4] 要就湖波照角巾.[5]

【해제】

　68세 때인 소희紹熙 3년1192 봄 산음山陰에서 쓴 것으로, 성 안팎을 유람하며 봄을 즐기는 모습이 나타나 있다.

『검남시고』에서는 제5구의 '망望'이 '병病'으로 되어 있다.

【주석】

1 郡圃(군포) : 군(郡)에서 관리하는 정원. 당시 와룡산(臥龍山) 서쪽에 있었으며, 서원(西園)이라 불렀다.

2 城闉(성인) : 성안에 있는 중문. 일반적으로 성곽을 가리킨다.

3 一竿風月(일간풍월) : 풍월을 즐기며 드리우는 낚싯대 하나.

4 興盡(흥진) : 흥이 다하다. 동진(東晉)의 왕휘지(王徽之)가 섬계(剡溪)에 있는 대규(戴逵)가 생각나 밤새 배를 타고 갔다가 흥이 다해 만나지 않고 돌아왔던 고사를 차용한 것이다.

5 角巾(각건) : 각이 진 두건. 방건(方巾)이라고도 하며, 고대에 은자들이 썼다.

【해설】

이 시에서는 도시의 시끌벅적한 모습이 좋아 매일 같이 성 안으로 들어가고 있음을 말하고, 태평한 시절을 즐기는 사람들의 모습과 거리 곳곳에 꾀꼬리와 꽃으로 가득한 봄 경관을 바라보고 있다. 이어 청풍명월을 벗 삼아 한가로이 시골에 은거하고 있는 자신을 나타내고, 일찍 노를 돌려 돌아오는 것은 도시의 흥이 다해서가 아니라 자연 속에서의 은거하는 삶이 더욱 큰 즐거움을 주기 때문이라 말하고 있다.

잠깐 날이 개어 노닐러 나가

팔십 산속 늙은이가 병을 이기지 못하더니

문을 나서 날이 갬을 기뻐하는 시를 쓰네.

작은 누각의 술 깃발은 거리를 막고

깊은 골목 인가에서는 명주를 말리네.

본디 미풍을 빌어 모자 비스듬히 썼는데

새로 따스해짐을 틈타 채찍을 휘두르네.

돌아오니 다행히 유향주가 있고

게다가 아이와 함께하니 한 번 웃고 즐기네.

乍晴出遊

八十山翁病不支,[1] 出門也賦喜晴詩.

小樓酒旆闌街處, 深巷人家曬練時.

本借微風欹帽影,[2] 却乘新暖弄鞭絲.

歸來幸有流香在, 剩伴兒童一笑嬉.[3]

【해제】

78세 때인 가태嘉泰 2년1202 겨울 임안臨安에서 쓴 것으로, 병석에서 잠시 일어나 도성을 유람한 감회를 나타내고 있다.

저본에는 시 본문 다음에 "유향은 하사받은 술 이름이다流香所賜酒名"

라는 자주自注가 있는데, 『검남시고』에서는 '소所'가 '개蓋'로 되어 있다.

【주석】

1 山翁(산옹) : 산속 늙은이. 시인 자신을 가리킨다.

2 欹帽影(의모영) : 모자 그림자를 비스듬히 하다. 모자를 기울여 쓴 것을 말하며, 편안한 자세를 의미한다.

3 剩(잉) : 게다가, 그 위에 더하여.

【해설】

이 시에서는 병석에 있다가 잠깐 날이 갠 틈을 타 잠시 바깥으로 유람을 나갔음을 말하고, 주루에 내걸린 술 깃발과 인가에서 말리고 있는 명주를 대비하며 즐거움과 풍요로움이 공존하는 도성의 모습을 나타내고 있다. 이어 말을 타고 한결 따스해진 날씨를 느끼며 편안하게 이를 감상하고 있는 자신을 말하고, 돌아와 하사받은 술을 즐기며 아이와 어울려 즐거운 시간을 보내고 있다.

무림

황제의 수레가 오래도록 무림의 궁에 머물러 있지만

변경과 낙양에 있던 당시와는 쉽게 같아지지 않네.

넓은 길엔 바람이 불어도 먼지가 날리지 않고

긴 강물은 얼지 않아 물은 늘 통해 있으며,

상서로운 연기 밖으로 누대는 날듯이 춤추고

밝은 달 가운데 북과 피리 소리는 시끌벅적하네.

육십 년간 몇 차례나 오갔건만

도성 사람 누가 알아 노쇠한 늙은이 기억하리?

武林[1]

皇輿久駐武林宮, 汴雒當時未易同.[2]

廣陌有風塵不起, 長河無凍水常通.

樓臺飛舞祥煙外, 鼓吹喧呼明月中.[3]

六十年間幾來往, 都人誰解記衰翁.

【해제】

79세 때인 가태嘉泰 3년1203 봄 임안臨安에서 쓴 것으로, 임안에 온 지 60년이 된 감회를 나타내고 있다.

『검남시고』에서는 시 본문 다음에 "소흥 계해년1143에 나는 19세의

나이로 상서성에 시험 보러 임안에 왔으니, 지금 60년이 되었다^{紹興癸亥}

^{予年十九, 以試南省來臨安, 今六十年矣}"라는 자주自注가 있으며, 제6구의 '취吹'가

'적笛'으로 되어 있다.

【주석】

1　武林(무림) : 임안(臨安)의 별칭. 지금의 절강성 항주시(杭州市)이다.

2　汴雒(변락) : 변경(汴京)과 낙양(洛陽). 북송의 도성이고 동도(東都)였다.

3　喧呼(훤호) : 떠들썩하게 소리치다.

【해설】

이 시에서는 황제가 임안으로 내려온 지 오랜 시간이 지났지만 변경
이나 낙양과는 그 풍광과 정취가 다름을 말하며 중원을 수복하지 못한
아쉬움을 나타내고 있다. 이어 먼지바람도 일지 않고 강물도 얼지 않
으며 높이 솟은 누각에서 풍악 소리가 들려오는 임안의 풍경을 북방의
도성과 대비하여 묘사하고, 자신이 처음 임안에 온 후 60년 동안 여러
차례 이곳을 오갔지만 자신을 알아 기억해주는 도성 사람은 없을 것이
라 말하며 인간사와 세월의 무상함을 나타내고 있다.

서촌에서 저녁에 돌아와

날씨는 맑고 화창하여 계제사를 행한 후이고

풍속은 순박하고 예스러워 끈 매듭 하기 전이네.

마을마다 둑에 모내기할 물이 풍족하고

집집마다 문에 성으로 들어가는 배가 통하네.

보루에서는 도적이 사라져 북은 늘 쉬고 있고

저잣거리에 술값은 싼 값을 흥정하지 않네.

행인들은 다투어 산 늙은이 취한 모습 보니

홰나무 뿌리 베고 길가에 누워있기 때문이네.

西村暮歸

天氣淸和修禊後,[1] 土風淳古結繩前.[2]

村村陂足分秧水,[3] 戶戶門通入郭船.

亭障盜消常息鼓,[4] 坊場酒賤不論錢.[5]

行人爭看山翁醉, 頭枕槐根臥道邊.[6]

【해제】

78세 때인 가태嘉泰 2년1202 봄 산음山陰에서 쓴 것으로, 소박하고 풍요로운 시골 마을의 경관을 나타내고 있다.

1 修禊(수계) : 계제사(禊祭祀)를 행하다. 계제사는 3월의 첫 번째 사일(巳日)
인 상사일(上巳日)에 물가에서 몸을 씻으며 한 해의 묵은 때를 씻고 액운을 막
았던 풍습이다.

2 結繩(결승) : 끈으로 된 매듭. 문자가 만들어지기 이전에 끈의 매듭을 묶어 의
미를 나타낸 것으로, 여기서는 오래전 옛날을 가리킨다.

3 分秧(분앙) : 모내기하다.

4 亭障(정장) : 적의 침입이나 도둑을 감시하러 쌓은 보루(堡壘).

5 坊場(방장) : 시장터, 저잣거리.

　論錢(논전) : 값을 따지다, 흥정하다.

6 槐根(괴근) : 홰나무 뿌리.

【해설】

이 시에서는 화창한 날씨에 서촌을 유람하고 있음을 말하며 둑에 물
이 가득하고 성안으로 드나드는 배로 가득한 서촌의 풍요로운 모습을
묘사하고, 도둑도 없고 다툼도 없는 마을 사람들의 순박한 삶의 모습
을 칭송하고 있다. 마지막에는 술에 취해 길가에 누워있는 모습을 통
해 이미 서촌에 취해 버린 자신의 마음을 나타내고 있다.

도성으로 들어가며

푸성귀와 비름이 쟁반에 올라오고 술은 외상 살 수 있는데

병든 몸 지탱하며 다시 집 떠나게 될 줄 어찌 알았으리?

아침에 가며 강 언덕을 때리는 파도가 싫었는데

저녁에 유숙하니 하늘에 드리운 북두 자루가 기울었네.

산림에서 오랜 세월 지내는 것은 한스럽지 않으나

다만 길이 모래바람에 힘든 것이 슬프네.

이웃 늙은이는 밭 가는 것 보기를 좋아했으니

갔다가 동쪽으로 돌아오면 떠들썩하게 비웃겠지.

入都

葵莧登盤酒可賒,¹ 豈知扶病又離家.

朝行打岸濤頭惡, 夜宿垂天斗柄斜.²

不恨山林淹歲月,³ 但悲道路困風沙.

隣翁好爲看耕隴,⁴ 行矣東歸一笑譁.⁵

【해제】

78세 때인 가태嘉泰 2년1202 여름 산음山陰을 떠나 임안臨安으로 가던 도중 쓴 것으로, 만년에 다시 관직에 나아가는 고된 여정과 관직 생활에 대한 회의를 나타내고 있다.

1 　葵莧(규현) : 푸성귀와 비름. 나물 반찬을 가리킨다.

　　賖(사) : 외상 사다.

2 　斗柄(두병) : 북두칠성의 자루 부분.

3 　淹(엄) : 오래도록 머물다.

4 　耕隴(경롱) : 밭을 경작하다. '롱(隴)'은 '롱(壟)'과 같다.

5 　譁(화) : 떠들썩하다.

【해설】

　이 시에서는 소박하지만 맛 좋은 나물 반찬이 있고 술도 외상 살 수 있는 고향을 떠나 늙고 병든 몸으로 다시 관직 길에 나서게 되었음을 말하고, 만년에 고된 여정을 겪고 있는 자신의 신세를 슬퍼하고 있다. 마지막에는 도성에 갔다 다시 돌아오면 함께 농사짓던 이웃집 늙은이가 자신을 비웃을 것이라 말하며, 스스로 원치 않았던 관직 생활에 회의를 나타내고 있다.

상소 올려 사직하니 은혜로이 사록을 내려주시어 마침내 오월 초에 고향으로 돌아가게 되어 5수

몸은 서리 맞은 소나무처럼 늙어도 마르지 않아
사직을 청하였다가 오히려 도성에서 관직에 있게 되었네.
백 전 탁주에 온 집안이 취하고
유월의 등애는 새벽까지 없으며,
단잠 자며 잠 깨울 한가로운 객을 근심하지 않고
나가 노닐면 늘 부축하는 어린아이가 있으리.
산을 사 은거하려 해도 소부와 허유가 비웃을까 늘 두려워하다
감히 군왕께 경호를 청하였네.

누런 종이에 흠뻑 젖은 글자는 까마귀 같으니
이제야 참으로 집에 돌아가게 되었네.
뜰의 오두막이 점차 가까워져 산과 호수가 좋고
이웃에서 맞이하러 와 북과 피리 소리는 떠들썩하며,
그릇의 열매는 울타리 가에서 수확한 콩깍지이고
쟁반의 채소는 물가에서 캔 미나리 싹이리.
황제께서 늙은이를 공경하여 너를 잊지 않았으니
청문에서 오이 심는 것을 배울 필요는 없다네.

군옥산 꼭대기에서 외로운 꿈은 끊어지고

오색구름 피어난 개울 위로 마을 배는 돌아오네.

사람 옆에서 갈매기는 자연히 친숙하고

곳곳에 연꽃은 셀 수 없이 피어 있으며,

보리밥 먹기에 물리지 않아 얼굴은 늘 말라 있고

사립문은 한가로이 닫혀 마음은 절로 재가 되어 있으리.

비가 와 작은 연못들이 있는 땅을 만들지만

어스름 반달 아래 피어 있을 매화를 걱정하지는 않는다네.

몸은 바람 앞의 뿌리 끊어진 쑥이니

해가 지나도록 훔쳐 먹으며 마침내 무엇을 이루었던가?

하늘에 솟은 푸른 산에선 맞이하는 배가 나오고

말에서 털어낸 붉은 먼지는 순식간에 사라져,

거미줄 쳐진 집의 말린 물고기는 병혈의 물고기보다 낫고

깃발 걸린 주점에서 보내온 술은 비통의 술과 같으리.

죽기 전에 다행히 쟁기질하는 늙은이가 되니

회남의 관직에서 벗어나 먼지 이는 세속을 비웃네.

이 몸 오직 몸소 밭 가는 일만 남았으니

남은 생 청해 얻어 태평성세를 즐기려네.

동관에서 어울려 노닐다 지난 꿈에서 놀라 깨고

서호에 다시 이르러 이후의 생을 맡기며,

제방의 풀 이슬은 아침 햇살에 빛나고
포구의 연꽃 바람은 맑은 저녁에 일렁이리.
돌아가는 길이 눈에 선해 모두 좋기만 하니
강가 정자에서 노 젓는 노랫소리 먼저 듣네.

上章納祿恩畀外祠, 遂以五月初東歸五首[1]

身似霜松老不枯, 乞骸猶得侍淸都.[2]
百錢濁酒渾家醉, 六月飛蟲徹曉無.[3]
美睡不愁閑客攬, 出遊自有小兒扶.
買山尙恐巢由笑,[4] 敢向君王覓鏡湖.

黃紙淋漓字似鴉,[5] 卽今眞箇是還家.
園廬漸近湖山好, 鄰曲來迎鼓笛譁.
籩實傍籬收豆莢,[6] 盤蔬臨水采芹芽.
皇家養老非忘汝, 不必靑門學種瓜.[7]

群玉峯頭孤夢斷,[8] 五雲溪上野舟回.[9]
傍人鷗鳥自然熟, 到處藕花無數開.
麥飯不鑿常面槁, 柴門閑閉自心灰.[10]
雨來正作盆池地,[11] 不怕冥冥半月梅.

身是風前一斷蓬, 經年竊食竟何功.[12]
倚天青嶂迎船出,[13] 撲馬紅塵轉眼空.[14]
網戶餉魚勝丙穴,[15] 旗亭送酒等郫筒.[16]
死前幸作扶犁叟,[17] 免使淮南笑發紅.[18]

此身惟有一躬畊, 乞得餘年樂太平.
東觀竝遊驚昨夢, 西湖重到付來生.
一堤草露明晨照, 半浦荷風颭晚晴.[19]
歷歷歸途皆勝事,[20] 江亭先聽櫂歌聲.

【해제】

　79세 때인 가태嘉泰 3년1203 여름 임안臨安에서 쓴 것으로, 사직을 허
락받아 고향으로 돌아가게 된 기쁨을 말하며 고향에서의 삶을 상상하
여 나타내고 있다.

　『검남시고』에는 제목에서 '오월五月' 다음에 '초初'가 추가되어 있다.
또한 제3수 제6구의 '폐閉'가 '엄掩'으로, 제7구의 '지池'가 '산山'으로,
제4수 마지막 구의 '홍紅'이 '몽蒙'으로, 제5수 제3구의 '경驚'이 '수收'
로 되어 있다.

【주석】

1   納祿(납록) : 녹봉을 반납하다. 관원이 사직하는 것을 의미한다.

外祠(외사) : 사록(祠祿). 송대에 대신이 사직하면 도교의 궁관(宮觀)을 관리하는 허직(虛職)을 주어 지급했던 녹봉으로, 육유는 당시 제거강주태평흥국궁(提擧江州太平興國宮)에 임명되었다.

東歸(동귀) : 동으로 돌아오다. 고향인 산음(山陰)으로 돌아오는 것을 가리킨다. 산음이 임안의 동쪽에 있었기 때문에 이와 같이 말하였다.

2   乞骸(걸해) : 뼈를 고향에 묻기 청하다. 관원이 사직을 청하는 것을 의미한다. 여기서는 경원(慶元) 5년(1199)에 상소하여 제거건녕부무이산충우관(提擧建寧府武夷山冲祐觀) 직을 그만둔 것을 가리킨다.

侍淸都(시청도) : 도성에서 황제를 모시다. 가태(嘉泰) 2년(1202) 5월에 효종(孝宗)과 광종(光宗)의 두 실록을 편찬하는 임무를 받고 실록원동수찬(實錄院同修撰) 겸 동수국사(同修國史)가 되어 6월에 임안(臨安)에 도착한 것을 가리킨다. '청도(淸都)'는 전설상 천제(天帝)가 거주하는 궁궐로, 여기서는 황제가 거주하는 도성을 가리킨다.

3   巢由(소유) : 소부(巢父)와 허유(許由). 요(堯) 임금 때의 은자로, 요 임금이 두 사람에게 왕위를 선양하려 하였으나 모두 받지 않았다.

4   買山(매산) : 산을 사다. 은거하는 것을 비유한다.

5   黃紙(황지) : 황마지(黃麻紙). 삼을 넣어 만든 누런 종이로, 거칠고 두터우며 내구성이 뛰어나 황제의 책서(冊書)나 교서(敎書) 등을 작성하는 데 사용하였다. 여기서는 치사를 허락한 황제의 조서(詔書)를 가리킨다.

淋漓(임리) : 흠뻑 젖은 모양.

6 籩(변) : 제기(祭器). 여기서는 일반적인 그릇의 의미로 사용되었다.

7 靑門(청문) : 한(漢)나라 장안성(長安城) 동남쪽의 문. 진(秦)나라 때 동릉후
(東陵侯)를 지냈던 소평(邵平)이 진나라가 멸망한 뒤 평민의 신분으로 전락
하여 장안성 청문 밖에서 오이를 키우며 살았는데 이 오이가 맛이 좋아서 '동
릉과(東陵瓜)' 또는 '청문과(靑門瓜)'라 하였다.

   學種瓜(학종과) : 오이 심는 것을 배우다. 직접 농사지으며 궁핍하게 사는 것
   을 의미한다.

8 群玉峯(군옥봉) : 군옥산(群玉山). 전설상 서왕모(西王母)가 살고 있다는
산. 여기서는 임안에 있는 산을 비유한다.

   孤夢(고몽) : 외로운 꿈. 고향을 그리워하는 꿈을 가리킨다.

9 五雲(오운) : 청(靑), 적(赤), 백(白), 흑(黑), 황(黃)의 오색구름.

10 心灰(심회) : 마음이 재가 되다. 여기서는 세속의 욕망이 모두 사라진 평온한
상태를 비유한다.

11 盆池(분지) : 대야를 묻어 만든 작은 연못.

12 竊食(절식) : 먹을 것을 훔치다. 하는 일 없이 관직을 차지하고 있는 것을 가리
킨다.

13 倚天(의천) : 하늘에 기대다. 높이 솟아 있는 모습을 비유한다.

14 轉眼(전안) : 눈 돌리는 사이. 매우 짧은 시간을 가리킨다.

15 丙穴(병혈) : 지명. 대병산(大丙山)의 샘을 가리키며, 맛 좋은 물고기가 나는
곳으로 유명하다. 촉(蜀) 지역에 같은 이름의 장소가 여러 곳이 있다.

16 郫筒(비통) : 비현(郫縣)의 대통. 비현에서 대나무 통에 넣어 담근 술을 가리
키며, 맛 좋은 술로 유명하다. 지금의 사천성 비현(郫縣)이다.

17 扶犁叟(부리수) : 쟁기질하는 노인. 은거하는 노인을 가리킨다.

18 使淮南(사회남) : 회남 땅의 사신(使臣). 관직에 있는 것을 가리킨다.

19 颭(점) : 물결이 바람에 일다.

20 歷歷(역력) : 분명하다, 눈에 선하다.

【해설】

여기에서는 5수 모두 동일한 장법을 사용하여 기련起聯과 미련尾聯에
서는 임안에서의 현재의 모습을 말하고, 함련頷聯과 경련頸聯에서는 고
향으로 돌아가는 상황이나 고향에서의 일을 상상하여 나타내고 있다.

제1수에서는 이미 사직을 했다가 다시 도성에서 관직 생활을 하게
되었음을 말하고, 날이 밝도록 탁주를 즐기며 고향을 그리는 시름도 없
이 단잠을 이루는 고향에서의 생활을 상상하고 있다. 이어 늘 꿈꾸었던
은거 생활을 이루려 임금께 사직의 상소를 올렸음을 말하고 있다.

제2수에서는 임금께 사직을 허락받아 마침내 고향으로 돌아가게 되
었음을 말하고, 아름다운 산수 풍광과 반갑게 자신을 맞아 줄 사람들
이 있으며 밥상에 소박한 나물 음식들이 마련되어 있는 고향을 상상하
고 있다. 이어 돌아가 농사지으며 궁핍하게 살 필요가 없음을 말하며
사록을 내려주신 임금의 은혜에 감사하고 있다.

제3수에서는 임안에서 고향을 그리워하는 꿈을 꾸며 마음은 늘 고

향으로 향해 있음을 말하고, 고향에서 갈매기를 벗 삼아 못 가득한 연꽃을 감상하며 비록 궁핍한 삶이지만 한가롭고 평온한 삶을 살고 있는 모습을 상상하고 있다. 이어 곳곳에 웅덩이를 만들며 세차게 내리는 임안의 비를 바라보며 그래도 어스름 달빛 아래 산음에 피어 있을 매화는 아무렇지 않을 것이라 안심하고 있다.

제4수에서는 도성에서 헛되이 관직을 차지하고 있으며 이룬 것 하나 없는 자신을 자책하고, 배를 타고 말을 몰아 고향에 이르러 맛 좋은 안주와 술을 즐기고 있는 모습을 상상하고 있다. 이어 늦게나마 고향으로 돌아가게 되었음을 다행으로 여기며 세속의 먼지로 가득한 관직 생활을 비웃고 있다.

제5수에서는 사직을 청해 얻은 남은 생은 시골에서 태평성세를 즐기며 보내리라 말하고, 고향의 동관과 서호를 노닐며 아침저녁으로 아름다운 풍광을 감상하고 있는 모습을 상상하고 있다. 이어 상상 속의 모든 것들이 생생하며 좋기만 함을 말하고, 강가 정자에서 노 젓는 노랫소리를 들으며 고향으로 돌아갈 날이 하루빨리 이르기를 고대하고 있다.

칠십 세

칠십 노년에 온갖 생각으로 말라가니

뽕나무 느릅나무는 본디 동쪽 모퉁이를 보완할 수 없다네.

다만 안락의자와 호미만 있을 뿐이거늘

어찌하여 관복과 칼을 꿈꾸는지?

신세는 잠자는 누에라 장차 고치가 되려 하고

모습은 늙은 소라 이미 수염이 드리워졌네.

객은 와 선생 계신 곳을 묻지 말지니

조아강 아니면 경호에서 낚시한다네.

七十

七十殘年百念枯,¹ 桑楡元不補東隅.²

但存隱具金鴉觜,³ 那夢朝衣玉鹿盧.⁴

身世蠶眠將作繭, 形容牛老已垂胡.⁵

客來莫問先生處, 不釣娥江卽鏡湖.⁶

【해제】

70세 때인 소희紹熙 5년1194 가을 산음山陰에서 쓴 것으로, 칠십 노년
에도 변함없는 우국의 심정을 나타내고 있다.

【주석】

1   百念(백념) : 백 가지 생각. 온갖 상념을 의미한다.

2   不補東隅(불보동우) : 동쪽 모퉁이를 보완할 수 없다. 이 구는 동쪽 모퉁이에
   서 물건을 잃어버리고 뽕나무와 느릅나무에서 찾는다는 속담을 인용한 것으
   로, 이룰 수 없는 것을 행하거나 바라는 것을 의미한다.

3   隱具(은구) : 앉거나 눕는 도구.
   金鴉觜(금아자) : 쇠로 된 까마귀 뿔 털. 호미 머리를 비유한다.

4   玉鹿盧(옥록로) : 옥으로 된 도르래. 칼의 손잡이에 장식한 옥장식으로, 칼을
   비유한다.

5   娥江(아강) : 조아강(曹娥江). 지금의 절강성 승현(嵊縣)에 있다.

6   垂胡(수호) : 수염을 드리우다.

【해설】

이 시에서는 칠십에 이르러서도 나라에 대한 걱정에 여위어가고 있
음을 말하고, 이를 부질없는 헛된 생각이라 치부하고 있다. 이어 호미
들고 편안히 시골에 은거하고 있으면서도 여전히 칼 들고 북벌에 나서
는 꿈을 꾸고 있는 자신을 탄식하고, 쇠락한 자신의 신세와 모습을 잠
자는 누에와 늙은 소에 비유한다. 마지막에는 매일 같이 강과 호수에
서 낚시하며 살고 있는 자신을 말하며 공업 수립에서 멀어져 있는 삶
을 안타까워하고 있다

베갯머리에서 쓰다

노쇠한 일흔 나이를 전에 어찌 기약했으리?

왜소한 모자와 마른 지팡이가 늙은이와 어울리네.

시름은 술잔을 얻어도 적국처럼 사라지지 않고

병은 책을 좋은 의사로 삼아 다스려야 하니,

산에 오르면 근력은 비록 더욱 강해지지만

문 닫으면 공부는 매우 절로 빼어나게 되네.

오늘 쾌청하고 봄 잠은 충분하니

누워 처마의 조잘거리는 까치 소리 듣는 때라네.

枕上作

龍鍾七十豈前期,[1] 矮帽枯筇與老宜.[2]

愁得酒卮如敵國,[3] 病須書卷作良醫.[4]

登山筋力雖尤健, 閉戶工夫頗自奇.[5]

今日快情春睡足, 臥聽簷鵲語多時.

【해제】

73세 때인 경원慶元 3년1197 봄 산음山陰에서 쓴 것으로, 노년에 대한 탄식과 학문에 대한 열정이 나타나 있다.

『검남시고』에서는 제5구의 '우尤'가 '유猶'로, 마지막 구의 '작鵲'이

'조鳥'로 되어 있다.

【주석】

1 龍鍾(용종) : 노쇠한 모양.

2 枯筇(고공) : 마른 공죽(筇竹). 지팡이를 가리킨다.

3 如敵國(여적국) : 적국과 같다. 금나라 오랑캐처럼 사라지지 않는 것을 의미
   한다.

4 書卷(서권) : 책. 여기서는 독서를 의미한다.

5 工夫(공부) : 학문의 성취.

【해설】

이 시에서는 어느새 나이 일흔이 되어 왜소한 모자와 마른 지팡이가
어울리는 늙은이가 되어 버린 자신을 탄식하고 있다. 이어 시름은 술
로도 없어지지 않고 병은 독서로 다스려야 함을 말하며 육신의 근력이
아닌 학문의 연마로 노년을 이겨내야 함을 강조하고 있다. 마지막에는
편안한 마음으로 조잘거리는 까치 소리를 들으며 쾌청한 봄날을 즐기
고 있는 모습이 나타나 있다.

여든셋의 노래

석범산 아래 흰 머리 늙은이

여든세 차례나 이른 봄을 보았네.

스스로 편안하고 한가함을 좋아하여 적막함을 잊었으니

하늘은 강건함으로 청빈함을 갚아주었네.

마른 오동나무는 이미 불타며 어찌 알아주길 구했겠으며

해진 빗자루는 버려야 마땅하나 스스로에겐 보배라네.

육우의 가풍을 그대 비웃지 말지니

다른 때 오히려 차의 신이 되었다네.

八十三吟

石帆山下白頭人,[1] 八十三回見早春.

自愛安閑忘寂寞, 天將強健報清貧.[2]

枯桐已爨寧求識,[3] 弊帚當捐却自珍.[4]

桑苧家風君勿笑,[5] 它年猶得作茶神.[6]

【해제】

83세 때인 개희開禧 3년1207 봄 산음山陰에서 쓴 것으로, 여든셋의 삶을 돌아보며 하찮아 보이는 것의 가치와 소중함을 나타내고 있다.

『검남시고』에서는 제2구의 '조帚'가 '초艸'로 되어 있다.

1 石帆山(석범산) : 산음(山陰)에 있는 산으로, 석벽의 모양이 돛을 펼친 것 같아 이와 같이 불렀다.

2 淸貧(청빈) : 청렴하고 가난하다.

3 枯桐已爨(고동이찬) : 마른 오동나무가 이미 불에 타다. 동한(東漢) 채옹(蔡邕)이 땔나무로 탈 뻔한 오동나무를 구해내 거문고로 만들었는데 그 소리가 매우 아름다웠고, 꼬리 부분에 그을린 자국이 있어 당시 사람들이 이를 '초미금(焦尾琴)'이라 불렀다 한다.

4 弊帚(폐추) : 낡고 해진 빗자루. 쓸모없는 물건을 비유한다.
自珍(자진) : 스스로에게 보배이다. 이 구는 아무리 하찮은 것이라도 이를 보배처럼 여기는 사람이 있다는 말이다.

5 桑苧(상저) : 육우(陸羽). 당(唐) 복주(復州) 경릉(竟陵, 지금의 호북성 천문시(天門市)) 사람으로 자가 홍점(鴻漸)이고 호는 상저옹(桑苧翁)이다. 평생 은거하며 차를 즐겨 다도(茶道)에 정통하였으며,『다경(茶經)』을 저술하여 후세에 '다성(茶聖)', '다선(茶仙)', '다신(茶神)' 등으로 추앙받았다.

6 茶神(다신) : 차의 신. 육우를 가리킨다.

【해설】

이 시에서는 나이 여든셋에 이르도록 살아 있음을 말하며 이를 자신의 가난한 삶에 대한 하늘의 보상이라 여기고 있다. 이어 불에 탈 뻔했던 오동나무와 해진 빗자루를 빌어 다른 사람들에게는 하찮고 쓸모없어 보이는 것이라도 숨은 재능이 있거나 스스로에겐 소중한 것임을 말하고, 평생을 은거하며 높은 관직에 있지도 않았으나 차에 정통하여 마침내 차의 신으로 추앙받게 된 육우를 예로 들고 있다.

놀이 삼아 늙은이의 생각을 쓰다

평생을 평범하여 본디 뛰어남도 없거늘

하물며 나이 아흔 줄에 이른 때라네.

아들은 아비의 뜻을 잘 알고

어린 손자는 늙은이의 장난에 함께할 수 있네.

꽃 앞에서 죽마 타며 억지로 말이라 부르고

계단 아래 대야 묻고는 연못으로 삼네.

한 번 웃으며 한가로이 날을 보내도 무방하니

노쇠함을 탄식하고 죽음을 근심하는 것은 어리석은 것이라네.

戲遣老懷

平生碌碌本無奇,¹ 況是年垂九十時.

阿宐略如郎罷意,² 穉孫能伴太翁嬉.³

花前騎竹强名馬,⁴ 階下埋盆便作池.

一笑不妨閑過日, 歎衰憂死却成癡.

【해제】

81세 때인 개희開禧 원년1205 겨울 산음山陰에서 쓴 것으로, 손자와 어울려 놀이하는 한가로운 일상이 나타나 있다.

『검남시고』에서는 제3구의 '의意'가 '로老'로 되어 있다. 총5수 중 제

1수이다.

【주석】

1 碌碌(녹록) : 평범하고 무능한 모양.

2 阿㪍(아건) : 아들. 민(閩) 지역의 방언이다.

   郎罷(낭파) : 아버지. 민(閩) 지역의 방언이다.

3 穉孫(치손) : 어린 손자. '치(穉)'는 '치(稚)'와 같다.

4 騎竹(기죽) : 죽마(竹馬)를 타다.

【해설】

　이 시에서는 별다른 재주나 성취도 없이 여든을 넘어 아흔을 향하고 있는 나이를 말하고, 아비의 뜻을 잘 헤아리는 아들과 함께 어울려 놀 수 있는 손자가 있는 것에 기뻐하고 있다. 이어 어린아이처럼 죽마 타고 물장난하며 한가로운 나날을 보내고 있는 자신을 말하고 늙음과 죽음에 초연한 심정을 나타내고 있다.

봄이 가까워

짧은 갈옷에 마른 지팡이 짚은 늙고 병든 몸이

노쇠해 몸은 불편해도 새봄을 다시 기뻐하네.

봄을 깨닫지 못하고 여러 해 지내왔음을 이미 알거늘

다시금 하는 일 하나 없는 사람이 되었네.

처마 가의 새소리는 취한 꿈을 깨우고

방 안의 꽃향기는 옷과 두건에 스며드네.

아침이 되면 더욱 즐거운 것이 있으니

한 젓가락 산나물은 산해진미보다 뛰어나다네.

春近

短褐枯筇老病身,**1** 龍鍾也復喜新春.**2**

已知不解多年住,**3** 且作都無一事人.**4**

簷角鳥聲呼醉夢, 室中花氣襲衣巾.

朝來更有欣然處, 一筯山蔬勝八珍.**5**

【해제】

72세 때인 경원慶元 2년1196 겨울 산음山陰에서 쓴 것으로, 노년에 새
봄을 맞은 기쁨을 나타내고 있다.

【주석】

1 枯筇(고공) : 마른 공죽(筇竹). 지팡이를 가리킨다.

2 龍鍾(용종) : 노쇠한 모양.

3 不解(불해) : 깨닫지 못하다. 봄이 오는 것을 알지 못한 것을 가리킨다.

4 一事(일사) : 한 가지 일. 봄을 즐기는 행위를 가리킨다.

5 筯(저) : 젓가락.

八珍(팔진) : 여덟 가지 맛 좋은 음식. 산해진미를 가리킨다.

【해설】

이 시에서는 몸은 비록 늙고 병들었어도 새봄이 오는 것은 늘 기쁘고 설레기만 함을 말하고, 병석에 있느라 봄을 알지 못하고 지나쳐 버린 지난 몇 년과 아직도 몸이 온전하지 못해 여전히 아무 일도 할 수 없는 지금을 안타까워하고 있다. 이어 새소리와 꽃향기로 방 안팎에 가득한 봄기운을 나타내고, 어떤 산해진미보다 맛 좋은 산나물을 먹을 수 있는 봄날을 즐거워하고 있다.

잠에서 깨어 뜰 가운데 이르러

봄바람이 홀연 이미 하늘 끝에 이르니

늙은이도 오히려 사물의 아름다움을 깨달을 수 있네.

집에서 담근 옅은 푸른 술을 살짝 기울여 보고

직접 심은 약간 붉은 꽃을 막 살펴보네.

시골 사람과 쉽게 어울리며 진심을 말하니

속된 말을 누가 입에 올릴 수 있으리?

다시금 세상 사람들이 모두 일을 줄여

개미 전쟁을 돌이키고 벌떼같이 모이는 것 그만두길.

睡起至園中

春風忽已到天涯, 老子猶能領物華.

淺碧細傾家釀酒,**1** 小紅初試手栽花.**2**

野人易與輸肝肺,**3** 俗語誰能挂齒牙.**4**

更欲世間同省事,**5** 勾回蟻戰放蜂衙.**6**

【해제】

72세 때인 경원慶元 2년1196 가을 산음山陰에서 쓴 것으로, 정원을 가꾸며 마을 사람들과 어울리는 즐거움을 노래하고 있다.

앞의 『간곡정선육방옹시집』에 이미 수록된 작품으로, 『간곡정선육방옹시집』과『검남시고』에서는 제1구의 '도到'가 '편遍'으로 되어 있다.

【주석】

1 家釀酒(가양주) : 집에서 담근 술.

2 試(시) : 살펴보다.

3 輸肝肺(수간폐) : 간과 폐를 보내다. 진심을 말하는 것을 비유한다.

4 俗語(속어) : 속된 말. 관직에 있는 사람들과 하는 말을 비하하여 표현한 것으로, 여기서는 위선과 가식으로 가득한 말을 가리킨다.

   挂齒牙(괘치아) : 치아에 걸다. 입으로 말하는 것을 비유한다.

5 省事(생사) : 일을 줄이다. 세상의 욕심을 버리는 것을 말한다.

6 蟻戰(의전) : 개미 떼처럼 싸움하다.

   蜂衙(봉아) : 벌 떼처럼 모여들다.

【해설】

이 시에서는 봄바람이 천지에 가득하여 늙은 자신조차 봄의 화사함을 느낄 수 있음을 말하고, 화단으로 나가 집에서 담근 술을 마시며 손수 가꾼 화초를 감상하고 있다. 이어 마을 사람들과 격의 없이 지내며 진심으로 소통하는 기쁨을 나타내고, 세상 사람 모두가 욕심을 줄여 이익을 좇아 서로 싸우고 모여드는 행동을 그만두기를 바라고 있다.

입춘일

강의 꽃과 강물은 매년 같은데

봄날의 춘반은 내버려 두어 비어 있네.

천지는 사사로움이 없어 만물이 태어나고

산림엔 거처가 있어 노쇠한 늙은이가 사는데,

소는 사지로 가나 자신에게는 죄가 없고

매화는 도성에 피었으련만 소식은 통하지 않네.

몇 조각 날리는 것이 섣달 눈과 같으니

마을 이웃들 서로 소리치며 풍년을 축하하네.

立春日

江花江水每年同, 春日春盤放手空.**1**

天地無私生萬物, 山林有處著衰翁.

牛趨死地身無罪,**2** 梅發京華信不通.**3**

數片飛飛猶臘雪, 村鄰相喚賀年豐.**4**

【해제】

73세 때인 경원慶元 3년1197 봄 산음山陰에서 쓴 것으로, 입춘일을 맞은 쓸쓸한 감회를 나타내고 있다.

『검남시고』에서는 시 본문 다음에 "작년 겨울에는 눈이 없었고 올해는 정월 10일 사시가 입춘인데, 새벽에 눈이 몇 조각 있어 섣달의 눈 같았다去冬無雪, 今年以正月十日巳時立春, 而平旦有雪數片, 猶臘雪也"라는 자주自注가 있다.

【주석】

1 春盤(춘반) : 입춘일에 먹는 음식. 옛 풍속에 입춘일이면 새로운 것을 맞아들인다는 의미로 생채나 과일, 떡 등을 접시에 담아 먹었다

2 趨死地(추사지) : 사지로 가다. 입춘일에 풍년을 기원하며 소를 희생으로 삼아 하늘에 제사를 지내는 것을 가리킨다.

3 京華(경화) : 도성의 미칭(美稱). 많은 문물과 인재가 모여들어 번화하다는 의미로 이와 같이 불렀다.

   信(신) : 소식. 매화 소식을 가리키며, 여기서는 북벌의 소식을 의미한다.

4 賀年豐(하년풍) : 풍년을 축하하다. 고대에 입춘일에 눈이 내리면 풍년의 조짐으로 여겼다.

【해설】

이 시에서는 입춘일을 맞았지만 춘반도 먹지 않는 모습으로 자신의 편치 않은 마음 상태를 나타내고 있는데, 다음 4구에서 그 이유를 알 수 있다. 입춘일이 되어 모든 만물이 소생하지만 소는 오히려 아무 죄도 없이 죽음의 길로 가고 있음을 안타까워하고, 도성에 피었을 매화 소식이 전해지지 않는 상황으로 북벌의 소식이 들려오지 않는 상황을

나타내며 울적한 심사를 나타내고 있다. 마지막에는 입춘일에 내리는 눈을 반가워하며 올해의 풍년을 기대하고 있는 마을 사람들의 모습을 나타내고 있다.

동쪽 울타리

동쪽 울타리 깊고 외져 옷 갖춰 입기도 싫고

책은 종횡으로 약 주머니와 섞여 있네.

세금 걷으러 오는 아전도 없어 종일토록 잠자고

돈 생기면 술을 사 봄 내내 방탕하게 지내며,

새로 지은 초가집의 창문은 고요하고

삶은 산나물은 수저와 젓가락에서 향기롭네.

시구가 있는 그림을 모으고 흰 벽에 쓰며 노느라

본디 할 일이 없는데도 바쁘기만 하네.

東籬

東籬深僻嬾衣裳,[1] 書卷縱橫雜藥囊.

無吏徵租終日睡, 得錢沽酒一春狂.

新營茅舍軒窗靜,[2] 施煮山蔬匕箸香.[3]

戲集句圖書素壁,[4] 本來無事却成忙.

【해제】

82세 때인 개희開禧 2년1206 봄 산음山陰에서 쓴 것으로, 은거하며 지내는 자유롭고 편안한 일상을 노래하고 있다. 총3수 중 제1수이다.

【주석】

1　嬾(란) : 게으르다, 귀찮다.

2　軒窗(헌창) : 창문.

3　匕箸(비저) : 수저와 젓가락.

4　句圖(구도) : 시구가 쓰여 있는 그림. 시구에 나타난 의경이나 경관을 그림으로 나타낸 시의도(詩意圖)를 가리킨다.

【해설】

　이 시에서는 깊고 외진 곳에 살고 있어 주위의 시선에 신경 쓰지 않고 독서 하며 자유롭게 지내고 있음을 말하고 있다. 이어 세금 걱정도 없고 방해하는 사람도 없이 종일 잠자고 돈이 생기면 술을 사서 마음껏 취하고 있는 자신의 일상을 말하며, 새로 지은 고요한 초가집에서 소박하게 즐기는 산나물 음식에 만족해하고 있다. 마지막에는 시가 있는 그림을 모으고 벽에 글을 쓰며 노느라 본디 할 일 없는 사람이 더 바쁘다며 너스레를 떨고 있다.

봄 여름이 교차하는 때 바람 부는 날이 맑고 아름다워 기뻐 느낀 바 있어

하늘이 남은 생 끈과 굴레에서 벗어나게 하시니

공명이 마음과 어긋남을 한스러워하지 않네.

초록 언덕에선 가랑비에 모심기가 끝나고

붉은 배는 석양에 종이를 가르며 돌아오며,

꽃 시장에선 울긋불긋 둥근 부채를 팔고

상아 평상에선 칼과 자로 홑겹 옷을 만드네.

흰 머리로 지팡이 끄니 사람들이 다투어 보고

덧없는 인생 일흔이 드물다며 모두 감탄하네.

春夏之交風日淸美, 欣然有感

天遣殘年脫羈羈,[1] 功名不恨與心違.

綠陂細雨移秧罷, 朱舫斜陽擘紙歸.[2]

花市丹靑賣團扇, 象牀刀尺製單衣.[3]

白頭曳杖人爭看, 共歎浮生七十稀.

【해제】

71세 때인 경원慶元 원년1195 봄 산음山陰에서 쓴 것으로, 봄을 맞은 아름답고 활기찬 농촌 마을의 정경을 나타내고 있다.

『검남시고』에서는 제목에서 '감感'이 '부賦'로 되어 있다. 총3수 중 제2수이다.

【주석】

1 覊羈(칩기) : 말의 다리를 묶는 끈과 머리에 씌우는 굴레. 여기서는 인생의 속
    박을 의미한다.

2 擘紙(벽지) : 종이를 가르다. 배가 넓고 잔잔한 수면을 가르며 오는 것을 비유
    한다.

3 單衣(단의) : 홑겹 옷. 봄옷을 가리킨다.

【해설】

이 시에서는 노년의 남은 인생이 편안하고 자유로워 공명을 이루지
못한 회한이 없음을 말하고, 봄은 맞은 농촌의 여유롭고 아름다운 풍
경과 시장의 번화하고 활기찬 모습을 묘사하고 있다. 마지막에는 봄
구경을 나온 자신을 많은 사람이 맞이하며 그의 장수에 놀라워하고 축
하하고 있음을 말하고 있다.

다리에 병이 나 여러 날 암자 문을 나가지 않고 꽃을 꺾어 스스로 즐기다

뜰의 꽃이 눈을 환히 비춘다고 자주 알려오니

절뚝거림을 무릅쓰고 당을 내려와 가네.

이불 껴안고 다시 오경의 빗소리를 들으니

손꼽아 봐도 사흘 맑은 날이 없었네.

병을 어찌하지 못해 술잔은 포기하였고

꾀꼬리 소리에 의지해 봄이 온 줄을 얼핏 아네.

가지 하나를 구리 물병에 담그고

봄빛과 멀리 떨어져 있지 않음을 기뻐하네.

病足累日不出菴門, 折花自娛

頻報園花照眼明, 蹣跚正廢下堂行.[1]

擁衾又聽五更雨, 屈指元無三日晴.

不奈病何拋酒醆, 粗知春在賴鶯聲.[2]

一枝自浸銅瓶水, 喜與年光未隔生.[3]

【해제】

74세 때인 경원慶元 4년1198 봄 산음山陰에서 쓴 것으로, 병으로 인해 밖으로 나가 봄을 즐기지 못하는 아쉬움을 화병의 꽃으로 위안하고 있다.

『검남시고』에서는 제목에서 '불不' 다음에 '능能'이 추가되어 있다.

1 蹣跚(반산) : 절뚝거리며 걷는 모양.

2 粗知(조지) : 소략하게 알다, 얼핏 알다.

3 年光(연광) : 봄빛.

　 隔生(격생) : 멀리 떨어져 있다. '격세(隔世)'와 같다.

【해설】

　이 시에서는 꽃을 보러 아픈 다리를 무릅쓰고 뜰에 나갔음을 말하고, 봄 내내 비가 내려 맑은 날이 거의 없었음을 아쉬워하고 있다. 이어 병 때문에 술도 끊었으며 꾀꼬리 소리 듣고서야 봄이 온 줄을 겨우 느끼게 되었음을 말하고, 화병에 꽂은 꽃을 보며 봄이 멀리 있지 않음을 기뻐하고 있다.

봄날 작은 뜰에서 생각나는 대로 쓰다

높은 하늘에서 날개 꺾인 지 오래되었고

작은 뜰에서 그저 봄날의 차가움을 노래하는 부를 얻네.

바람 이는 푸른 물은 무늬가 비단을 짠 듯하고

이슬 젖은 붉은 꽃은 색이 마르지 않았네.

산언덕 향해 쇠락함을 탄식하지 않고

자녀들을 따라 둘러앉아 이야기하네.

사람들이 보리 바람이 봄에 불어 좋다 말하니

올해 탕병 걱정은 이미 덜었네.

春日小園雜賦

久矣雲霄鎩羽翰,**1** 小園聊得賦春寒.

風生鴨綠文如織,**2** 露染猩紅色未乾.**3**

不向山丘歎零落,**4** 且從兒女話團欒.**5**

人言麥信春來好,**6** 湯餠今年慮已寬.**7**

【해제】

75세 때인 경원慶元 5년1199 봄 산음山陰에서 쓴 것으로, 노년에 새봄을 맞은 감회를 나타내고 있다.

『검남시고』에서는 제2구 다음에 "육구몽陸龜蒙에게 「춘한부」가 있다

魯望有春寒賦"라는 자주自注가 있으며, 제3구의 '문文'이 '문紋'로 되어 있다. 총2수 중 제1수이다.

【주석】

1 鎩(쇄) : 날개가 꺾이다.

  羽翰(우한) : 날개, 깃 촉.

2 鴨綠(압록) : 오리의 머리 색처럼 푸르다. 푸른 물의 비유한다.

3 猩紅(성홍) : 성성이의 핏빛처럼 붉다. 붉은 꽃을 비유한다.

4 零落(영락) : 시들어 쇠락한 모양.

5 話團欒(화단란) : 둘러앉아 이야기하다. 방거사(龐居士)의 온 가족이 둘러앉아 피아의 구분이나 생사와 득실에서 벗어난 무생무멸(無生無滅)의 말을 했던 것을 가리킨다. 앞의 「초한에 홀로 있다가 놀이 삼아 쓰다(初寒獨居戲作)」 주석 7 참조.

6 麥信(맥신) : 보리에 부는 바람. 일반적으로 음력 5월에 보리를 수확할 때 부는 바람을 의미하며, 여기서는 보리를 생육하는 바람을 가리킨다.

7 湯餠(탕병) : 끓여 먹는 병(餠). '병(餠)'은 곡물 가루를 반죽하여 만든 음식으로, 굽거나 찌거나 끓여서 먹었다.

【해설】

이 시에서는 웅대한 포부를 실현하지 못한 채 뜰에서 봄을 노래하는 시를 쓰고 있음을 말하며 물과 꽃에 어린 아름다운 봄의 모습을 묘사하고 있다. 이어 비록 쇠락하여 은거하고 있으나 이를 한스러워하지 않으며 자식들과 함께 평온한 이야기를 나누고 있는 자신을 말하고, 보리에 부는 봄바람에 풍년을 예상하며 올해의 걱정을 한시름 덜고 있다.

늦봄에 일을 느껴

젊은 시절 말 타고 함양으로 들어가니

송골매처럼 몸은 가볍고 나비처럼 자유로웠네.

공 차는 마당 가에서 만 사람이 보고

그네 타는 깃발 아래에서 봄 내내 바빴네.

세월은 흘렀어도 마치 어제와 같은데

기개는 꺾여 다만 절로 마음 아프네.

긴 낮 동쪽 서재에서 한가로이 일도 없어

문 닫고 땅 쓸고 홀로 향을 태우네.

晚春感事

少年騎馬入咸陽,[1] 鶻似身輕蝶似狂.[2]

蹴鞠場邊萬人看, 鞦韆旗下一春忙.

風光流轉渾如昨,[3] 志氣低摧只自傷.[4]

日永東齋淡無事, 閉門掃地獨焚香.

【해제】

67세 때인 소희紹熙 2년1191 봄 산음山陰에서 쓴 것으로, 젊었을 적 임안臨安에서의 생활을 회상하고 있다. 총4수 중 제4수이다.

1 咸陽(함양) : 지명. 춘추전국시대 진(秦)나라의 도성으로, 지금의 섬서성 함
   양시(咸陽市)이다. 여기서는 임안(臨安)을 가리킨다.

2 狂(광) : 매임 없이 자유분방하다.

3 渾如(혼여) : 흡사, 똑같다.

4 低摧(저최) : 몸이 피로하거나 의기소침한 모양.

【해설】

이 시에서는 날렵하고 건장한 몸으로 자유분방하게 지냈던 임안에
서의 젊은 시절을 회상하며 당시의 호쾌하고 즐거웠던 일상을 떠올리
고, 의기가 꺾인 채 상심에 빠져 적막한 집에서 홀로 무료한 나날을 보
내고 있는 현실과 대비하고 있다.

갑자년 입춘 이틀 전에 쓰다

두통이 막 나아 몸이 가벼워진 것에 기쁘고

책을 때때로 펼치며 눈이 밝아졌음을 깨닫네.

잘 자란 개와 닭은 앉고 일어날 때마다 따르고

영특한 까마귀와 참새는 날이 개고 흐림을 알리네.

부추와 배추 쌓아둔 춘반은 좋고

영지와 차조 키질하고 섞어 납약이 만들어졌네.

쇠잔한 늙은이가 풍경을 망치는 것이 스스로 우스워

등불 켤 때 도시에 들어가지 않으려 하네.

甲子立春前二日¹

頭風初愈喜身輕, 書卷時開覺眼明.

養熟犬鷄隨坐起, 性靈烏鵲報陰晴.²

韭菘釘餖春盤好,³ 芝朮簁和臘藥成.⁴

自笑衰殘殺風景,⁵ 燈時不擬入重城.⁶

【해제】

79세 때인 가태嘉泰 3년1203 겨울 산음山陰에서 쓴 것으로, 입춘일을 맞은 기쁨을 나타내고 있다.

『검남시고』에서는 제목 다음에 '작作'이 추가되어 있다.

1 甲子(갑자) : 갑자년. 남송 영종(寧宗) 가태(嘉泰) 4년(1204)이다.

2 性靈(성령) : 영특하다.

3 韭菘(구숭) : 부추와 배추. 입춘일에 먹는 생채를 가리킨다.

   飣飯(정두) : 쌓아두다, 늘어놓다.

   春盤(춘반) : 입춘일에 먹는 음식. 옛 풍속에 입춘일이면 새로운 것을 맞아들
   인다는 의미로 생채나 과일, 떡 등을 접시에 담아 먹었다

4 芝朮(지출) : 영지와 차조. 보약을 달이는 재료이다.

   簁和(사화) : 키질하고 섞다.

   臘藥(납약) : 동짓달에 만든 약. 보신용으로 먹는 약을 가리킨다.

5 殺風景(살풍경) : 풍경을 해치다. 자신으로 인해 입춘일의 분위기를 망치는
   것을 말한다.

6 燈時(등시) : 등불 켤 때. 입춘일에 등불을 밝히는 것을 가리킨다.

   重城(중성) : 도시.

【해설】

  이 시에서는 두통이 낫고 눈도 밝아져 건강을 되찾았음을 말하고,
가는 곳마다 자신을 따라다니는 사랑스러운 가축과 하늘을 날며 기후
를 알려주고 있는 영특한 새들을 한결 너그럽고 편안해진 마음으로 바
라보고 있다. 이어 생채를 넣어 가득 쌓아둔 춘반과 좋은 약재를 섞어
만든 납약을 대하며 입춘일을 맞이하는 기쁨을 나타내지만, 노쇠한 자

신으로 인해 다른 사람들의 분위기를 망칠까 두려워 입춘일에 도시에
들어가지 않으리라 다짐하고 있다.

은거처에 막 여름비가 개어

개오동나무 꽃과 멀구슬나무 꽃이 눈을 밝게 비추고

은거하는 이 목욕 마치니 갈옷은 가볍네.

제비는 땅에 낮게 날아 한 척도 남지 않고

까치는 처마 가에서 기뻐하며 이따금 소리 내네.

창에서 바둑판 대하며 긴 낮을 보내고

정원에서 실 말리며 새로 갠 날을 기뻐하네.

홀연 단옷날이 얼마 남지 않았음에 놀라

실 가져다 대통에 묶으며 굴원을 애도하네.

幽居初夏雨霽

楸花棟花照眼明,**1** 幽人浴罷葛衣輕.

燕低去地不盈尺, 鵲喜傍簷時數聲.

對突軒窗消永晝, 曬絲院落喜新晴.

忽驚重五無多日,**2** 采縷纏筒弔屈平.**3**

【해제】

71세 때인 경원慶元 원년1195 여름 산음山陰에서 쓴 것으로, 여름날의 한가로운 일상이 나타나 있다.

『검남시고』에서는 제목이 「여름비가 막 개어 서재 벽에 쓰다夏雨初霽

題齋壁」로 되어 있다.

【주석】

1 楸花楝花(추화련화) : 개오동나무 꽃과 멀구슬나무 꽃.

2 重五(중오) : 5월 5일. 단옷날을 가리킨다.

3 筒(통) : 대나무 통. 고대 풍속에 단옷날이 되면 멱라수(汨羅水)에 빠져 죽은 굴원을 애도하여 대나무 통에 밥을 담아 강물에 던져 제사 지냈다.

【해설】

이 시에서는 비가 막 개어 나무의 꽃이 찬란하고 땅과 처마 사이로 새들이 날아다니는 여름의 경관을 묘사하고, 목욕을 마치고 갈옷을 입고서 한가로이 바둑 두며 긴 낮을 보내고 있는 자신과 날이 개어 정원에 내걸린 명주실을 나타낸다. 이어 단옷날이 얼마 남지 않았음을 깨닫고 굴원에게 제사 지낼 대통을 준비하고 있다.

초여름의 은거지

빈집에서 얼굴 가리개 하나 쓰고 있노라니

대나무 **빽빽**하고 무성하여 여름 계절이 새롭네.

마른 병에 국도사를 다시 부르고

빈 침상에 죽부인을 새로 맞이하니,

빈한한 거북은 먹지 않아도 오히려 장수할 수 있고

해진 빗자루는 어디에 쓰련만 또한 스스로에겐 보배라네.

북창의 베개와 대자리가 어찌 싫을 수 있으리?

종일토록 병풍에는 여전히 개울과 산벼랑으로 가득하네.

初夏幽居

虛堂一幅接䍦巾,¹ 竹樹森疎夏令新.²

瓶竭重招麴道士,³ 牀空新聘竹夫人.⁴

寒龜不食猶能壽,⁵ 弊帚何施亦自珍.⁶

枕簟北窗寧有厭,⁷ 小山終日尙嶙峋.⁸

【해제】

82세 때인 개희開禧 2년1206 여름 산음山陰에서 쓴 것으로, 은거지에
서 더운 여름을 나고 있는 일상이 나타나 있다.

『검남시고』에서는 마지막 구의 '상尙'이 '대對'로 되어 있다. 총4수

중 제2수이다.

【주석】

1 羅巾(이건) : 얼굴 가리개. 햇빛이나 열기를 막기 위해 얼굴에 쓴 가리개를 가리
   킨다.

2 森疎(삼소) : 나무가 빽빽하고 무성하다.

3 麴道士(국도사) : 누룩 도사. 술을 의인화한 표현이다.

4 竹夫人(죽부인) : 대껍질로 엮어 만든 긴 원통 모양의 잠자리 도구. 여름에 더
   위를 식히기 위한 용도로 사용하였다.

5 寒龜(한구) : 빈한한 거북. 야생 거북을 의미하며, 여기서는 가난하고 살고 있
   는 자신을 비유한다.

6 弊帚(폐추) : 낡고 해진 빗자루. 쓸모없는 물건을 비유하며, 여기서는 죽부인
   을 가리킨다.

7 枕簟(침점) : 베개와 대자리.

8 小山(소산) : 병풍. 겹쳐진 모양이 산과 같다 하여 이와 같이 불렀다.
   嶙峋(인순) : 개울과 산벼랑이 가득한 모양.

【해설】

이 시에서는 여름의 뜨거운 열기를 막으려 얼굴 가리개를 쓰고 무성
한 대숲을 바라보며 여름의 계절을 실감하고 있다. 이어 술과 죽부인

으로 여름을 나고 있음을 말하고, 비록 가난하여 끼니조차 제대로 잇지 못하지만 밥 대신 술을 먹어도 장수할 수 있으며 아무리 낡고 해진 죽부인이라도 자신에게는 보배와 다름없음을 나타내고 있다. 마지막에는 시원한 바람이 드는 북창 아래에서 계곡이 그려진 병풍을 펼치고 대자리 깔고 베개 베고 누워 종일토록 쾌적하게 잠을 자는 모습이 나타나 있다.

보리가 익어 시장 쌀값이 싸지고 이웃의 병자도 모두 나아 기뻐 쓰다

흉년은 이미 지나고 보리 바야흐로 수확하니

도를 배워 지금껏 적음을 추구한 것이 다행이네.

호미 메는 일이 절로 따르니 몸은 기탁한 듯하고

울타리 땔나무를 팔 수 있으니 밥을 어찌 걱정하리?

이웃 늙은이는 거의 죽었다 다시 만나고

마을 시장에서 약간 서늘해져 때로 홀로 노니네.

돌아갈 때 다시 밤이 됨을 걱정하지 않으니

맑은 개울 가로질러 작은 외나무다리 새로 더해놓았다네.

麥熟市米價減, 鄰里病者亦皆愈, 欣然有賦

凶年已度麥方秋, 學道從來幸寡求.**1**

荷鋤自隨身若寄,**2** 漉籬可賣飯何憂.**3**

鄰翁瀕死復相見,**4** 村市小涼時獨遊.

不怕歸時又侵夜, 新添略彴跨淸溝.**5**

【해제】

71세 때인 경원慶元 원년1195 여름 산음山陰에서 쓴 것으로, 흉년과 병마를 이겨낸 기쁨을 나타내고 있다.

1 寡求(과구) : 과소(寡少)함을 추구하다. 안빈락도(安貧樂道)하는 것을 가리

　　킨다.

2 身若寄(신약기) : 몸이 마치 일에 맡긴 듯하다. 농사일에 잘 적응이 되는 것을

　　말한다.

3 漉籬(녹리) : 울타리 땔나무. 가난하여 울타리를 땔나무로 팔아 생계를 유지

　　하는 것을 의미한다.

4 瀕死(빈사) : 죽음을 가까이하다. 거의 죽음에 이른 것을 가리킨다.

5 略彴(약박) : 소략한 외나무다리. 작은 외나무다리를 가리킨다.

【해설】

　이 시에서는 이제 보리를 수확하게 되어 기근에서 벗어날 수 있게
되었음을 기뻐하고, 평소 안빈낙도를 추구하며 살았던 까닭에 그나마
흉년을 버텨낼 수 있었음을 다행으로 여기고 있다. 이어 이제는 농사
일도 잘 적응되고 있으며 비록 빈한한 삶이라도 끼니 걱정은 없이 살
고 있음을 말하고, 죽음에 이르렀다 쾌차한 이웃 늙은이를 기뻐하며
서늘해진 날씨를 틈타 잠시 홀로 시장을 거닐고 있다. 마지막에는 돌
아갈 밤길을 걱정하지 않음을 말하며 개울 위로 새로 만든 외나무다리
가 생겼기 때문이라 말하고 있다.

은거처의 초여름

등나무 모자에 짚신 신고 병은 번다하기만 하니
문밖 어지러운 일들을 모두 알지 못하네.
죽순 껍질 벗겨지는 소리에 권태로운 잠에서 깨고
날리는 꽃은 무기력하게 맑은 연못에 점점이 떨어지네.
한가로이 옛일을 생각하니 오직 술만 구했고
늙어 지난 세월을 느끼니 그저 스스로 슬프기만 하네.
푸른 나무 그늘 속에서 붉은 연작이 날아올라
한 무리로 있다가 어지러이 흩어지니 붉은색이 젖어 있네.

幽居初夏

藤冠草屨病支離,**1** 門外紛紛百不知.
解籜有聲驚倦枕,**2** 飛花無力點淸池.
閑思舊事惟求醉, 老感流年只自悲.
綠樹陰中紅練起,**3** 一團零亂濕臙脂.**4**

【해제】

72세 때인 경원慶元 2년1196 여름 산음山陰에서 쓴 것으로, 잦은 질병에 느끼는 삶의 회한을 나타내고 있다. 총4수 중 제2수이다.

1 藤冠(등관) : 등나무 껍질로 만든 모자. 고대 은자들이 썼던 모자이다.

　　支離(지리) : 번다하고 어지럽다.

2 解籜(해탁) : 죽순 껍질이 벗겨지다.

3 紅練(홍련) : 새 이름. 붉은 연작(練鵲). 뻐꾸기보다 약간 작으며 온몸이 붉은
　　털로 덮여 있다.

4 零亂(영란) : 흩어져 어지럽다.

　　臙脂(연지) : 화장이나 그림에 쓰는 붉은색 안료. 선명한 붉은색을 가리킨다.

【해설】

　이 시에서는 은거하며 잦은 병에 시달리느라 세상 소식을 알지 못함
을 말하며 죽순이 벗겨지고 꽃잎이 날리는 초여름의 경관을 묘사하고
있다. 이어 술을 추구하며 살았던 옛날을 회상하며 세월의 흐름에 비
통함을 나타내고, 날아오르는 연작의 젖은 날개에 자신의 슬픔을 비유
하고 있다.

오월 초여름에 병든 몸이 가벼워져 우연히 쓰다

어지러운 세상사 도통 알지 못하다가

다시 제비 새끼 만나니 보리 수확하는 때이네.

오래도록 객을 사양하니 이로 인해 늘 취해 있고

사흘이나 시가 없어 스스로 노쇠함을 탓하네.

비를 틈타 서쪽 암자의 약을 급히 옮기고

등불 남겨 북쪽 창의 바둑판을 거듭 밝히네.

다만 생사를 모두 손에 들고 있으니

조물주는 본래 어린아이라네.

五月初夏, 病體輕偶書

世事紛紛了不知, 又逢燕乳麥秋時.**1**

經年謝客常因醉,**2** 三日無詩自怪衰.

乘雨細移西崦藥,**3** 留燈重覆北窗棋.**4**

但將生死俱拈起,**5** 造物從來是小兒.**6**

【해제】

75세 때인 경원慶元 5년1199 여름 산음山陰에서 쓴 것으로, 오랫동안 병석에 있는 자신을 안타까워하며 생사를 주관하는 조물주를 원망하고 있다.

『검남시고』에서는 제목에서 '하夏'가 누락되어 있고 '체體' 다음에 '익翼'이 추가되어 있으며, 제5구의 '세細'가 '선旋'으로 되어 있다.

【주석】

1 　麥秋(맥추) : 보리를 수확하다. 가을에 벼를 수확하는 것에 빗대어 이와 같이 말하였다.

2 　經年(경년) : 한 해가 지나가다. 오랜 시간을 의미한다.

　　因醉(인취) : 인하여 취하다. 객을 만나지 못한 시름으로 인해 술을 마시는 것을 의미한다.

3 　細移(세이) : 가늘게 옮기다. 문의가 통하지 않아 번역에서는 『검남시고』의 글자를 따라 '황급히'로 풀었다.

4 　重覆(중복) : 거듭하여 덮다. 여러 개의 등불을 켜서 밝게 비추는 것을 말한다.

5 　俱拈(구념) : 모두 손에 쥐다. 만물의 삶과 죽음을 동시에 관장하는 것을 가리킨다.

6 　造物(조물) : 조물주.

【해설】

이 시에서는 오랫동안 병석에 있느라 세상일과 계절의 변화를 알지 못했음을 말하고, 병으로 인해 오랫동안 객을 만나지 못한 시름을 술로 달래며 시 쓰기에 게을러진 자신의 노쇠함을 탓하고 있다. 이어 비가 오면 암자의 약초를 옮기고 밤이면 북창의 바둑판에 등불을 환히

밝히는 모습으로 은거의 일상을 나타내고, 만물의 생사를 한 손에 들
고 저울질하는 조물주가 마치 어린아이와 같음을 탄식하고 있다.

여름날 2수

오 땅은 오월에도 더위는 오히려 약해

종일토록 남당에서 사립문 닫고 앉아 있네.

푸른 나무에 이슬은 향기로워 꾀꼬리는 홀로 말하며

아름다운 회랑에 바람은 싫어 제비는 쌍으로 돌아가네.

삼천대천세계 안에서 사람마다 틀렸고

칠십 년 동안 생각마다 잘못되었네.

늙어 모든 인연 다 쓸어 버리고

지금부터 승려이니 또한 불법에 귀의할 필요 없다네.

장맛비 막 그치고 경관이 새로워지니

사방 길은 태평하고 한가로운 몸은 즐겁네.

연못 제방에는 모심는 말이 느릿느릿 가고

거리 문엔 지푸라기 인형이 깊숙이 걸려있네.

흰 갈옷과 검은 사모는 계절에 어울리고

누런 닭과 푸른 술은 이웃에 모여 있네.

수염 높이 들고 한 번 웃으며 내 참으로 만족해하니

세울 송곳도 없어 더욱 가난함을 탄식하지는 않는다네.

夏日二首

吳中五月暑猶微, 竟日南堂坐掩扉.

綠樹露香鶯獨語, 晝廊風惡燕雙歸.

三千界內人人錯,[1] 七十年來念念非.

投老萬緣俱掃盡, 從今僧亦不須依.[2]

梅雨初收景氣新,[3] 太平阡陌樂閑身.[4]

陂塘漫漫行秧馬,[5] 門巷陰陰挂艾人.[6]

白葛烏紗稱時節,[7] 黃鷄綠酒聚比鄰.

掀髯一笑吾眞足,[8] 不爲無錐更歎貧.[9]

【해제】

74세 때인 경원慶元 4년1198 여름 산음山陰에서 쓴 것으로, 총5수 중
제3·5수이다.

【주석】

1 三千界(삼천계) : 삼천대천세계(三千大千世界). 불가에서 말하는 광대하고
　　무한한 세상. 하나의 해와 달이 동서남북의 네 하늘에 비치는 세상을 '소세계
　　(小世界)'라 하는데, 천 개의 소세계가 모여 하나의 '소천세계(小千世界)'를
　　이루며 다시 천 개의 소천세계가 모여 하나의 '중천세계(中千世界)'를, 천 개
　　의 중천세계가 모여 하나의 '대천세계(大千世界)'를 이룬다고 한다.

2 依(의) : 귀의(歸依)하다. 불법(佛法)에 귀의하는 것을 가리킨다.

3 景氣(경기) : 풍경이나 경관. '경물(景物)' 또는 '경색(景色)'과 같다.

4 阡陌(천맥) : 동서남북으로 난 길. '천(阡)'은 남북으로 난 길을, '맥(陌)'은 동서로 난 길을 가리킨다.

5 漫漫(만만) : 느릿느릿 걷는 모양. '만만(慢慢)'과 같다.

6 陰陰(음음) : 깊숙하고 어둑한 모양.

艾人(애인) : 지푸라기로 만든 인형. 고대 풍속에 문 앞에 걸어 액운을 막았다.

7 烏紗(오사) : 검은색 비단 모자. '오사모(烏紗帽)' 또는 '오모(烏帽)'라고도 한다. 주로 조정의 관원들이 썼으며, 남송시기에는 진사(進士)나 국자생(國子生)을 비롯하여 주현(州縣)의 유생들도 썼다.

8 掀髥(흔염) : 수염을 높이 들다. 크게 웃는 것을 가리킨다.

9 無錐(무추) : 세울 송곳이 없다. 지극히 빈곤한 것을 의미한다. 이 구는 『경덕전등록(景德傳燈錄)』 권11에서 혜적선사(慧寂禪師)가 향엄사(香嚴師)에게 근황을 묻자 "작년의 가난은 가난도 아니요, 올해의 가난이 비로소 가난입니다. 작년에는 송곳을 세울 땅이 없었는데, 올해는 송곳조차도 없습니다(去年貧, 未是貧, 今年貧, 始是貧. 去年無卓錐之地, 今年錐也無)"라 한 뜻을 차용하였다.

【해설】

제1수에서는 오 땅은 여름에도 더위가 그다지 심하지 않음을 말하며 꾀꼬리가 울고 제비가 나는 여름 낮의 경관을 묘사하고 있다. 이어 인간 세상은 허위와 그릇됨으로 가득함을 말하며 구태여 수계受戒하여 불법에 귀의할 필요 없이 지금부터 모든 인연을 끊고 승려처럼 살아가 겠노라 다짐하고 있다.

제2수에서는 장맛비가 그치고 태평한 세상과 한가로이 지내고 있는 자신을 말하며 모를 심고 있는 연못 제방과 지푸라기 인형이 걸려있는 거리의 풍경을 묘사하고 있다. 이어 시원한 차림으로 마을 사람들과 어울려 술자리를 즐기며 극심한 가난에 고생하지는 않는 현실에 만족 감을 나타내고 있다.

가을비 막 개어

뜨거운 태양은 빛나며 여전히 위세가 남아 있다가

차가운 빗소리에 그제야 포위를 푸네.

들에서 우는 온갖 벌레는 스스로 하소연하는 듯하고

가지에서 떨어진 무수한 잎은 마침내 어디로 돌아가는가?

나물국과 부추는 보배로워 값을 따질 수 없고

낚싯바늘에 걸린 방어는 날아갈 듯 건장하네.

명색뿐인 관리가 무슨 공으로 배부름을 얻을 수 있으리?

베개 높이 베고 자며 가을옷 다듬이질 소리를 듣네.

秋雨初晴

炎曦赫赫尙餘威,**1** 冷雨蕭蕭故解圍.**2**

號野百蟲如自訴, 辭柯萬葉竟安歸.

芼羹菰菜珍無價,**3** 上釣魴魚健欲飛.

散吏何功霑一飽,**4** 高眠仍聽擣秋衣.**5**

【해제】

68세 때인 소희紹熙 3년1192 가을 산음山陰에서 쓴 것으로, 비가 그친 가을날의 풍경을 바라보며 명색뿐인 관직에 있는 자신의 신세를 탄식하고 있다.

『검남시고』에서는 제목 다음에 '유감有感'이 추가되어 있다.

【주석】

1 　赫赫(혁혁) : 빛이 밝고 찬란한 모양.

2 　蕭蕭(소소) : 비가 내리는 소리.

3 　芼羹菰菜(모갱) : 나물국과 부추.

4 　散吏(산리) : 이름뿐인 관리. 직책만 있고 하는 일은 없는 관리를 가리킨다. 당
시 육유는 제거건녕부무이산충우관(提擧建寧府武夷山冲祐觀)으로 있었
다.

　　霑(점) : 이익을 받다.

5 　高眠(고면) : 베개를 높이 베고 자다. 한가로이 지내는 것을 비유한다.

【해설】

이 시에서는 가을이 되어도 여전히 남아 있던 열기가 가을비에 비로
소 잦아들었음을 말하고, 풀벌레 울음소리와 시들어 떨어진 잎에 자신
의 처량한 심정을 기탁하고 있다. 이어 제철을 만난 맛 좋은 나물국과
튼실한 방어를 묘사하며, 하는 일 없이 이름뿐인 관직만 차지하고 있
는 자신은 이를 먹을 자격이 없음을 탄식하고 있다.

시골집의 가을

길고로 물을 끌어다 거친 밭에 대고

병 들어 누운 달팽이 집이 낮아도 싫지 않네.

가을 아지랑이 속에 몇 집이 오붓하게 모여 있고

석양이 지는 서쪽에 천 구비 물이 드넓게 일렁이네.

정자 언덕에 초목은 아직 무성한데

하늘 위에 풍운은 이미 처량하네.

갚을 빚은 산 같고 밥할 쌀도 떨어지니

일 년 내내 헛되이 호미와 쟁기를 쥐고 있었네.

村居秋日

桔槹引水遶荒畦,¹ 病臥蝸廬不厭低.²

小聚數家秋靄裏, 平波千頃夕陽西.

亭皐草木猶葱蒨,³ 天上風雲已慘悽.⁴

逋負如山炊米盡,⁵ 終年枉是把鋤犂.⁶

【해제】

72세 때인 경원慶元 2년1196 가을 산음山陰에서 쓴 것으로, 고된 노동에도 가난을 벗어나지 못하는 현실을 비관하고 있다.

『검남시고』에서는 제목에서 '촌村'이 '림林'으로 되어 있다.

1 桔橰(길고) : 우물에서 물을 길어 올리는 시소 모양의 도구.

2 蝸廬(와려) : 달팽이 모양의 오두막집. 좁고 누추한 집을 의미한다.

3 亭皐(정고) : 정자가 있는 언덕.

   葱蒨(총천) : 초목이 푸르고 무성한 모양.

4 慘悽(참처) : 비참하고 처량하다.

5 逋負(포부) : 갚지 못한 빚.

6 終年(종년) : 일 년 내내.

   枉是(왕시) : 헛되이, 아무 소용 없이.

   鋤犁(서리) : 호미와 쟁기.

【해설】

　이 시에서는 힘들게 농사지으며 작고 누추한 오두막집에서 병든 채 지내고 있는 자신을 말하고, 호숫가에 몇 집이 모여 있는 자그마한 마을의 정경을 묘사하고 있다. 이어 아직은 무성한 풀과 이미 처량한 기운이 서린 풍운을 대비하며 가을을 맞은 비통한 심정을 나타내고, 아직 산처럼 쌓인 지난 빚도 갚지 못했건만 먹을 쌀조차 없는 현실에 좌절하며 지난 일 년 동안의 노고가 헛수고에 불과하였음을 탄식하고 있다.

가을 저녁의 감회를 쓰다

늙어 멍하니 있다가 다시 몽롱하니

만사는 오로지 내버려 두고 아직 죽지만 않았네.

한가로이 물을 노니는 기쁜 즐거움을 어찌하지 못하고

멀리 스님을 찾아가는 완고한 강건함을 이기지 못하니,

배를 불러 강 언덕을 비스듬히 가로질러 건너고

길을 물어 구름 덮인 산을 구불구불 오른다네.

내게 아직도 많은 일이 있는 것이 우스우니

한밤중에도 독서 등을 끄지 않는다네.

秋晩書懷

頹然兀兀復騰騰,[1] 萬事惟除死未曾.

無奈喜歡閑弄水, 不勝頑健遠尋僧.[2]

喚船野岸橫斜渡, 問路雲山曲折登.

却笑吾兒多事在, 夜分未滅讀書燈.[3]

【해제】

81세 때인 개희開禧 원년1205 9월 산음山陰에서 쓴 것으로, 늙어서도 건강한 모습과 변함없는 학문의 열정이 나타나 있다. 총2수 중 제2수 이다.

1　頹然(퇴연) : 노쇠한 모양.

　　兀兀(올올) : 머릿속이 텅 비어 있는 모양.

　　騰騰(등등) : 몽롱하고 혼미한 모양.

2　頑健(완건) : 완고한 강건함. 스스로 겸양하는 말이다.

3　夜分(야분) : 밤을 나눈 시간. 한밤중을 가리킨다. '야반(夜半)'과 같다.

【해설】

　이 시에서는 늙어 세상일에 대해 아는 것도 없고 정신조차 몽롱하니 만사를 상관하지 않고 그저 죽을 날만 기다리고 있음을 말하고 있다. 그러나 배를 타고 강에서 노닐고 산에 올라 스님을 찾아가는 모습으로 여전히 건강한 자신을 나타내고, 한밤중까지 불 밝히고 독서 하는 모습으로 아직도 할 일이 많이 남아 있음을 말하고 있다.

집 북쪽으로 식후 산책하며 눈에 보이는 대로 쓰다

떨어진 기러기와 저녁 까마귀는 먼 모래섬에 모이고

푸른 숲과 붉은 나무는 평탄한 밭을 에워싸고 있네.

홀연 집 북쪽 삼거리로 가

한가로이 다리 서쪽의 한 조각 가을을 보네.

젊은 아낙은 안개 뚫고 배를 지탱하며 가고

갈래머리 아이는 피리 불며 소를 불러 돌아오네.

들녘 풍경을 형용하면 남은 생각이 없는데

어리석고 무지하여 시름 풀지 못함을 스스로 책망하네.

舍北行飯書觸目[1]

落雁昏鴉集遠洲, 靑林紅樹擁平疇.[2]

忽行舍北三叉路, 閑看橋西一片秋.

小婦破煙撑去艇,[3] 丫童橫笛喚歸牛.

形容野景無餘思, 自怪癡頑不解愁.[4]

【해제】

73세 때인 경원慶元 3년1197 가을 산음山陰에서 쓴 것으로, 아름다운 가을 경관을 바라보면서도 시름에서 벗어나지 못하는 모습이 나타나 있다.

『검남시고』에서는 제3구의 '홀忽'이 '의意'로 되어 있다. 총2수 중 제2수이다.

【주석】

1 行飯(행반) : 식후에 산책하다.

2 平疇(평주) : 평탄한 밭.

3 撑(탱) : 버티다, 지탱하다.

4 癡頑(치완) : 어리석고 무지하다.

【해설】

이 시에서는 기러기와 까마귀가 깃들고 있는 모래섬과 단풍 숲으로 둘러싸인 들녘의 경관을 묘사하고, 식후에 집 북쪽으로 산책하러 나가 가을 저녁의 풍경을 감상하고 있음을 말하고 있다. 이어 물과 들에서 살아가는 사람들의 모습을 묘사하며 자연경관과 대비하고, 아름다운 경관을 대하면서도 어리석고 완고하여 마음속 시름을 떨쳐 버리지 못하고 있는 자신을 탓하고 있다.

겨울 맑은 날에 한가로이 유람하며 우연히 쓰다

번소와 소만의 맑은 노래가 필요 없으니

이유 없는 시름은 이미 절로 연결 고리가 풀어졌네.

윤년에 봄은 가까워 매화는 조금 이르고

물의 땅에 바람은 온화하여 눈은 항상 드무네.

시상은 긴 다리의 느린 나귀 위에 있고

바둑 소리는 흐르는 물의 오래된 소나무 사이에 있네.

천공께 글 올린 일을 그대는 아는지?

다만 가시나무 울타리에서 한가로이 살다 죽기 청하였네.

冬晴日得閑遊偶作

不用淸歌素與蠻,¹ 閑愁已自解連環.²

閏年春近梅差早, 澤國風和雪尙慳.³

詩思長橋蹇驢上,⁴ 棋聲流水古松間.

賤天有事君知否,⁵ 止乞柴荊到死閑.⁶

【해제】

73세 때인 경원慶元 3년1197 겨울 산음山陰에서 쓴 것으로, 평생토록 고향에서 은거하며 한가롭게 살고 싶은 바람을 나타내고 있다.

『검남시고』에서는 제2구의 '자自'가 '사似'로, 제7구의 '유有'가 '공公'

으로, 제구의 '지止'가 '정㊟'으로 되어 있다.

【주석】

1 素與蠻(소여만) : 번소(樊素)와 소만(小蠻). 당(唐) 백거이(白居易)의 가기 (家妓)로, 번소는 노래를 잘하고 소만은 춤을 잘 추었다고 한다.

2 閑愁(한수) : 이유 없이 불현듯 생겨나는 시름.
 連環(연환) : 연결된 고리. 끊임없이 생겨나는 시름을 비유한다.

3 澤國(택국) : 호수가 많은 나라. 보통 남방 지역을 의미하며 여기서는 산음을 가리킨다.
 慳(간) : 인색하다, 드물다.

4 蹇驢(건려) : 걸음이 느린 나귀. 눈보라 치는 파교(灞橋)에서 나귀를 타며 시 흥을 느꼈던 당대(唐代) 정계(鄭綮)의 고사를 차용한 것이다. 앞의 「적은 눈 (小雪)」 주석 3 참조.

5 牋天(전천) : 천공(天公)께 글을 올려 아뢰다.

6 止(지) : 다만, 단지.
 柴荊(시형) : 가시나무 울타리. 누추하고 허름한 집을 가리킨다.

【해설】

이 시에서는 맑은 겨울날 한가롭게 유람하다 보니 어떤 좋은 노래도 필요 없이 시름이 절로 사라짐을 말하고, 이른 매화가 피고 온화한 바람이 부는 산음의 겨울을 나타내고 있다. 이어 다리에서 시상을 떠올리고 물가 소나무 아래에서 들려오는 바둑 두는 소리를 들으며, 비록 궁핍한 삶이지만 평생토록 이곳에서 한가로이 지내고 싶은 마음을 나타내고 있다.

겨울 맑은 날에 동촌을 한가로이 거닐다 옛 연못 길로 집에 돌아와

붉은 등나무 지팡이 짚고 홀로 배회하니

길은 작은 산봉우리 옆 동촌에 둘러 있네.

물이 낮아져 마른 부평초는 해단에 붙어 있고

구름 걷혀 차가운 해가 어량으로 떠오르네.

낙양 두 경 밭은 그 말이 참으로 옳았으며

광범문에서의 세 통 서신은 그 계획이 본디 망령되었네.

위기를 다 겪고 나서 하늘의 도를 아니

농사짓는 곳으로 돌아와 한가로이 건강한 것이 요체라네.

冬晴閑步東村, 由故塘還舍

紅藤拄杖獨相羊,**1** 路遠東村小嶺傍.

水落枯萍黏蟹椴,**2** 雲開寒日上魚梁.**3**

洛陽二頃言良是,**4** 光範三書計本狂.**5**

歷盡危機識天道, 要令閑健返耕桑.**6**

【해제】

68세 때인 소희紹熙 3년1192 겨울 산음山陰에서 쓴 것으로, 전원에서 농사지으며 사는 삶에 대한 지향을 나타내고 있다.

『검남시고』에서는 제목 다음에 '작作'이 추가되어 있으며, 제3구의

'단緞'이 '가椵'로, 제7구의 '도道'가 '의意'로 되어 있다. 또한 저본에서
는 제3구 다음에 "마을 사람들이 대나무를 꽂아 게를 잡는데 이것을
'해단'이라 한다鄕人植竹以取蟹, 謂之蟹椵"라는 자주自注가 있는데, 『검남시
고』에서는 '해단蟹椵'이 '왈가曰椵'로 되어 있다. 총2수 중 제2수이다.

【주석】

1 相羊(상양) : 배회하다.

2 蟹椵(해단) : 게를 잡는 장치. 물에 대나무를 촘촘하게 꽂아 게가 걸리게 한 장
   치이다.

3 魚梁(어량) : 물고기를 잡는 장치. 물을 가로막고 한 군데로만 흐르게 터놓아
   통발이나 살을 놓아서 물고기를 잡는 장치이다.

4 洛陽二頃(낙양이경) : 낙양의 두 경의 밭. 『사기(史記)·소진전(蘇秦傳)』에
   서 소진이 "만약 나에게 낙양에 성곽 근처의 기름진 밭 2경이 있었다면 내 어찌
   육국의 재상의 인을 찰 수 있었겠는가?(使我有雒陽負郭田二頃, 吾豈能佩六
   國相印乎)"라 한 뜻을 차용한 것으로, 전원에서 농사지으며 사는 것을 의미한
   다.

5 光範三書(광범삼서) : 광범문(光範門)에서의 세 통의 서신. 당(唐) 한유(韓
   愈)가 장안의 광범문에서 중서성의 재상에게 세 차례 서신을 올려 자신을 등
   용해 주기 청한 일을 가리킨다.

6 耕桑(경상) : 밭 갈고 누에 치다. 농사짓는 것을 가리킨다.

【해설】

　이 시에서는 맑은 겨울날 한가로이 동촌을 거닐고 있음을 말하고, 수위가 낮아진 해단과 차가운 해가 떠오르는 어량을 묘사하며 겨울의 풍경을 특징적으로 나타내고 있다. 이어 본디 농사지으며 살려 했던 소진과 공업에 연연했던 한유를 대비하며 소진의 뜻이 옳은 것이었음을 말하고, 세상의 역경을 다 겪고 나니 전원으로 돌아와 농사지으며 한가롭고 건강하게 사는 것이 천도天道의 요체임을 깨닫게 되었음을 말하고 있다.

십이월 팔일에 걸어서 서촌에 이르러

섣달 바람은 온화하여 생각은 이미 봄이고

때에 따라 산책하며 내 이웃 마을을 지나니,

풀 안개는 사립문 안에 짙고

소 발자국은 들녘 물가에 겹겹하네.

병이 많아 필요한 것은 오직 약물이고

부역과 세금도 없는 한가로운 사람인데,

오늘 아침 납팔죽을 다시 서로 나눠주니

강촌의 계절 풍경이 새로워지네.

十二月八日步至西村

臘月風和意已春, 時因散策過吾鄰.

草煙漠漠柴門裏,[1] 牛迹重重野水濱.

多病所須唯藥物. 差科未動是閑人.[2]

今朝佛粥更相餽,[3] 更覺江村節物新.[4]

【해제】

68세 때인 소희紹熙 3년1192 봄 산음山陰에서 쓴 것으로, 섣달의 납팔죽을 먹으며 새봄이 가까워진 것을 느끼고 있다.

【주석】

1   漠漠(막막) : 짙고 무성한 모양.

2   差科(차과) : 부역과 세금.

3   佛粥(불죽) : 납팔죽(臘八粥). 음력 12월 8일에 콩과 과일 등을 넣어 쑨 죽으로, 부처님께 바치거나 이웃끼리 나누어 먹었다.

　　相餽(상궤) : 서로 나누어 주다.

4   節物(절물) : 각 계절에 따른 사물과 풍경.

【해설】

이 시에서는 섣달에 온화한 바람을 맞으며 서촌을 유람하고 있음을 말하고, 풀 안개가 짙은 적막한 집안의 모습과 소 발자국으로 뒤덮여 고된 노동의 흔적이 남아있는 물가 논의 모습을 대비하여 나타내고 있다. 이어 병이 많아 늘 약물을 복용하고 부역과 세금도 없어 나라에 아무런 도움이 되지 못하는 자신을 말하고, 사람들이 나눠주는 납팔죽을 먹으며 경물에서 한결 가까워진 봄을 느끼고 있다.

밤비

쇠잔한 머리칼은 희끗희끗하여 눈은 모자로 스며드는데

맑은 시름은 얽히고설켜 쓰임이 어찌 그리 넓은지?

책을 쥐면 흐릿한 눈은 늘 닫히려 하고

침상에 누우면 잠자는 흥은 오히려 먼저 그쳐 버리네.

오직 술로 사마상여의 갈증을 씻어내야 하니

분별없는 사람이 범숙의 빈한함을 슬퍼하였네.

비 개면 분명 매화 이미 피었을 것을 아니

술병 차고 내일은 찾아보러 가야겠네.

夜雨

蕭蕭殘髮雪侵冠,[1] 冉冉淸愁用底寬.[2]

把卷昏眸常欲閉, 投牀睡興却先闌.[3]

惟須酒沃相如渴,[4] 未分人哀范叔寒.[5]

雨霽定知梅已動, 佩壺明日試尋看.

【해제】

71세 때인 경원慶元 원년1195 겨울 산음山陰에서 쓴 것으로, 비 내리는 밤에 느끼는 깊은 시름을 나타내고 있다.

『검남시고』에서는 제목이 「우후雨後」로 되어 있다. 총2수 중 제2수이다.

【주석】

1 蕭蕭(소소) : 백발이 희끗희끗한 모양.

2 冉冉(염염) : 생각이나 감정 등이 얽히고설켜 있는 모양.

   底(저) : 어찌. '하(何)'와 같다.

3 睡興(수흥) : 잠자는 흥. 단잠을 가리킨다.

   闌(란) : 그치다, 끝나다.

4 沃(옥) : 씻어내다.

   相如渴(상여갈) : 사마상여(司馬相如)의 갈증. 사마상여는 서한(西漢)의 부
   (賦) 작가로, 일찍이 소갈증(消渴症)을 앓아 병을 핑계로 사직하고 무릉(茂
   陵)에서 살았다. 여기서는 자신의 시름을 비유한다.

5 未分人(미분인) : 분별하지 못하는 사람. 범저(范雎)를 알아보지 못한 수가
   (須賈)를 가리킨다.

   范叔寒(범숙한) : 범숙(范叔)의 빈한함. 범저(范雎)를 가리킨다. 『사기(史
   記)・범저열전(范雎列傳)』에 따르면 범저는 전국시대 위(魏)나라 사람으로
   자가 숙(叔)이다. 위나라 대부 수가(須賈)의 모함을 받아 죽을 고비를 넘기고
   진(秦)나라로 달아나 이름을 장록(張祿)으로 바꾸고 진의 재상이 되었다. 후
   에 수가가 진의 사신으로 왔을 때 범저는 해진 옷을 입고 객사에 가서 수가를
   만났는데, 수가는 범저의 초라한 행색을 보고 이를 불쌍히 여겨 음식을 남겨주
   고 명주 솜옷 한 벌을 내어주었다. 후에 수가는 범저가 이미 진의 재상이 되었
   음을 알고 사죄하러 갔는데, 범저는 그가 명주 솜옷을 주며 옛정을 잊지 않았
   기에 그를 죽이지 않았다고 말하였다. 여기서는 겉으로 보이는 자신의 곤궁한

처지를 비유한다.

이 시에서는 희끗희끗해진 머리칼로 처량한 시름에 빠져 있는 자신을 말하고, 시름의 작용과 영향이 많음을 탄식하며 이로 인해 책도 볼 수 없고 단잠도 잘 수 없음을 한스러워하고 있다. 이어 자신의 시름을 사마상여의 소갈증에 비유하여 오직 술만이 해소할 수 있음을 말하고, 분별없는 사람들이 자신을 그저 가난하고 궁벽한 처지에 있는 사람으로만 보는 것에 불만을 나타내고 있다. 마지막에는 비가 그치면 활짝 피어 있을 매화를 생각하며 내일 아침에는 술병 지니고 매화를 찾으러 가려 하고 있다.

신년에 감회를 쓰다

젊어 서쪽을 노닐며 「자허부」를 쓰다가

늙어 쟁기 메고 고향으로 돌아왔네.

쇠잔한 몸 아직 죽지 않았으니 감히 나라를 잊으리?

병든 눈은 멀려 해도 오히려 책을 사랑한다네.

옛 친구들은 어찌 수고로이 수레와 삿갓을 기억할 것이며

자손들은 다행히 묵은 밭을 버려두지 않네.

신년도 차갑고 쓸쓸하기는 여느 날과 같으니

흰 머리 희끗희끗한데 번민하며 머리 빗네.

新年書感

早歲西遊賦子虛,**1** 暮年負耒返鄕閭.

殘軀未死敢忘國, 病眼欲盲猶愛書.

朋舊何勞記車笠,**2** 子孫幸不廢菑畬.**3**

新年冷落如常日,**4** 白髮蕭蕭悶自梳.**5**

【해제】

85세 때인 가정嘉定 2년1209 가을 산음山陰에서 쓴 것으로, 신년을 맞이하여 지난 삶을 회상하며 변함없는 것에 대한 상반된 심리를 나타내고 있다.

1 賦子虛(부자허) : 「자허부(子虛賦)」를 쓰다. 「자허부」는 서한(西漢) 사마상
   여(司馬相如)의 작품으로, 초(楚)나라의 자허(子虛)라는 사람이 제(齊)나라
   의 사신으로 가서 제나라 왕의 수렵에 참석한 후 오유선생(烏有先生)에게 초
   나라 왕의 사냥터의 성대함을 과장하여 말하니 이를 들은 오유선생이 이를 반
   박하는 내용이다. 여기서는 수렵의 의미로 사용되었다.

2 勞(로) : 수고롭다, 번거롭다.
   車笠(거립) : 수레와 삿갓. 수레를 타고 삿갓을 쓴다는 의미로 신분과 지위가
   다른 것을 가리키며, 주로 친구 간에 부귀와 빈천에 따라 변하지 않은 깊은 우
   정을 비유한다.

3 菑畬(치여) : 묵은 밭. 개간한 지 1년 된 밭을 '치(菑)'라 하고, 3년 된 밭을 '여
   (畬)'라 한다.

4 冷落(냉락) : 날이 차갑고 잎이 떨어져 휑하다. 또는 마음이 춥고 쓸쓸하다. 겨
   울의 풍광과 자신의 마음 상태를 동시에 비유한다.

5 蕭蕭(소소) : 백발이 희끗희끗한 모양.

【해설】

이 시에서는 젊은 시절에 촉蜀 지역에서 수렵하며 호방하게 지내다
가 노년에 고향으로 돌아와 농사지으며 살아가고 있음을 말하고, 늙고
병들었어도 나라에 대한 걱정과 독서에 대한 열정은 여전함을 나타내
고 있다. 이어 세상의 성패나 지위의 고하에 상관없이 변함없는 친구

들의 우정에 기뻐하고 농사일을 저버리지 않는 자손들을 다행으로 여기지만, 신년이 되었어도 변함없는 차가운 날씨와 쓸쓸한 자신을 느끼며 번민에서 벗어나지 못하고 있다.

인일의 눈

강촌에 누워있으니 깊숙한 것은 싫지 않으나

담비 갖옷에 새벽 한기가 스미는 것을 어찌하리?

현자가 아니라서 뱀의 해가 오는 것은 두렵지 않으나

힘겨움이 많아 인일에 어두운 것이 시름겹네.

가녀린 외로운 구름은 푸른 벼랑에서 생겨나고

자욱이 몰아치는 눈은 푸른 숲을 씻어내네

한 그릇 밥을 다 먹고는 남은 일이 없어

앉아 언 새가 내려오는 생대를 보네.

人日雪[1]

病臥江村不厭深, 貂裘無奈曉寒侵.

非賢那畏蛇年至,[2] 多難却愁人日陰.

嫋嫋孤雲生翠壁,[3] 霏霏急雪灑靑林.[4]

一盂飯罷無餘事, 坐看生臺下凍禽.[5]

【해제】

85세 때인 가정嘉定 2년1209 봄 산음山陰에서 쓴 것으로, 뱀의 해에 눈 내리는 인일을 맞는 감회를 나타내고 있다.

『검남시고』에서는 제목 다음에 "기사년 정월 초하루부터 칠일까지 눈과 비가 간간이 내렸다르므元日至人日, 雨雪間作"라는 자주自注가 있다.

【주석】

1 人日(인일) : 정월 7일. 고대에 정월 초하루부터 칠일까지를 각각 닭, 개, 양,

  돼지, 소, 말, 사람을 짝으로 삼아 칭하고 관련된 풍습들을 즐겼다.

2 非賢(비현) : 현자가 아니다. 고대에는 뱀과 용의 해에 현자들이 세상을 떠난

  다고 여겼다.

3 嫋嫋(요뇨) : 부드럽고 가녀린 모양.

4 霏霏(비비) : 비나 눈이 짙고 자욱한 모양.

5 生臺(생대) : 절에서 새나 짐승이 와서 먹을 수 있도록 먹이를 두는 대.

【해설】

이 시에서는 강촌 깊숙이 은거하고 있는 것은 싫지 않으나 추위를
견디기 어려움을 말하고, 자신이 현자가 아닌 까닭에 뱀의 해는 두렵
지 않으나 사람의 날인 인일人日이 흐린 것에 시름겨워하고 있다. 이어
구름이 피어나는 벼랑과 눈으로 덮인 숲의 경관을 묘사하고, 식사를
마치고 한가로이 앉아 추위에 언 새가 먹이를 구해 생대로 내려오는
모습을 걱정스럽게 바라보고 있다.

가을비

깊은 가을 섬계 물굽이 한 오두막에

비가 와 나에게 이르니 취했다 막 깨네.

호탕하게 평야를 삼키니 한가로이 바라보기에 적합하고

자주 빈 창을 때리며 고요히 듣는 속으로 들어오네.

모래 위 젖은 구름 속엔 무리에서 떨어진 기러기는 울고

울타리 아래 시든 풀엔 외로운 반딧불이 반짝이네.

늙은이 게을러 다시 등불 가까이하고

누워 향로의 향이 흰 병풍 가리는 것을 보네.

秋雨

剡曲高秋一草亭,**1** 雨來迨我醉初醒.**2**

豪吞平野宜閑望, 亟打虛窗入靜聽.

沙上濕雲號斷雁, 籬根衰草綴孤螢.**3**

老人嬾復親燈火,**4** 臥看爐香掩素屛.

【해제】

67세 때인 소희紹熙 2년1191 가을 산음山陰에서 쓴 것으로, 가을비가 내리는 물가 오두막에서 한가롭게 지내는 일상이 나타나 있다.

『검남시고』에서는 제4구의 '기亟'가 '급急'으로 되어 있다. 총3수 중

제1수이다.

【주석】

1 剡曲(섬곡) : 섬계(剡溪)의 물굽이. 섬계는 지금의 절강성 승현(嵊縣) 서남쪽
에 있다.

2 迨(태) : ~에 이르다.

3 籬根(이근) : 울타리의 뿌리. 울타리의 땅에 가까운 아랫부분을 가리킨다.

綴(철) : 장식하다. 반딧불이 반짝이는 것을 가리킨다.

4 嬾(란) : 게으르다, 귀찮다.

【해설】

이 시에서는 가을비가 내리는 섬계의 오두막에서 홀로 술을 마시며
시간을 보내고 있음을 말하고 있다. 이어 낮과 밤 및 시각과 청각의 대
비를 통해 들과 창에 내리는 비와 기러기가 울고 반딧불이 반짝이는
가을의 정경을 나타내고, 등불을 밝히고 누워 흰 병풍에 피어오르는
향을 한가로이 바라보고 있다.

가을비에 북사에서 쓰다

가을바람이 비를 불어 강가에 이르고

작은 누각 성긴 주렴엔 저녁 경관이 뚜렷하네.

나루터 관리는 물이 세 척이 불었다고 알려오고

산의 승려는 만 겹 구름으로 들어가 돌아가며,

황량한 우물에는 오동나무 잎이 없고

끊어졌다 이어지는 안개 낀 모래섬엔 기러기 떼가 있네.

문서 물리치고 일찍 잠자리에 드니

베개에 들려오는 노 젓는 소리가 특히 사랑스럽네.

秋雨北榭作[1]

秋風吹雨到江濆, 小閣疎簾晚色分.

津吏報增三尺水,[2] 山僧歸入萬重雲.

飄零露井無桐葉,[3] 斷續煙汀有雁羣.

了却文書早尋睡, 檐聲偏愛枕間聞.[4]

【해제】

62세 때인 순희淳熙 13년1186 가을 엄주嚴州에서 쓴 것으로, 북사에서 바라본 비 내리는 가을 풍경을 묘사하고 있다.

1 北榭(북사) : 정자 이름. 원명은 천봉사(千峰榭)로, 엄주의 북쪽에 있어 이와

   같이 불렀다.

2 津吏(진리) : 나루터를 관리하는 관리.

3 飄零(표령) : 쇠락하여 황량한 모양.

   露井(노정) : 야외에 있는 우물.

4 偏愛(편애) : 유독 사랑스럽다.

【해설】

이 시에서는 가을비가 내리는 저녁에 강가 북사에 올라 주변의 경관
을 감상하고 있음을 말하고, 나루터에 물이 불어난 상황과 육지와 강
에 펼쳐진 황량하고 쓸쓸한 가을 경관을 묘사하고 있다. 이어 공무를
내버려 두고 일찍 잠자리에 들어 베갯머리에 들려오는 노 젓는 소리를
여유롭고 편안하게 감상하고 있다.

봄비

난간에 기대니 참으로 석양이 사랑스럽고

가랑비는 자욱이 들녘 연못을 지나가네.

본디 버들가지에 옅은 색 남기더니

오히려 매화 꽃술에서 그윽한 향기를 씻어 버리네.

나비 날개 가루 약간 젖는 것이 어찌 애석할 것이며

꾀꼬리 소리 잠시 젖는 것도 무방하다네.

조물주는 무심하여 모든 사물을 똑같이 대하니

한가로운 누구에게 의지하여 동황께 물어보리?

春雨

倚欄正爾愛斜陽, 細雨霏霏度野塘.[1]

本爲柳枝留淺色, 却敎梅蕊洗幽香.[2]

小霑蝶粉初何惜, 暫濕鶯聲亦未妨.

造化無心能徧物,[3] 憑誰閑與問東皇.[4]

【해제】

81세 때인 개희開禧 원년1205 봄 산음山陰에서 쓴 것으로, 봄비에 지는 매화를 안타까워하고 있다.

『검남시고』에서는 제1구의 '란欄'이 '란闌'으로, '애愛'가 '수受'로, 제

2구의 '도度'가 '도渡'로, 제6구의 '습濕'이 '삽澀'으로, 제7구의 '화化'가 '물物'로, '능能'이 '녕寧'으로 되어 있다.

【주석】

1   霏霏(비비) : 비나 눈이 짙고 자욱한 모양.

2   梅蕊(매예) : 매화의 꽃술.

3   造化(조화) : 조화옹(造化翁), 조물주를 가리킨다.

    偏物(편물) : 사물에 두루 미치다. 모든 사물을 똑같이 대하는 것을 의미한다.

4   東皇(동황) : 봄을 관장하는 신. '동군(東君)'이라고도 한다.

【해설】

이 시에서는 난간에 기대어 봄비 내리는 석양의 풍경을 감상하며 봄비가 버들의 물을 올리는 것에서 그치지 않고 매화를 지게 하여 향기가 사라지는 하는 것을 안타까워하고 있다. 이어 나비나 꾀꼬리가 비에 젖는 것이야 잠깐이기 때문에 그리 애석하지는 않음을 말하고, 매화에 대한 배려 없이 모든 사물에 똑같이 비를 내리는 조물주를 원망하며 봄 신에게 대신 하소연하려 하고 있다.

비

집은 봉래산과 백옥경에 가까워

초당에 올라 바라보면 맑음을 이기지 못한다네.

처음에 어둑어둑해지는 들 풍경에 놀랐다가

이미 가늘게 생겨나는 물결무늬를 보니,

남은 취기는 어지러운 빗방울을 맞이하여 홀연 사라지고

작은 읊조림은 차가운 소리로 들어가는 것이 점차 느껴지네.

다만 오늘 저녁 빈 처마에서 떨어지는 물방울이 시름겨우니

다시 맑은 등 대하고 잠을 이루지 못하겠네.

雨

家近蓬萊白玉京,¹ 草堂登望不勝淸.²

初驚野色昏昏至, 已見波紋細細生.

殘醉頓消迎亂點,³ 微吟漸覺入寒聲.

只愁今夕虛簷滴, 又對靑燈夢不成.⁴

【해제】

81세 때인 개희開禧 원년1205 여름 산음山陰에서 쓴 것으로, 비가 내리
는 모습을 시간의 흐름에 따라 섬세하게 나타내고 있다.

『검남시고』에서는 제6구의 '각覺'이 '고苦'로 되어 있다.

1 蓬萊(봉래) : 봉래산(蓬萊山). 전설상 영주산(瀛洲山), 방장산(方丈山)과 더

   불어 바다에 있는 세 선산(仙山) 중의 하나이다.

   白玉京(백옥경) : 천제가 거주하는 곳.

2 不勝淸(불승청) : 맑음을 이기지 못하다. 매우 맑은 것을 말한다.

3 亂點(난점) : 어지러운 점. 쏟아지는 빗방울을 가리킨다.

4 夢不成(몽불성) : 꿈을 이루지 못하다. 잠을 자지 못하는 것을 말한다.

【해설】

이 시에서는 본래 자신의 집은 선계와도 같아 올라 바라보는 풍경이
지극히 맑은 곳임을 말하고, 날이 점차 어두워지며 빗방울이 떨어지다
가 한기가 느껴질 정도로 비가 거세지는 상황을 시간순으로 나타내고
있다. 이어 저녁에 처마에서 떨어지는 빗방울 소리를 들으며 아마도 밤
새도록 비가 이어져 오늘 밤은 잠을 이루지 못하리라 생각하고 있다.

가랑비 막 개어

전원으로 돌아오니 늙은 도연명과 우연히 같고

소갈증을 앓으니 병든 사마상여를 누가 가련히 여기리?

가랑비는 향초의 색을 물들이고

좋은 바람은 처마의 빗방울 소리를 불어 끊었네.

등불 심지 자르던 정원은 새벽에 아직 춥고

술 파는 누대는 저녁에 비로소 개었네.

이 늙은이 노니는 흥취가 게으르다 말하지 말지니

난정과 소사에 이미 정을 쏟아 버렸다네.

小雨初霽

歸來偶似老淵明,¹ 消渴誰憐病長卿.²

小雨染成芳草色, 好風吹斷畫簷聲.³

剪燈院落晨猶冷, 賣酒樓臺晩放晴.

莫道此翁遊興嬾,⁴ 蘭亭蕭寺已關情.⁵

【해제】

76세 때인 경원慶元 6년1200 봄 산음山陰에서 쓴 것으로, 가랑비가 그친 봄 경관을 묘사하며 난정과 대우사에 대한 애정을 나타내고 있다.

『검남시고』에서는 제6구의 '방放'이 '선旋'으로, 마지막 구의 '소蕭'

가 '우禹'로 되어 있다.

【주석】

1 偶似(우사) : 우연히 비슷하다. 뜻하지 않게 같아졌음을 말한다.

　淵明(연명) : 도잠(陶潛). 동진(東晉) 사람으로 자가 연명(淵明)이다. 팽택현
　령(彭澤縣令)으로 있다가 관직 생활을 후회하고 「귀거래사(歸去來辭)」를
　쓰고 전원으로 돌아갔다.

2 長卿(장경) : 사마상여(司馬相如). 서한(西漢)의 부(賦) 작가로 자가 장경
　(長卿)이다. 일찍이 소갈증(消渴症)을 앓아 병을 핑계로 사직하고 무릉(茂
　陵)에서 살았다.

3 畫簷聲(화첨성) : 아름다운 처마의 소리. 처마에서 떨어지는 빗방울 소리를
　가리킨다.

4 遊興(유흥) : 노닐며 즐기는 흥취.

5 蘭亭(난정) : 난저(蘭渚)의 정자. 지금의 절강성 소흥시(紹興市) 서쪽에 있다.

　蕭寺(소사) : 사찰 이름. 본디 양(梁) 무제(武帝)가 세우고 소자운(蕭子雲)에
　게 명하여 편액을 써서 하사했다고 하는 사찰을 가리키며, 후에는 사찰의 범칭
　으로 사용되었다. 여기서는 대우사(大禹寺)를 가리킨다. 지금의 절강성 소흥
　시 회계산(會稽山)에 있다.

　關情(관정) : 정을 한 곳으로 집중하다. 특정한 대상에 모든 관심과 애정을 쏟
　은 것을 말한다.

　이 시에서는 고향으로 돌아와 은거하고 있는 자신을 뒤늦게 전원으로 돌아왔던 늙은 도잠과 소갈증 때문에 사직하고 은거하였던 병든 사마상여에 비유하며 이미 노쇠해진 자신을 탄식하고 있다. 이어 향초를 적시던 가랑비가 그치고 가벼운 바람이 불어오는 봄날 거리의 정경을 묘사하고, 봄을 즐기러 나가지 않는 자신을 나타내며 이미 난정과 대우사의 봄 경관에 마음을 빼앗겨 다른 풍경은 눈에 들어오지 않기 때문이라 말하고 있다.

약간 술 마시며 매화 아래에서 쓰다

두건 벗고 머리칼 실이 되었음을 탄식하지 말지니

육십 년간 만 수 시를 썼다네.

매화 진 후 매일 같이 취해 들렀고

눈이 남아 있을 때부터 밤새도록 읊으며 이르렀었네.

우연히 나중에 죽게 되어 어찌 다행이 아니겠는가만

스스로 돌아가 농사짓기를 청한 건 이미 늦어 한스럽네.

청사는 눈앞에 가득하여 한가로울 때마다 읽거늘

몇 사람이나 나를 귀감으로 삼으리?

小飮梅花下作

脫巾莫歎髮成絲, 六十年間萬首詩.

排日醉過梅落後,¹ 通宵吟到雪殘時.

偶容後死寧非幸,² 自乞歸耕已恨遲.

靑史滿前閑卽讀,³ 幾人爲我作蓍龜.⁴

【해제】

77세 때인 가태嘉泰 원년1201 겨울 산음山陰에서 쓴 것으로, 자신의 시에 대한 자부심과 살아온 삶에 대한 회의를 동시에 나타내고 있다.

저본에는 제목 다음에 "나는 열 일고여덟부터 시를 배워 지금 육십

년 동안 만 수를 얻었다予自十七八學詩, 今六十年得萬篇"라는 자주自注가 있는데, 『검남시고』에서는 '자自' 다음에 '년年'이, '학學' 다음에 '작作'이 추가되어 있다.

【주석】

1 排日(배일) : 매일.

2 後死(후사) : 나중에 죽다. 살아 있는 사람이 스스로 겸양하는 말이다.

3 靑史(청사) : 역사 또는 역사서. 고대에 죽간(竹簡)에 일을 기록했기 때문에 이와 같이 불렀다.

4 蓍龜(시귀) : 덕망이 높은 사람. 여기서는 귀감(龜鑑)으로 삼는 것을 의미한다.

【해설】

이 시에서는 비록 늙고 쇠하였으나 지난 60년간 만 수의 시를 쓴 것에 자부하고, 매화가 잔설 속에 피어날 때부터 찾아가 밤새도록 시를 읊고 즐겼으며 이미 지고 난 후에도 매일 같이 찾아가 술로 아쉬움을 달랬음을 말하고 있다. 이어 비록 아직까지 죽지 않고 살아 있는 것은 다행으로 여기면서도 은거 생활을 늦게 시작한 것을 한스러워하고, 역사책을 읽으며 후세에 몇 사람이나 자신을 귀감으로 삼을지 회의를 나타내고 있다.

육일에 구름이 겹겹하여 눈 올 기운이 있어 홀로 술 마시다

고깃배 한 척으로 늪과 호수를 두루 유람하고

솜옷 한 벌로 바람과 서리를 다 겪네.

하늘은 나의 가난함을 생각해서 유독 강건함을 주셨고

사람들은 나의 게으름을 보고 고상하다 잘못 칭하네.

땅은 바닷가에 이어져 파도 소리는 가깝고

구름은 산꼭대기를 덮어 눈기운이 왕성하네.

우연히 향기로운 술통 얻게 되면 마음껏 마셔야 하니

양주가 어찌 포도주에 상당할 수 있으리?

六日雲重有雪意獨酌

遍遊藪澤一漁舠, 歷盡風霜只縕袍.[1]

天爲念貧偏與健, 人因見嬾誤稱高.

地連海滋濤聲近,[2] 雲冒山椒雪意豪.[3]

偶得芳樽須痛飮, 涼州那得直蒲萄.[4]

【해제】

78세 때인 가태嘉泰 2년1202 봄 산음山陰에서 쓴 것으로, 한가로이 낚시하고 호탕하게 술 마시는 즐거움을 나타내고 있다.

『검남시고』에서는 제1구의 '수수藪'가 '수수數'로, 제2구의 '역진歷盡'이

'진력盡歷'으로, 제7구의 '방준芳樽'이 '명준名罇'으로, '수須'가 '당當'으로
되어 있다.

【주석】

1   只(지) : 양사(量詞). '척(隻)'과 같으며, 한 벌을 가리킨다.

2   海澨(해서) : 바닷가.

3   山椒(산초) : 산꼭대기.

4   直蒲萄(직포도) : 포도주에 상당하다. 이 구는 삼국시대 위(魏)나라 때 맹타
    (孟他)가 중상시(中常侍) 장양(張讓)에게 포도주 10말을 바쳐 양주자사(涼
    州刺史)에 임명된 일을 차용하였다.

【해설】

이 시에서는 솜옷 입고 고깃배에 올라 서리 바람을 맞으며 늪과 호
수를 유람하고 있는 자신을 말하고, 하늘이 가난함을 준 대신 강건함
도 함께 주었으며 사람들은 한가로이 노니는 자신의 행동을 고상하다
고 잘못 칭하고 있음을 자조하고 있다. 이어 바다와 가까운 산음의 지
형과 폭설이 내릴 듯한 날씨를 묘사하고, 향기로운 술은 무엇과도 바
꿀 수 없는 보배이니 이록利祿의 수단으로 삼지 말고 스스로 마음껏 마
시며 즐겨야 함을 말하고 있다.

작은 뜰에서 홀로 술 마시며

젊었을 땐 갖옷 입고 말 타며 호화로움을 다퉜거늘

지금 늙어 뜰에 있는 사람이 될 줄 어찌 생각했으리?

사일의 비는 몇 점 희미하게 내리고

목필의 꽃은 두 떨기 담박하게 피어 있네.

시는 베갯머리에서 이루어져 늘 기억하기 어렵고

술은 거리에 가득하여 외상 사기 쉽네.

지금껏 재능이 짧았음을 스스로 비웃으니

다만 장차 홀로 취함을 내 생애로 삼으려네.

小圃獨酌

少時裘馬競豪華, 豈料今爲老圃家.

數點霏微社公雨,¹ 兩叢閑淡女郎花.²

詩成枕上常難記, 酒滿街頭却易賒.

自笑邇來能用短,³ 只將獨醉作生涯.

【해제】

76세 때인 경원慶元 6년1200 봄 산음山陰에서 쓴 것으로, 자신의 지난 삶에 대한 자책과 이후의 삶에 대한 무력감이 나타나 있다.

1 社公雨(사공우) : 사일(社日)에 내리는 비. '사옹우(社翁雨)'라고도 한다. 사일은 입춘(立春)이나 입추(立秋) 후 다섯 번째 되는 무일(戊日)로, 여기서는 춘사일(春社日)을 가리킨다. 농촌에서는 이날이 가까워져 오면 피리를 불고 북을 치며 사직신(社稷神)에게 제사 지내 한 해의 풍년을 기원하거나 수확에 감사하였다.

2 女郎花(여랑화) : 목필(木筆)의 꽃. 목필은 나무 이름으로 '신이(辛夷)'라고도 하며, 꽃의 모양이 붓과 같아 이와 같이 불렀다.

3 邇來(이래) : 지금에 이르기까지.

【해설】

이 시에서는 젊었을 때의 호화롭던 생활을 떠올리며 늙어 시골에 묻혀 사는 지금의 모습을 탄식하고 있다. 이어 사공우가 내리고 목필 꽃이 피어 있는 봄날의 정경을 묘사하며, 지금은 비록 자신이 쓴 시조차 기억하기 어렵지만 거리의 술은 부담 없이 마음껏 마실 수 있는 것에 기뻐하고 있다. 마지막에는 자신의 재능이 부족하여 지금껏 힘들게 살아왔음을 자조하고, 남은 인생은 그저 홀로 술과 함께하며 보내리라 다짐하고 있다.

술 대하고

늙은이 세상의 수고로움을 감당할 수 없으니

장차 마음껏 술 마시고 「이소」를 읽는 것이 합당하네

이 몸 다행히 이미 호랑이 입에서 벗어났고

손이 있어 다만 게 집게발을 들 수 있다네.

소뿔에 책을 건 것이 어찌 물어볼 만한 것이며

호랑이 머리로 고기를 먹는 들 또한 호방한 것이 아니라네.

날씨 차가워 사람들과 함께 취하려 하니

어찌하면 장강을 탁주로 변하게 할 수 있으리?

對酒

老子不堪塵世勞, 且當痛飮讀離騷.

此身幸已免虎口,[1] 有手但能持蟹螯.[2]

牛角挂書何足問,[3] 虎頭食肉亦非豪.[4]

天寒欲與人同醉, 安得長江化濁醪.[5]

【해제】

74세 때인 경원慶元 4년1198 겨울 산음山陰에서 쓴 것으로, 은거 생활에 만족해하며 공업의 부질없음을 말하고 있다.

1 虎口(호구) : 호랑이의 입. 어렵고 위급한 상황을 비유한다.

2 蟹螯(해오) : 게 집게발. 젓가락을 비유한다. 이 구는『세설신어(世說新語)
・임탄(任誕)』에서 필무세(畢茂世)가 "한 손에는 게 집게발을 들고 한 손에
는 술잔을 들고서 술 연못에서 헤엄칠 수 있다면 곧 만족하며 일생을 마칠 수
있다(一手持蟹螯, 一手持酒盃, 拍浮酒池中, 便足了一生)"라 한 뜻을 차용
한 것으로, 안락하고 만족스럽게 살아가고 있음을 말한다.

3 牛角挂書(우각괘서) : 소뿔에 책을 걸다. 수(隋)나라 이밀(李密)이 소뿔에
『한서(漢書)』를 걸고 타고 다니며 읽었는데 양소(楊素)가 이를 보고 무엇을
읽는지 물으니 「항우전(項羽傳)」을 읽는다고 답했던 일을 가리킨다.

4 虎頭食肉(호두식육) : 호랑이 머리로 고기를 먹다. 관상법(觀相法)에서 제비
목에 호랑이 머리 상은 날아다니며 고기를 먹는 상으로, 만 리에서 공을 세워
제후에 봉해질 상으로 여겼다.

5 濁醪(탁료) : 탁주.

【해설】

이 시에서는 자신은 이미 늙은이라 힘든 세상의 일을 감당할 수 없
으니, 술 마시고 「이소」를 읽으며 세속 밖에서 노니는 것이 자신에게
합당함을 말하고 있다. 이어 인생의 고비와 위기에서 벗어나 지금은
안락하고 만족스러운 삶을 살고 있음을 나타내고, 세상의 공업이란 모
두가 부질없는 것에 불과함을 말하고 있다. 마지막에는 사람들과 어울

려 함께 취해 살아가고 싶은 마음을 나타내며 장강의 물이 탁주로 변할 수 있기를 바라고 있다.

취중에 스스로에게 주다

부귀해도 오히려 일찍 물러나 쉬는 것도 마땅하지만

평생 어긋나기만 했던 몸이 다시 무엇을 구하리?

타고난 몸에 장수하는 상이 없지는 않고

말하는 운명이니 어찌 반드시 두수와 우수를 미워하리?

율리에 몸을 거두니 가난해도 또한 즐겁지만

평릉에 뼈를 묻는다면 죽어도 근심이 없으리.

방탕히 노래하고 취해 춤추는 것에 참으로 힘써야 하니

게다가 매화 꺾어 머리 가득 꼽는다네.

醉中自贈

富貴猶宜早退休, 一生齟齬更何求.**1**

賦形未至欠壬甲,**2** 語命寧須憎斗牛.**3**

栗里收身貧亦樂,**4** 平陵埋骨死無憂.**5**

狂歌醉舞眞當勉, 剩折梅花揷滿頭.**6**

【해제】

70세 때인 소희紹熙 5년1194 겨울 산음山陰에서 쓴 것으로, 아무런 성취도 없이 고향으로 물러나 쉬고 있는 자신의 신세를 한탄하며 중원수복의 소망을 나타내고 있다.

『검남시고』에서는 제4구의 '증僧'이 '증增'으로 되어 있다.

【주석】

1 齟齬(저어) : 위 아랫니가 서로 맞지 않다. 서로 잘 맞지 않고 부딪히는 것을
가리키며, 주로 관직 생활이 순탄하지 않은 것을 비유한다.

2 賦形(부형) : 하늘로부터 부여받은 몸.

壬甲(임갑) : 임(壬)과 갑(甲). 사람의 배와 등에 있다고 하는 장수(長壽)의
징조. 앞의 「겨울의 감흥 10운(冬日感興十韻)」 주석 4 참조.

3 語命(어명) : 말하는 운명. 평생 말하며 살아가도록 정해진 운명을 말한다.

憎(증) : 미워하다. 뜻이 통하지 않아 여기서는 『검남시고』에 따라 '더해지다'
로 고쳤다.

斗牛(두우) : 두수(斗宿)와 우수(牛宿). 하늘의 별자리인 이십팔수(二十八
宿) 중의 하나로, 비방과 칭찬을 관장한다. 여기서는 자신의 말에 대한 다른
사람들의 비방과 칭찬을 의미한다.

4 栗里(율리) : 지명. 도잠(陶潛)이 은거했던 곳으로, 지금의 지금의 강서성 구
강시(九江市) 서남쪽 지역이다. 여기서는 자신이 은거하고 있는 산음(山陰)
을 가리킨다.

5 平陵(평릉) : 한나라 다섯 황제의 무덤인 오릉(五陵) 중 하나로, 소제(昭帝)의
능이다. 지금의 섬서성 함양시(咸陽市) 서북쪽에 있다. 여기서는 금(金)에 함
락된 지역을 가리킨다.

6 剩(잉) : 게다가, 그 위에 더하여.

【해설】

이 시에서는 공업을 성취하여 부귀해진 사람은 관직에서 물러나 쉬는 것도 합당하지만, 자신처럼 평생토록 어긋나기만 했던 사람은 이를 구해서는 안 됨을 말하고 있다. 이어 자신의 장수하는 삶과 자신의 말에 대한 다른 사람들의 많은 평가를 자신의 타고난 운명으로 여기고, 지금은 비록 고향으로 돌아와 가난해도 즐겁게 살고 있으나 만약 중원이 수복되어 그곳에 자신의 뼈를 묻을 수 있다면 죽어도 회한이 없을 것이라 말하고 있다. 마지막에는 술에 취해 마음껏 노래하고 춤추며 매임 없이 살아가는 삶에 대한 지향을 나타내고, 매화를 벗 삼아 함께 노니는 즐거운 일상을 말하고 있다.

매화

집은 강남이고 벗은 난인데

물가 달 아래에서 새봄의 추위를 두려워하네.

그림으로만 보아 알다가 이른 봄에 놀라고

옥 피리 외로이 불며 지는 밤을 원망하네

차갑고 담백하여 한가로운 곳에 있게 함이 합당하고

맑고 여위어 속된 사람이 보게 하긴 어렵네.

만나면 술통 앞의 회한이 더욱 생겨나니

웃음 자아내는 감정은 늙어가며 점차 사라지네.

梅花

家是江南友是蘭, 水邊月底怯新寒.

畫圖省識驚春早,¹ 玉笛孤吹怨夜殘.

冷淡合敎閑處著, 淸癯難遣俗人看.

相逢剩作樽前恨,² 索笑情懷老漸闌.³

【해제】

48세 때인 건도乾道 8년¹¹⁷² 세모에 성도成都에서 안무사참의관安撫司
參議官으로 있을 때 쓴 것으로, 매화의 품성을 칭송하며 매화에 대한 애
틋한 감정을 나타내고 있다.

【주석】

1 省識(성식) : 살펴보아 알다.

2 剩(잉) : 게다가, 그 위에 더하여.

3 索笑(색소) : 웃음을 끌어내다, 유발하다.

【해설】

이 시에서는 달 아래 물가에서 찬 바람 맞으며 피어 있는 매화를 묘사하고, 그림 속에서만 보다가 이른 봄에 피어난 매화에 놀라고 피리 불며 밤새 함께하다 밝아오는 아침을 아쉬워하고 있음을 말하고 있다. 이어 외져 한가로운 곳에 있는 것이 어울리며 화사한 것을 좋아하는 속된 사람들의 눈에는 차지 않는 매화의 자질과 성품을 칭송하고, 나이가 들어갈수록 매화를 보고 즐거운 마음보다는 슬프고 처연한 감정이 깊어짐을 나타내고 있다.

11월 8일 밤에 등불 아래에서 매화를 대하고 홀로 술 마시니, 여러 날을 매우 수고하여 이에 스스로를 위로한 것이다

인간 세상 내달리며 그칠 때가 없다가

밤 창에서 먼지 벗어난 자태를 기뻐 마주하네.

등불 옮겨 그림자 보며 그 수척함을 안쓰러워하고

문 닫고 향기 남기며 나의 어리석음을 비웃네.

차가운 어여쁨은 잔에 비쳐 술을 기만하고

외로운 고결함은 벼루에 다가가 살얼음을 맺네.

본디 번화한 곳에 들어가기 어려우니

동풍 향해 알아주지 않음을 원망하지 말지니.

十一月八夜, 燈下對梅獨酌, 累日勞甚頗自慰也

奔走人間無已時, 夜窗喜對出塵姿.**1**

移燈看影憐渠瘦,**2** 掩戶留香笑我癡.

冷豔照杯欺麴蘖,**3** 孤標逼硯結冰澌.**4**

本來難入繁華社,**5** 莫向春風怨不知.

【해제】

49세 때인 건도乾道 9년1173 11월 가주嘉州에서 쓴 것으로, 외롭고 고결한 매화에 자신을 빗대어 나타내고 있다.

『검남시고』에서는 제목에서 '팔八'과 '매梅' 다음에 각각 '일日'과 '화花'가 추가되어 있다.

【주석】

1 出塵姿(출진자) : 먼지에서 벗어난 자태. 매화의 순수하고 깨끗한 모습을 가리킨다.

2 渠(거) : 지시사. 그것. 매화를 가리킨다.

3 麴糱(국얼) : 누룩. 본디 주모(酒母)를 가리키며, 여기서는 술을 비유한다.

4 孤標(고표) : 고결하다.

   冰澌(빙시) : 살얼음. 매화의 그림자를 비유한다.

5 繁華社(번화사) : 번화한 지역. 도시를 가리킨다. '사(社)'는 사방 6리의 땅을 의미한다.

【해설】

이 시에서는 바쁜 관직 생활을 보내다 잠시 등불 아래에서 매화를 마주하게 된 기쁨을 말하고, 매화의 여윈 모습을 안쓰러워하며 공명의 추구에만 몰두했던 자신의 어리석음을 탓하고 있다. 이어 술잔에 비쳐 마치 잔 속에 떨어진 양 술을 희롱하고 벼루에 비쳐 살얼음 같은 그림자를 남기는 매화의 아름다운 자태를 묘사하고, 본디 번화한 곳과 어울리지 않는 품성이니 따스한 봄바람이 자신을 피워주지 않음을 원망하지 말라 당부하고 있다. 매화에 대한 당부는 곧 자신에게 하는 말이기도 하니, 육유는 자신의 궁벽한 처지를 매화에 빗대어 나타내며 자신을 알아주지 않는 세상에 우회적으로 불만을 나타내고 있다.

순수재가 납매 열 가지를 보내왔는데 매우 빼어나 이것을 위해 이 시를 쓰다

매화와 족보가 같고 피는 때도 같은데

내가 향을 평가한다면 더욱 빼어난 듯하네.

마음껏 술 마셔 이내 천 일을 취하게 하고

매임 없이 방탕하여 홀연 십 년을 젊게 하니,

색은 막 잘라낸 듯한 벌 지라의 밀랍이요

모습은 뭇꽃을 압도하려는 학 무릎 모양의 가지라네.

아름다운 화병에 꽂는 것도 어울리지 않으니

황금 집으로 그윽한 자태를 간직하는 것이 합당하네.

荀秀才送蠟梅十枝, 奇甚爲賦此詩[1]

與梅同譜又同時, 我爲評香似更奇.

痛飲便判千日醉,[2] 淸狂頓減十年衰.[3]

色疑初割蜂脾蜜,[4] 影欲平欺鶴膝枝.[5]

揷向寶壺猶未稱, 合將金屋貯幽姿.[6]

【해제】

50세 때인 순희淳熙 원년1174 봄 가주嘉州에서 쓴 것으로, 납매의 아름
답고 고상한 자태를 칭송하고 있다.

【주석】

1 荀秀才(순수재) : 수재(秀才) 순씨(荀氏). 누구인지 알 수 없다. '수재'는 과거에 응시하는 사람의 범칭이다.

　蠟梅(납매) : 나무 이름. 매화의 한 품종으로, 향이 짙고 꽃 색이 노란 밀랍 색이다.

2 判(판) : 결단하다, 실행하다.

　千日醉(천일취) : 천 일 동안 취하다. 장화(張華)의 『박물지(博物志)』에 따르면, 유현석(劉玄石)이라는 사람이 중산(中山)의 술장수에게서 술을 샀는데 술장수가 천일주를 주면서 절제해야 하는 횟수를 깜박 잊고 말하지 않았다. 유현석은 집에서 크게 취해 며칠을 깨어나지 못했고, 집안사람들은 그가 죽었다고 여겨 관에 넣어 묻었다. 천 일이 지난 후 술장수가 유현석이 술을 사 갔던 일을 떠올리고 지금쯤 깨었으리라 여겨 집으로 찾아갔으나 이미 매장한 후였다. 이에 관을 여니 그제야 술에서 깨어났다. 간보(干寶)의 『수신기(搜神記)』에도 비슷한 이야기가 전하는데, 여기에는 술장수가 적희(狄希)로 되어 있다.

3 淸狂(청광) : 방탕하고 매임이 없다.

4 蜂脾蜜(봉비밀) : 벌의 지라에서 나온 밀랍.

5 平欺(평기) : 평평하게 누르다, 압도하다. 뭇꽃들보다 탁월한 것을 가리킨다.

　鶴膝(학슬) : 학의 무릎 모양의 가지.

6 金屋(금옥) : 황금 집. 한(漢) 무제(武帝)가 태자 때 고모인 장공주(長公主)의 딸 아교(阿嬌)를 보고, 만약 그녀를 얻게 된다면 황금 집으로 그녀를 간직하겠

다고 말한 것을 가리킨다. 아교는 훗날 무제와 혼인하여 진황후(陳皇后)가 되었다.

【해설】

이 시에서는 납매가 일반 매화와 같은 품종이면서도 향이 더욱 빼어남을 말하고 있다. 이어 자신을 천 일 동안 취하도록 폭음하게 하며 십 년을 젊게 만들어 방탕하게 행동하게 할 정도로 그 자태가 빼어남을 말하고, 납매의 꽃 색과 가지 모양을 꿀벌의 밀랍과 학의 무릎에 비유하여 나타내고 있다. 마지막에는 다만 아름다운 화병에 꽂아두는 것만으로는 납매의 고상한 자태에 걸맞지 않으며, 한 무제가 아교에게 했던 것처럼 황금 집에다 소중히 간직해야만 비로소 그 격에 합당함을 말하고 있다.

번강에서 매화를 보며

산의 늙은이가 말안장에 앉아있다 비웃지 마오,

매화 찾아 오늘 저녁 강 언덕에 이르렀다네.

여울 중간에 흐르는 물은 저무는 달에 스며들고

온 밤의 맑은 서리는 새벽의 차가움을 재촉하네.

취기를 빌려 다시 거듭 촛불 잡게 하니

추위가 두려운 데다 본디 난간에 기대는 것도 겁이 나네.

누가 알리? 방화루에서 객과 함께하던 날에

일찍이 기녀에게 사례 비단 백 단을 썼던 것을.

樊江觀梅[1]

莫笑山翁老據鞍, 探梅今夕到江干.[2]

半灘流水浸殘月,[3] 一夜淸霜催曉寒.

倚醉更敎重秉燭, 怕寒元自怯憑欄.

誰知攜客芳華日,[4] 曾費纏頭錦百端.[5]

【해제】

60세 때인 순희淳熙 11년1184 겨울 산음山陰에서 쓴 것으로, 번강에서 매화를 구경하며 옛날 성도에서 매화를 즐기던 일을 회상하고 있다.

『검남시고』에서는 시 본문 다음에 "성도 합강원의 방화루 아래에 매

화가 가장 성하다成都合江園芳華樓下, 梅最盛"라는 자주自注가 있으며, 제6구
의 '愁愁'가 '한寒'으로 되어 있다.

【주석】

1 樊江(번강) : 강 이름. 지금의 절강성 소흥시(紹興市) 동쪽에 있으며, '범강
  (凡江)'이라고도 한다.

2 江干(강간) : 강가, 강 언덕.

3 浸殘月(침잔월) : 지는 달에 스며들다. 달이 물에 비치는 것을 비유한다.

4 芳華(방화) : 방화루(芳華樓). 성도 합강원(合江園) 안에 있다.

5 纏頭(전두) : 고대에 가무 하는 예인이 공연을 끝냈을 때 사례로 주는 비단. 여
  기서는 기녀에게 준 비단을 가리킨다.

  端(단) : 옷감 등의 단위. 한 필(匹) 또는 반 필을 가리킨다.

【해설】

이 시에서는 말에 올라 매화를 구경하러 다니다가 저물녘 강가에 이
르게 되었음을 말하고, 달빛이 물에 비치는 서리 가득한 강의 경관을
묘사하고 있다. 이어 한밤중에도 매화를 보고 싶어 추위와 두려움을
무릅쓰고 높은 누각에 올랐음을 말하고, 옛날 성도의 방화루에서 객과
더불어 호탕하게 노닐며 매화를 감상하던 때를 회상하고 있다.

매화 4수

늙어 번다함이 싫고 점차 즐거움도 드물어지니

꽃을 사랑하여 그저 다시 강가의 객이 되네.

달빛 속에서 사람과 수척함을 다투려 하고

눈 온 후 피리 소리에 의지해 차가움을 하소연하지 않네.

작은 배로 그윽이 찾으며 한 해가 저무는 것에 놀라고

비단 두건에 어지러이 꽂은 채 밤이 다하도록 취하네.

오직 심사가 매우 처량한 것이 가련하니

푸르게 맺힌 매실도 신맛을 띠었네.

아름다운 경관은 어두워 애간장이 끊어지니

마음을 알아 누군가 풀어주어 외로운 향기를 감상하네.

만나서는 다만 그림자 또한 좋은 것이 경이롭더니

돌아가서야 비로소 몸이 향기로 물든 것에 놀라네.

나루터 어귀에서 추위를 견디며 맑은 녹수를 보고

다리 가에서 한이 맺혀 황혼 녘에 서 있네.

그대와 함께 모두 강남의 객이니

술통 앞에서 고향을 이야기하고자 하네.

겨울 신이 명을 행해 얼음과 서리는 엄혹한데

담장 모퉁이 성긴 매화는 특히 향기롭네.

옥을 빻았으니 분명 달을 닦는 사람을 번거롭게 할 것이고

금을 쌓아둔들 천황을 깨뜨리는 인재를 사기 어렵다네.

하나의 기운이 다함 없이 둘러 있음을 분명히 아니

온 숲이 얼어 뻣뻣해지려 함을 비웃네.

힘이 세상의 누가 같을 수 있으리?

계절을 돌이켜 당겨 봄볕을 풀어놓네.

이름난 꽃을 꺾어 이 늙은이와 짝하니

시의 정은 마치 취한 혼 속에 있는 듯하네.

높이 빼어난 모습이니 세속에 있는 것들과는 합치되지 않고

진귀한 사물이니 참으로 조화옹의 공을 다하였네.

안개비에 신선의 풍골 빼어남을 더욱 알고

연단으로 속세가 헛된 것임을 비로소 깨닫네.

전생에 고야가 그대인 듯하니

길을 찾고자 하면 바로 바람 가는 대로 따라야 하네.

梅花四首

老厭紛紛漸鮮歡, 愛花聊復客江干.

月中欲與人爭瘦, 雪後休憑笛訴寒.

野艇幽尋驚歲晚, 紗巾亂揷醉更闌.[1]

猶憐心事淒涼甚, 結子靑靑亦帶酸.[2]

月地雲階暗斷腸,[3] 知心誰解賞孤芳.
相逢只怪影亦好,[4] 歸去始驚身染香.
渡口耐寒窺淨綠, 橋邊凝怨立昏黃.
與卿俱是江南客,[5] 剩欲尊前說故鄉.

玄冥行令肅冰霜,[6] 牆角疎梅特地芳.
屑玉定煩修月戶,[7] 堆金難買破天荒.[8]
了知一氣環無盡, 坐笑千林凍欲僵.
力量世間誰得似, 挽回歲律放春陽.[9]

折得名花伴此翁, 詩情恰在醉魂中.
高標不合塵凡有,[10] 尤物眞窮造化功.[11]
霧雨更知仙骨別, 鉛丹那悟色塵空.[12]
前身姑射疑君是,[13] 問道端須順下風.[14]

【해제】

49세 때인 건도乾道 9년1173 10월에서 11월 사이 가주嘉州에서 쓴 것
으로, 매화의 탈속적인 풍모를 칭송하고 있다.

『검남시고』에서는 제목에서 '사수四首'가 누락되어 있고, 제1수 제4

구의 '休休'가 '投歙'로, 제7구의 '猶猶'가 '尤尤'로 되어 있다.

【주석】

1 更闌(경란) : 밤이 다하다. '경(更)'은 밤 시간을 가리킨다.

2 結子(결자) : 열매를 맺다. 여기서는 매실을 가리킨다.

3 月地雲階(월지운계) : 달빛 비치는 땅과 구름 덮인 계단. 선경(仙境)이나 아름다운 경관을 비유한다.

4 怪(괴) : 빼어남에 놀라다, 경이롭다.

5 江南客(강남객) : 강남 출신의 객. 매화와 자신 모두 강남 출신임을 말한다.

6 玄冥(현명) : 겨울의 신.

7 修月戶(수월호) : 달을 닦는 사람. 전설에 달은 일곱 가지 보석으로 이루어져 있고 팔만 이천 명의 사람이 달을 닦는다고 한다. 여기에서는 달과 매화가 같은 흰색인 것에 착안하여 이와 같이 말하였다.

8 破天荒(파천황) : 하늘이 내린 황폐함을 깨뜨리다. 당(唐)나라 때 형주(荊州)에서 과거 급제자가 나오지 않아 이곳을 '천황(天荒)'이라 불렀는데, 유태(劉蛻)가 처음으로 급제하여 이와 같이 불렀다. 여기서는 황량한 겨울 풍광을 깨뜨린다는 뜻으로, 매화를 비유한다.

9 歲律(세율) : 절기, 계절.

10 高標(고표) : 높이 솟아 방향의 표식이 되는 사물. 빼어나 탁월한 것을 가리킨다.

11 尤物(우물) : 진기한 사물.

12 鉛丹(연단) : 납을 단련하여 만든 단약. 도가에서 신선이 되는 약으로 여겼다.

色塵(색진) : 속세.

13 姑射(고야) : 산 이름. 고야산(姑射山) 또는 막고야산(藐姑射山)이라고도 한다. 전설상 피부가 얼음이나 눈 같고 처녀처럼 아름다운 신선이 사는 산으로, 여기서는 이곳에 사는 미인을 가리킨다.

14 問道(문도) : 길을 묻다. 매화를 찾아가는 것을 말한다.

端須(단수) : 바로 ~해야 한다.

下風(하풍) : 바람이 부는 방향.

【해설】

제1수에서는 늙어가면서 즐거움을 느끼는 일들이 점차 줄어가고 꽃을 사랑하는 마음만 남아 있음을 말하고, 강가로 나아가 달빛 아래 눈 속에서 수척한 모습으로 피어 있는 매화를 묘사하고 있다. 이어 세밑에 배를 띄워 밤새도록 매화를 찾아 즐기며 술에 취하고 있는 모습을 나타내고, 푸른 매실이 신맛을 띠는 것은 매화의 심정이 매우 처량하기 때문이라 말하고 있다.

제2수에서는 날이 어두워 매화가 핀 아름다운 광경을 온전히 보지 못해 상심하다가 그윽한 매화향으로 위안을 받고 있음을 말하고, 달빛에 비친 그림자뿐 아니라 향기조차 짙고 빼어남을 칭송하고 있다. 이어 물가에서 추위를 견디며 회한을 간직한 채 황혼에 서 있는 매화의 모습을 묘사하고, 매화와 자신이 같은 강남 출신이니 떠나온 고향 이야기나 해 보려 하고 있다.

제3수에서는 서리와 얼음으로 가득한 겨울에 담장 모퉁이에서 향기 발하며 피어 있는 매화를 말하고, 새하얗게 피어난 겨울 풍경을 깨뜨리고 있는 매화의 모습을 뿌려 놓은 옥가루와 천황을 깨뜨리는 인재에 비유하고 있다. 이어 모든 숲이 얼어붙은 속에서도 홀로 생기가 충만하고, 계절을 봄으로 돌이키는 막강한 힘을 지니고 있음을 말하고 있다.

　　제4수에서는 매화와 함께하며 술에 취하니 시의 정이 샘솟음을 말하고, 세속의 사물과 어울리지 않으며 조물주가 자신의 신공을 다해 만든 최고의 피조물이라 칭송하고 있다. 이어 안개비 속에 있을 때 신선의 풍골이 더욱 돋보이며 속세를 벗어나게 하는 연단과 같은 존재임을 말하고, 고야산의 아름다운 신선에 비유하며 의도하지 않고 바람 가는 대로 배를 맡겨야만 비로소 매화를 찾아갈 수 있음을 말하고 있다.

연의정에서 매화를 감상하며

매화 때문에 옥 술잔 기울이니

고향 돌아가는 그윽한 꿈에 성긴 울타리가 생각나네.

실물을 절묘하게 그려 창에 그림자 드리우고

뼛속까지 맑고 차갑게 물에 가지를 적셨네.

굳건한 절개로 눈 속에서 한나라 사신을 만나고

높이 빼어난 모습으로 강가에서 상수의 묶인 이를 보았으리.

시 이루어짐에 꽃을 가져다 쓴 것이 겁이 나니

만 곡의 세속적인 생각을 내 스스로 알기 때문이네.

漣漪亭賞梅[1]

判爲梅花倒玉卮,[2] 故山幽夢憶疏籬.

寫眞妙絶橫窗影, 徹骨淸寒蘸水枝.

苦節雪中逢漢使,[3] 高標澤畔見湘纍.[4]

詩成怯爲花拈出, 萬斛塵襟我自知.[5]

【해제】

53세 때인 순희淳熙 4년[1177] 12월 성도成都에서 쓴 것으로, 매화의 굳
건한 절개와 빼어난 모습을 칭송하고 있다.

【주석】

1 漣漪亭(연의정) : 정자 이름. 어디인지 알 수 없다.

2 判(판) : 결단하다, 실행하다.

3 苦節(고절) : 굳건한 절개.

　漢使(한사) : 한(漢)나라 사신. 흉노에 사신으로 갔다가 구금되어 눈과 양탄
　자를 씹어 먹으며 살아 버텼던 소무(蘇武)를 가리킨다.

4 高標(고표) : 높이 솟아 방향의 표식이 되는 사물. 빼어나 탁월한 것을 가리킨다.

　湘纍(상류) : 상수(湘水)의 포승줄. 죄를 지어 결박된 사람을 의미하며, 쫓겨
　나 상수 가를 떠돌았던 굴원(屈原)을 가리킨다.

5 斛(곡) : 용량 단위. 휘, 열 말[斗].

　塵襟(진금) : 세속적인 생각.

【해설】

이 시에서는 연의정에서 매화를 바라보며 술 마시니 꿈속에서 보았
던 고향 집 울타리의 성긴 매화가 떠오름을 말하고, 실물 같은 그림자
가 창에 비치고 차가운 가지가 물에 잠겨 있는 연의정의 매화를 묘사
하고 있다. 이어 눈 속에서 고고하게 서 있는 모습에서 나라를 위해 절
개를 지켰던 소무와 굴원을 떠올리고, 세속적인 욕망이 가득한 몸으로
탈속적인 매화를 노래하는 것에 부끄러움을 느끼고 있다.

사적산에서 매화를 보며 2수

사적산 앞에서 비에 두건은 찌그러졌는데

울타리 가에 막 새로 피어난 한 가지가 보이네.

계곡을 비추며 봄을 뽐내는 뜻을 다 씻어 버리고

대나무에 기대어 참으로 절세미인이 되네.

옥을 먹으니 화식 하지 않음을 본디 알고

옷이 변색 되니 도성의 먼지 속을 달리는 것을 응당 비웃겠지.

지금의 화공은 뛰어난 솜씨가 없으니

맑은 시로 참모습을 그려내 보내.

매서운 얼음 서리에 절개는 더욱 굳건해지니

인간 세상에 이처럼 수척한 신선이 있었네.

앉아서 대적할 수 없는 나라 선비의 가치를 얻고

홀로 봄의 신 태일의 앞에 서 있네.

이번에 가서 그윽이 찾으며 하루를 다할 터이니

지금껏 이별의 한으로 한 해가 지나도록 아파했었네.

꽃 중에 과연 누가 같은 부류이리?

난초를 허락하려 해도 아마도 그와 같지는 않으리.

射的山觀梅二首¹

射的山前雨墊巾,² 籬邊初見一枝新.

照谿盡洗驕春意,³ 倚竹眞成絶代人.

餐玉元知非火食, 化衣應笑走京塵.⁴

卽今畫史無名手,⁵ 試把淸詩當寫眞.

凌厲冰霜節愈堅,⁶ 人間乃有此癯仙.

坐收國士無雙價,⁷ 獨立東皇太一前.⁸

此去幽尋應盡日, 向來別恨動經年.⁹

花中竟是誰流輩,¹⁰ 欲許芳蘭恐未然.¹¹

【해제】

60세 때인 순희淳熙 11년¹¹⁸⁴ 겨울 산음山陰에서 쓴 것으로, 매화의 아름다운 자태를 칭송하며 깊은 애정을 나타내고 있다.

【주석】

1 射的山(사적산) : 산 이름. 산 절벽에 과녁과 같은 흰 점이 있어 붙여진 이름으로, 지금의 절강성 소흥시(紹興市) 남쪽에 있다.

2 墊巾(점건) : 두건 한쪽이 찌그러지다. 동한(東漢)의 곽태(郭太)가 길에서 비를 맞아 두건 한쪽 모서리가 찌그러졌는데, 사람들이 이를 모방하여 일부러 두건을 찌그뜨려 썼다고 한다. 후에 이렇게 쓴 두건을 '점건(墊巾)'이라 하였으며, 곽태의 자를 따 '임종건(林宗巾)'이라고도 하였다.

3 驕春(교춘) : 봄을 뽐내다. 봄에 뭇꽃들과 함께 다투어 피어 아름다움을 뽐내는 것을 말한다.

4 化衣(화의) : 먼지에 옷의 색이 변하다. 관직 생활을 하는 것을 비유한다.

5 無名手(무명수) : 뛰어난 솜씨가 없다. 매화를 핍진하게 그려내지 못하는 것을 가리킨다.

6 凌厲(능려) : 사납게 몰아치다.

7 國士無雙(국사무쌍) : 필적할 사람이 없는 나라의 선비. 뛰어난 인물을 가리킨다.

8 東皇太一(동황태일) : 동쪽 황제인 태일신. 봄을 관장하는 신으로 '동군(東君)'이라고도 한다.

9 動(동) : 비통해하다. '통(慟)'과 같다.

10 流輩(유배) : 같은 부류의 무리.

11 許(허) : 허락하다, 인정하다.

【해설】

제1수에서는 다른 꽃들과 봄을 다투지 않고 홀로 피어나 절세미인처럼 있는 매화의 모습을 묘사하고, 화식하지 않는 매화와 관직 생활의 먼지로 더럽혀진 자신을 대비하고 있다. 이어 세상의 어떤 그림도 매화의 참된 모습을 담아내지 못함을 말하며 시로써 이를 표현하려 하고 있다.

제2수에서는 얼음 서리를 이겨내며 수척한 모습으로 굳센 절개를 지키고 있는 매화의 모습을 인간 세상의 신선에 비유하고, 봄의 전령으로서 누구도 필적할 수 없는 고귀한 가치를 지닌 존재임을 칭송하고 있다. 이어 지난 일 년 동안 이별의 슬픔으로 아파했던 까닭에 이제는 찾아가 온종일 함께하며 즐기리라 다짐하고, 향기로운 난초조차도 그와 같은 부류가 되지 못함을 말하고 있다.

뜰에서 매화를 감상하며 2수

봄날의 천만 가지 꽃과 풀을 다 보았지만

이 꽃의 풍미는 유독 맑고 참되네.

새벽 눈 내리는 강가에서 시름을 말하려 하니

석양의 말 위로 향기가 사람을 따라오네.

눈을 짓누르는 붉은 꽃망울이 막 소식을 알리더니

잠깐 사이 푸른 매실이 다시 맺혔네.

나그네 생활에 세월의 빠름이 유독 느껴지니

난간을 배회하며 한 번 가슴 아파하네.

아득히 우 임금이 만든 땅을 두루 다니며

매화 찾아 곳곳에서 한가로이 노니네.

봄 전후로 백 번을 취하고

강 남북으로 천 리를 시름겨워하네.

무성한 가지가 비단 모자를 누르는 것은 좋아하지 않고

어지러운 꽃잎이 담비 갖옷에 뿌리는 것을 가장 사랑하네.

내내 추운 것이 좋은 일임을 그대는 아는지?

다시 그윽한 향기 얻어 며칠을 머무르네.

園中賞梅二首

閱盡千葩萬卉春, 此花風味獨淸眞.

江邊曉雪愁欲語, 馬上夕陽香趁人.

慰眼紅苞初報信,[1] 回頭靑子又生仁.[2]

羈遊偏覺年華速, 徙倚闌干一愴神.[3]

行遍茫茫禹畫州,[4] 尋梅到處得閑遊.

春前春後百回醉, 江北江南千里愁.

未愛繁枝壓紗帽, 最憐亂點糝貂裘.[5]

一寒可賀君知否,[6] 又得幽香數日留.

【해제】

56세 때인 순희淳熙 7년1179 정월 무주撫州에서 쓴 것으로, 매화를 감
상하며 객지 생활의 시름을 나타내고 있다.

『검남시고』에서는 제1수 제1구의 '만萬'이 '백百'으로 되어 있다.

【주석】

1 慰眼(위안) : 눈을 짓누르다. '위(慰)'는 짓누르다는 뜻의 '위(熨)'와 같으며,

   '위(熨)'로 되어 있는 판본도 있다.

   紅苞(홍포) : 붉은 꽃망울.

2 生仁(생인) : 열매를 맺다.

3 徙倚(사의) : 이리저리 배회하다, 거닐다.

4 禹畫州(우화주) : 우(禹) 임금이 그린 주(州). 우 임금이 치수하여 만든 구주 (九州)를 의미하며, 천하를 가리킨다.

5 糝(삼) : 가루를 흩뿌리다.

6 可賀(가하) : 축하할 만하다. 날이 추워 며칠 더 머무를 수 있게 된 것을 가리 킨다.

【해설】

제1수에서는 봄날의 모든 꽃과 풀 중에서 매화의 운치가 가장 뛰어 남을 말하고, 객지 생활의 시름을 매화에 이야기하니 향기로 위안해주 고 있음을 나타내고 있다. 이어 꽃망울이 움트며 봄소식을 알리던 것 이 어제인 듯한데 어느새 푸른 매실이 맺혔음을 말하고, 객지 생활에 시간의 흐름은 유독 빨리 느껴짐을 시름겨워하고 있다.

제2수에서는 매화를 찾아 곳곳을 유람하고 다니며 번번이 술에 취한 채 나그네 시름에 빠지는 자신을 나타내고 있다. 이어 무성한 가지보다 는 시들어 흩날리는 꽃잎이 더 사랑스러움을 말하고, 추운 날씨로 인해 며칠 더 뜰에 머물러 매화와 함께할 수 있게 된 것에 기뻐하고 있다.

매화

약야계 머리에 봄 뜻은 인색한데

매화 홀로 빼어나 빈 산을 시름겨워하네.

만나는 때는 결코 복사꽃 오얏꽃 무리가 아니니

도를 얻어 스스로 얼음 눈 같은 얼굴을 보존하네.

신선 되어 떠나 천하를 안타깝게 하려 하니

꺾어와 잠시 방탕한 늙은이와 짝하며 한가롭네.

사람 중에 헤아리면 누구에 견줄 수 있으리?

천 년의 백이 숙제와 막상막하라네.

梅

若耶溪頭春意慳,[1] 梅花獨秀愁空山.

逢時決非桃李輩, 得道自保冰雪顔.[2]

仙去要令天下惜, 折來聊伴放翁閑.

人中商略誰堪比,[3] 千載夷齊伯仲間.[4]

【해제】

79세 때인 가태嘉泰 3년1203 겨울 산음山陰에서 쓴 것으로, 매화의 고
고한 품성을 칭송하며 백이와 숙제에 견주고 있다.

【주석】

1 若耶溪(약야계) : 개울 이름. 지금의 절강성 소흥시(紹興市)에 있다.

　慳(간) : 아끼다, 인색하다. 봄이 아직 완연하지 않은 것을 말한다.

2 冰雪顔(빙설안) : 얼음과 눈 같은 얼굴. 매화의 하얀 꽃잎을 비유한다.

3 商略(상략) : 헤아리다.

4 夷齊(이제) : 백이(伯夷)와 숙제(叔齊). 은(殷)나라 제후국인 고죽국(孤竹
國)의 왕자들로, 주(周) 무왕(武王)이 은(殷) 주왕(紂王)을 정벌하자 인(仁)
하지 않다고 여기고 수양산에 들어가 주(周)나라의 곡식 먹는 것을 거부하며
고사리를 캐 먹다 죽었다. 이후 절개와 지조의 상징으로 추앙되었다.

【해설】

이 시에서는 봄이 아직 완연하지 않은 때 매화 홀로 빈산에 고고히
피어 있음을 말하고, 복사꽃이나 오얏꽃과는 달리 수척하고 창백한 매
화의 아름다움을 나타내고 있다. 이어 신선이 되어 떠나가 천하 사람
들을 안타깝게 하기 전에 미리 꺾어와 자신과 함께 한가로이 노닐고
있음을 말하고, 사람 중에 백이와 숙제에 견주며 그 절개와 지조를 칭
송하고 있다.

눈

풍토병의 기운은 집집마다 모두 씻겨 없어지고

남은 물기가 그을리고 마른 것을 적셔줌이 더욱 기쁘네.

화병은 밤에 얼까 미리 물을 제거하고

옷 배롱은 아침에 차가울까 오래도록 화로에 덮어두네.

소나무 꼭대기에 높이 쌓여 때때로 절로 떨어지고

대나무 가지를 겹겹 누르며 서로 기대려 하네.

구름 개어 봄바람 부는 아침을 만나니

문득 환한 빛이 온 거리에 가득해 보이네.

雪

瘴癘家家一洗無,**1** 更欣餘潤沃焦枯.

花壺夜凍先除水, 衣焙朝寒久覆爐.**2**

松頂積高時自墮, 竹枝壓重欲相扶.**3**

雲開正値春風早, 却看晴光滿九衢.**4**

【해제】

63세 때인 순희淳熙 14년¹¹⁸⁷ 겨울 엄주嚴州에서 쓴 것으로, 눈 내리는 밤과 눈 개인 아침을 대비하여 나타내고 있다.

1 瘴癘(장려) : 풍토병을 일으키는 무덥고 습한 기운.

   洗無(세무) : 씻겨져 없다. 눈이 덮여 풍토병의 기운을 막는 것을 말한다.

2 衣焙(의배) : 옷에 향을 입히는 배롱(焙籠).

3 扶(부) : 기대다, 의지하다.

4 九衢(구구) : 종횡으로 교차한 큰길. 번화한 도시를 가리킨다.

【해설】

이 시에서는 풍토병의 기운을 없애고 메마른 사물들을 적시며 내리는 눈에 기쁨을 나타내고, 밤이면 여전히 차갑기만 한 날씨를 말하고 있다. 이어 소나무와 대나무에 눈이 가득 쌓인 모습을 묘사하고, 구름이 개어 아침 햇빛에 반사되어 온 거리가 환히 빛나고 있는 모습을 나타내고 있다.

눈이 내리고 매우 추워 쓰다

구름은 어둑하고 바람이 소리 내어 나를 놀라게 하더니

벼루 못에 순식간에 얼음이 생겨났네.

창 사이로 성긴 매화 그림자는 홀연 사라지고

베갯머리에서 무리에서 떨어진 기러기 소리 헛되이 듣네.

귀공자는 담비 털옷 입고 마음껏 술 마시고

농가의 누런 소는 깊이 밭을 갈고 있네.

늙은이에게 따로 초연한 곳이 있으니

한 수 맑은 시를 붓 가는 대로 쓰네.

作雪寒甚有賦

雲暝風號得我驚, 硯池轉盼已冰生.

窗間頓失疎梅影, 枕上空聞斷雁聲.**1**

公子皂貂方痛飮,**2** 農家黃犢正深畊.

老人別有超然處,**3** 一首清詩信筆成.

【해제】

84세 때인 가정嘉定 원년1208 겨울 산음山陰에서 쓴 것으로, 눈 내리는 추운 겨울을 시를 쓰며 견디고 있는 모습이 나타나 있다.

『검남시고』에서는 제2구의 '빙생冰生'이 '생빙生冰'으로 되어 있다.

1 斷雁(단안) : 무리에서 홀로 떨어진 기러기.

2 皂貂(조초) : 검은 담비 털로 만든 겉옷.

3 超然處(초연처) : 초연한 곳. 추운 겨울을 이겨내는 방법을 가리킨다.

【해설】

　이 시에서는 눈이 내리고 요란한 바람 소리에 방 안의 벼루조차 얼 정도로 날이 차가움을 말하고, 창에서 사라진 매화 그림자와 외로운 기러기 울음소리로 어둡고 처량한 분위기를 나타내고 있다. 이어 추운 날씨에 담비 털옷 입고 술 마시는 귀공자와 소를 몰아 밭을 가는 농민의 모습을 대비하며 모순된 현실을 나타내고, 자신은 시 쓰는 것에 의지하여 추운 겨울을 이겨내고 있음을 말하고 있다.

눈 2수

다만 매서운 추위가 병든 늙은이 힘들게 함을 괴로워하니

가장 좋은 길조로 풍년을 알려주는 것임을 어찌 알리?

마당 쓸지 않고 새로 뜨는 달을 기다리고

만 계곡은 모두 평평해져 무리에서 떨어진 기러기는 우네.

누에고치 종이에 글을 쓰려 해도 벼루가 먼저 얼고

날개 달린 술잔을 막 드니 잔은 이미 비었네.

약야계 위의 천 그루 매화는

올해는 내가 작은 배 매어두는 일이 없겠네.

평평한 교외는 드넓어 하늘이 낮게 느껴지는데

하물며 다시금 차가운 구름이 처량하게 맺히네.

늙은이는 날리는 나비에 막 놀라는데

아이들은 휘몰아치는 사자를 이미 이야기하네.

한밤중에 빈번히 나무를 꺾어 원숭이는 떨어지고

새벽 내내 겹겹이 둥지를 덮어 닭은 울지 않네.

다만 날이 개기를 기다려 매화 둑으로 가려 하니

푸른 가죽신이 봄 진흙 밟는 것을 두려워하지 않네.

雪二首

但苦祁寒惱病翁,[1] 豈知上瑞報年豐.[2]

一庭不掃待新月, 萬壑盡平號斷鴻.

繭紙欲書先硯凍,³ 羽觴纔舉已尊空.⁴

若耶溪上梅千樹,⁵ 欠我今年繫短篷.⁶

平郊漫漫覺天低,⁷ 況復寒雲結慘悽.⁸

老子方驚飛蛺蝶,⁹ 羣兒已說聚狻猊.¹⁰

中宵猿墮頻摧木, 徹旦鷄瘖重壓棲.¹¹

只待新晴梅塢去,¹² 靑鞋未怯踏春泥.¹³

【해제】

이 시는 연작시가 아닌 같은 제목의 독립된 시이다. 제1수는 62세 때인 순희淳熙 13년1186 겨울 엄주嚴州에서 쓴 것으로, 타향에서 눈을 보며 고향을 그리워하고 있다. 제2수는 68세 때인 소희紹熙 3년1192 겨울 산음山陰에서 쓴 것으로, 봄을 기다리는 마음을 나타내고 있다.

『검남시고』에서는 제1수 제1구의 '기祁'가 '기奇'로, 제5구의 '연硯'이 '연研'으로, 제2수 제5구의 '원猿'이 '연鳶'으로 되어 있다.

【주석】

1 祁寒(기한) : 매서운 추위.

2 上瑞(상서) : 최고의 길조(吉兆).

3 繭紙(견지) : 누에고치로 만든 종이.

4 羽觴(우상) : 날개 모양의 손잡이가 달린 술잔. 날듯이 빨리 마시라는 의미로 만들었다.

5 若耶溪(약야계) : 개울 이름. 지금의 절강성 소흥시(紹興市)에 있다.

6 短篷(단봉) : 띠 풀로 만든 지붕이 있는 작은 배, 거룻배.

7 漫漫(만만) : 넓고 멀어 끝이 없는 모양.

8 慘悽(참처) : 비참하고 처량하다.

9 蛺蝶(협접) : 나비. 여기서는 눈을 비유한다.

10 狻猊(산예) : 사자. 여기서는 눈을 비유한다.

11 瘖(음) : 벙어리.

12 梅塢(매오) : 지명. 매선오(梅仙塢)를 가리키며, 지금의 절강성 소흥시(紹興市) 매선산(梅仙山) 북쪽에 있다. 매화가 많아 이와 같이 불렀으며, 전설에 매복(梅福)이 이곳에서 은거하였다고 한다.

13 靑鞵(청혜) : 푸른색 가죽 신발.

【해설】

제1수에서는 늙고 병들어 매서운 추위를 견디기 어렵지만 추운 겨울이 내년의 풍년을 알려주는 좋은 길조임을 말하며 애써 위로하고, 마당과 계곡에 가득 덮인 눈과 차가운 날씨에 술마저 떨어진 허전함을 나타내고 있다. 이어 고향의 매화를 떠올리며 올해는 타향에 있어 배를 타고 찾아가 즐길 수 없음을 아쉬워하고 있다.

제2수에서는 드넓은 평원에 이어져 낮게 보이는 하늘에 차가운 눈

구름이 맺히는 모습을 말하고, 가벼이 날리는 눈발과 휘몰아치는 눈보라를 나비와 사자에 비유하여 대비하고 있다. 이어 한밤중에 꺾이는 나무와 새벽에 눈에 뒤덮인 닭장으로 밤새도록 많은 눈이 내린 상황을 나타내고, 눈이 그치고 날이 개면 진흙 길을 아랑곳하지 않고 매화를 찾아 나서리라 다짐하고 있다.

대설

대설을 강남에서는 일찍이 보지 못했는데

올해 비로소 처음으로 심하게 맺히네.

교묘하게 주렴 틈을 뚫으니 마치 찾아서 들어온 듯하고

겹겹으로 나무 끝을 누르니 이기지를 못하려 하네.

털 휘장 안에서 박희 놀이하며 밤잠도 잊고

황금 굴레로 말 세워두고 새벽에 일어나기 두려워하네.

이 몸 공명이 늦은 것이 스스로 우스우니

황하가 바닥 끝까지 얼음이었던 일을 헛되이 생각하네.

大雪

大雪江南見未曾, 今年方始是嚴凝.

巧穿簾罅如相覓,[1] 重壓林梢欲不勝.

氎幄擲盧忘夜睡,[2] 金羈立馬怯晨興.

此生自笑功名晚, 空想黃河徹底冰.

【해제】

61세 때인 순희淳熙 12년1185 겨울 산음山陰에서 쓴 것으로, 강남의 눈 오는 경관을 바라보며 촉蜀 지역에서 종군하던 때를 회상하고 있다.

1 簾罅(염하) : 주렴의 사이, 틈.

2 氈幄(전악) : 양탄자로 만든 장막, 휘장.

擲盧(척로) : 고대 박희(博戲)의 일종으로, '저포(樗蒱)'라고도 한다. 위아래
가 흑백으로 구분되어 있는 다섯 개의 주사위를 던져 사위에 따라 승부를 가르
는데, 던져서 모두 검은색이 나오는 것을 '로(盧)'라 칭한다. 우리의 윷놀이와
비슷하다.

【해설】

이 시에서는 눈이 드문 강남에 올해 처음으로 큰 눈이 내렸음을 말
하며 주렴 틈 사이로 파고들고 나뭇가지 끝에 겹겹이 쌓인 눈을 묘사
하고 있다. 이어 눈에 길이 막혀 길을 나서지 못하고 밤새도록 박희 놀
이하며 즐기는 상황을 나타내고, 이루지 못한 공명을 탄식하며 얼어붙
은 황하를 건너며 종군했던 옛일을 떠올리고 있다.

눈 속에서 쓰다 2수

대나무는 꺾이고 소나무는 얼어 새들은 시름겨운데

문 닫고 나 또한 담비 갖옷 껴안고 있네.

부를 쓰며 양원을 노닐던 일은 이미 잊었고

나무 막대 물고 채주로 들어가던 일만 생각나네.

흉노의 나라에서 양탄자를 먹었으니 참으로 목이 강했으며

한림에서 차를 끓였으니 절로 풍류가 있네.

내일 아침 날 따뜻해지면 그대 반드시 기억해야 하리니

검은 기와와 반 도랑의 물을 다시 보게 되리.

살쩍 머리는 세월이 재촉하는 것을 어찌하지 못하지만

높이 올라 내려다보며 한 번 웃으니 또한 즐겁다네.

평지가 홀연 세 척 눈이 되니

호수를 에워싼 것이 어찌 만 그루 매화뿐이리?

눈 덮인 산은 첩첩하니 아침에는 누각에 의지하고

주렴 장막은 침침하니 저녁에는 술잔을 드네.

봄 풍경이 오는 것은 이제부터이니

연유 같은 꽃과 채색 머리 장식이 봄 오기를 기다리네.

雪中作二首

竹折松僵鳥雀愁,**1** 閉門我亦擁貂裘.

已忘作賦遊梁苑,**2** 但憶銜枚入蔡州.**3**

屬國餐氈眞强項,**4** 翰林煮茗自風流.**5**

明朝日暖君須記, 更看青鴛玉半溝.**6**

鬢毛無奈歳華催, 一笑登臨亦樂哉.

平地忽成三尺雪, 遶湖何啻萬株梅.**7**

雪山疊疊朝憑閣, 簾幙沉沉夜擧杯.

節物鼎來方自此,**8** 酥花綵勝待春回.**9**

【해제】

이 시는 연작시가 아닌 같은 제목의 독립된 시이다. 제1수는 61세
때인 순희淳熙 12년1185 겨울 산음山陰에서 쓴 것으로, 눈을 보며 불굴의
의지와 중원수복의 바람을 나타내고 있다. 제2수는 77세 때인 가태嘉泰
원년1201 봄 산음山陰에서 쓴 것으로, 깊게 쌓인 눈 속에서 봄을 기다리
는 심정을 나타내고 있다.

【주석】

1 鳥雀(조작) : 작은 새들의 범칭.

2 梁苑(양원) : 서한(西漢) 양효왕(梁孝王)의 정원으로, '양원(梁園)' 또는 '토
    원(兎園)'이라고도 한다. 지금의 하남성 개봉시(開封市) 동남쪽에 옛터가 있
    다. 양 효왕은 이곳에 왕실의 정원을 만들고 당대의 명사인 사마상여(司馬相

如), 매승(枚乘), 추양(鄒陽) 등을 손님으로 초대했었는데 이때 사마상여가
「자허부(子虛賦)」를 지었다. 이 구는 당시 금(金)에 함락된 북송의 도성인 변
경(汴京)을 수복하는 것을 의미한다.

3 銜枚(함매) : 나무 막대를 물다. '매(枚)'는 나무 막대의 일종으로, 군영에서 은
밀한 작전을 수행할 때 기밀을 유지하기 위해 입에 물었다.

蔡州(채주) : 고대 주(州) 이름. 지금의 하남성 여남현(汝南縣) 지역이다. 이
구는 당대(唐代) 이소(李愬)가 채주에 있던 회서절도사(淮西節度使) 오원제
(吳元濟)의 반군을 눈 오는 밤에 습격하여 섬멸했던 일을 가리키는 것으로, 금
(金)을 습격하여 중원을 수복하고자 하는 뜻을 나타낸 것이다.

4 屬國(속국) : 본국에 속한 나라. 흉노국(匈奴國)을 가리킨다.

餐氈(찬전) : 양탄자를 먹다. 흉노에 사신으로 갔다가 구금되어 눈과 양탄자
를 씹어 먹으며 살아 버텼던 소무(蘇武)를 가리킨다.

5 翰林(한림) : 한림원(翰林院). 이 구는 한림공봉(翰林供奉)을 지냈던 이백
(李白)의 일을 가리키는 것으로 여겨지나, 구체적인 내용은 알 수 없다.

6 靑鴛(청원) : 청원와(靑鴛瓦). 검은색 기와를 가리키며, 지붕의 기와가 암수
한 쌍을 이루고 있어 이와 같이 불렸다.

玉半溝(옥반구) : 도랑을 반쯤 채운 옥. 녹아 흐르는 맑은 물을 가리킨다.

7 何啻(하시) : 어찌 ~일 뿐이리?

8 節物(절물) : 각 계절에 따른 사물과 풍경. 여기서는 봄 풍경을 가리킨다.

鼎來(정래) : 때에 맞춰 오다.

9 酥花(수화) : 연유 같은 꽃.

綵勝(채승) : 채색 머리 장식. 고대 풍속에 입춘일이면 오색 종이나 비단으로 작은 깃발이나 제비, 나비 등의 모양을 잘라 머리에 꽂아 봄을 맞이하였다.

【해설】

제1수에서는 많은 눈에 추위조차 매서움을 말하며 금에 함락된 변경汴京과 이를 수복하고 싶은 바람을 나타내고 있다. 이어 눈과 관련하여 눈과 양탄자를 씹어 먹었던 소무蘇武의 절개와 눈을 녹여 차를 끓였던 이백의 풍류를 나타내고, 내일 날이 따뜻해지면 기와의 눈은 녹고 도랑에는 옥 같은 눈이 녹아 흐를 것이라는 말로 밝은 미래에 대한 기대와 확신을 나타내고 있다.

제2수에서는 늙어 살쩍 머리는 쇠해졌지만 높이 올라 눈 내리는 광경을 바라보면 또한 즐거움을 말하며 평지와 호수에 가득 덮인 눈을 묘사하고 있다. 이어 아침에는 누각에 올라 첩첩 설산을 구경하고 밤에는 장막 안에서 술을 마시며 지내는 겨울의 일상을 말하고, 아름다운 꽃이 피고 채색 장식을 머리에 꽂으며 즐길 봄을 기다리고 있다.

동산에 올라

늙어 인간 세상 세월 빠름을 잘 알아

억지로 쇠하고 병든 몸을 부축하여 높이 올랐네.

살아 조정의 대신이 된들 사소한 일일 뿐이고

죽어 능연각에 그려진들 무슨 소용 있으리?

자세히 계획해 군대를 동원해 청해호로 나가는 것도

객을 불러 금 술독 기울이는 것만 못하네.

내일 아침에 해가 뜨고 봄바람이 일면

만 리까지 열린 푸른 하늘을 다시 보게 되리.

登東山

老慣人間歲月催, 强扶衰病上崔嵬.

生爲柱國細事爾,[1] 死畫雲臺何有哉.[2]

熟計提軍出靑海,[3] 未如喚客倒金罍.[4]

明朝日出春風動, 更看靑天萬里開.

【해제】

75세 때인 경원慶元 5년1199 겨울 산음山陰에서 쓴 것으로, 공업의 덧없음을 나타내고 있다.

『검남시고』에서는 마지막 구의 '청靑'이 '청晴'으로 되어 있다.

1 柱國(주국) : 나라의 기둥. 나라의 중임을 맡은 조정 대신을 가리킨다.

2 雲臺(운대) : 능연각(凌煙閣). 당(唐) 정관(貞觀) 17년(643)에 태종(太宗)의 명에 따라 염립본(閻立本)이 공신 스물네 명의 초상을 그려 능연각에 걸어놓았다.

3 熟計(숙계) : 주도면밀하게 계획하다.

  靑海(청해) : 호수 이름. 지금의 청해성(靑海省) 동북부에 있으며, 당시 금(金)의 치하에 있었다.

4 金罍(금뢰) : 금 술독.

이 시에서는 인간 세상의 덧없음과 세월의 빠름을 늙을수록 잘 알아쉬하고 병든 몸을 억지로 일으켜 동산에 올랐음을 말하고, 능연각에 그려진 공신들을 떠올리며 생전의 영화와 사후의 명성이 모두가 덧없고 부질없는 것임을 탄식하고 있다. 이어 군대를 이끌고 전공을 세우는 것보다 객과 함께 술 마시는 것이 더 나은 일임을 말하며 공업 수립에서 초연해진 심정을 나타내고, 내일 아침 만 리에 펼쳐질 푸른 하늘을 상상하며 시름과 번민이 사라진 평온한 심정을 나타내고 있다.

암자 벽에 쓰다

쇠한 머리칼은 성기고 눈이 두건에 가득한데

임금의 은혜가 자유의 몸을 주셨네.

몸은 원숭이와 닭과 함께하여 세 식구가 되고

집은 안개 낀 물에 맡기어 사방 이웃으로 삼네.

열흘을 바람이 소리 내어 불어 눈이 내리지 않더니

일 년의 매화가 피어나 다시 봄을 재촉하네.

고깃배 안에서 힘써 일하며 서로를 찾으니

본디 헛된 명성을 피했을 뿐 사람을 피한 것이 아니라네.

題菴壁

衰髮蕭疎雪滿巾, 君恩乞與自由身.¹

身幷猿鶴爲三口,² 家託煙波作四隣.³

十日風號未成雪, 一年梅發又催春.

漁舟底用勤相覓,⁴ 本避浮名不避人.⁵

【해제】

76세 때인 경원慶元 6년1200 봄 산음山陰에서 쓴 것으로, 은거 생활의 자유로움과 평온함을 나타내고 있다.

『검남시고』에서는 제3구의 '구口'가 '우友'로 되어 있다. 총2수 중 제

2수이다.

【주석】

1　乞與(걸여) : 주다.

2　三口(삼구) : 세 식구.

3　四隣(사린) : 사방 주위의 이웃.

4　底(저) : 어찌. '하(何)'와 같다.

5　避人(피인) : 사람을 피하다. 세상을 피한 것을 말한다.

【해설】

이 시에서는 임금에게 치사致仕를 허락받아 자유로운 몸이 된 것을 기뻐하며 원숭이와 닭을 벗 삼고 호수를 이웃 삼아 사는 은거의 삶을 나타내고 있다. 이어 거센 바람에 눈구름이 생겨나지 않고 매화가 피어나 봄을 재촉하고 있는 경관을 묘사하고, 고깃배에 올라 어부들과 힘을 합쳐 물고기를 잡고 있는 상황을 말하며 자신은 헛된 명성을 피해 은거한 것일 뿐 사람을 피해 은거한 것이 아님을 말하고 있다.

산행하다 스님의 암자를 지났으나 들어가지 않아

담과 집은 들쭉날쭉하고 대숲 속 마을은 깊은데

옛날에 이름 썼던 곳을 뒤늦게야 다시 찾아 왔네.

차 화로에서 연기 피어나니 흥이 높음을 알겠고

바둑 두는 소리 성기니 고심하고 있음을 알겠네.

지는 해는 맑게 빛나 외로운 시장은 흩어지고

성긴 구름은 고요한데 개울의 반이 어둑하네.

긴 읊조림 끊이지 않고 맑은 시름 일어나는데

이미 가로지른 나무에 깃들인 저녁 새가 보이네.

山行過僧庵不入

垣屋參差竹塢深,[1] 舊題名處嬾重尋.[2]

茶爐煙起知高興, 碁子聲疎識苦心.

淡日暉暉孤市散,[3] 殘雲漠漠半川陰.[4]

長吟未斷淸愁起, 已見橫林宿暮禽.

【해제】

　　85세 때인 가정嘉定 2년1209 여름 산음山陰에서 쓴 것으로, 산행하며 지난 대숲 속 마을의 낮과 저녁의 경관을 묘사하고 있다.

　　『검남시고』에서는 제목에서 '암庵'이 '암菴'으로, 제3구의 '로爐'가

'로壚' 되어 있다.

【주석】

1 竹塢(죽오) : 대나무 숲으로 둘러싸인 마을.

2 題名(제명) : 이름을 쓰다. 어느 곳에 들러 기념하여 이름을 써서 남기는 것을 말한다.

3 淡日(담일) : 엷은 해. 여기서는 지는 해를 가리킨다.

暉暉(휘휘) : 맑게 빛나는 모양.

4 殘雲(잔운) : 흩어져 성긴 구름.

漠漠(막막) : 적막하고 고요한 모양.

【해설】

이 시에서는 옛날 찾아와 자신의 이름을 남겼던 산속 마을을 뒤늦게 서야 다시 찾아 왔음을 말하고, 차 연기가 피어오르며 바둑 두는 소리 가 들려오는 한적한 낮의 풍경을 묘사하고 있다. 이어 해가 저물며 시 장이 파하고 개울이 어두워지는 저녁 풍경을 묘사하고, 시름 속에 시 를 읊조리며 이미 나무에 깃든 저녁 새를 바라보고 있다.

한가한 중에 일을 쓰다 2수

병은 신년을 지나 날이 갈수록 더해지고
맑은 시름과 남은 취기는 둘 다 끊임없이 이어지네.
시들어 떠나는 꽃이 아까워 늘 햇빛을 가리고
돌아오는 제비 기다리며 막 주렴을 내리네.
집 안의 맑은 바람은 옥 먼지떨이에서 일고
계곡의 차가운 물은 구리 두꺼비 항아리로 들어가네.
내 평생토록 곤궁함을 그대 탄식하지 말지니
천공께 바라는 것은 본디 소박한 것이라네.

한 무의 산 뜰과 반 무의 연못,
흐르는 세월에 홀연 관직을 떠날 때가 이르렀네.
꽃 파는 취한 늙은이는 붉은 계수나무 가지를 자르고
약초 심는 고승은 흰 영지를 보내오네.
한낮의 베갯머리에서 아이에게 옛 시구를 읊어주고
저녁 창에서 객을 붙잡아 남은 바둑을 계산하네.
임명하고 면직하는 새 소식은 많은데
늙은이 어리석고 무지하여 모두 알지 못하네.

閑中書事二首

病過新年逐日添, 淸愁殘醉兩厭厭.[1]

惜花萎去常遮日, 待燕歸來始下簾.

堂上淸風生玉麈,² 澗中寒溜注銅蟾.³

一生留滯君休歎, 意望天公本自廉.⁴

一畝山園半畝池, 流年忽逮挂冠期.⁵

賣花醉叟剗紅桂,⁶ 種藥高僧寄玉芝.

午枕爲兒哦舊句, 晚窗留客算殘棋.

登庸策免多新報,⁷ 老子癡頑總不知.⁸

【해제】

71세 때인 경원慶元 원년1195 3월 산음山陰에서 쓴 것으로, 봄날의 아름다운 경관과 한가로운 일상을 나타내고 있다.

【주석】

1 厭厭(염염) : 끊임없이 길게 이어지는 모양.

2 玉麈(옥주) : 고대에 청담(淸談)할 때 손에 쥐던 먼지떨이. 옥 손잡이가 있는 긴 막대기 위에 사슴의 꼬리를 묶어 달았다.

3 銅蟾(동섬) : 구리로 만든 두꺼비 모양의 기물. 물그릇이나 등잔 등으로 사용하였다.

4 意望(의망) : 원하다, 바라다.

廉(렴) : 저렴하다, 소박하다. 크고 대단한 것이 아님을 말한다.

5　掛冠(괘관) : 관모(冠帽)를 걸다. 관직을 그만두는 것을 의미한다.

6　剝(박) : 나뭇가지를 자르다.

7　登庸策免(등용책면) : 황제가 관원을 임명하고 책서(策書)로 면직시키다. 영
　　종(寧宗)이 즉위하고 외척 한탁주(韓侂冑)가 권력을 장악하여 우승상(右丞
　　相) 조여우(趙汝愚)와 대립하다 경원(慶元) 원년(1195) 2월에 그를 참언하여
　　지복주(知福州)로 좌천시키고, 이를 반대했던 주필대(周必大), 유정(留正),
　　왕란(王藺), 주희(朱熹), 팽귀년(彭龜年) 등 59명이 면직되거나 금고에 처해
　　진 이른바 '경원당금(慶元黨禁)'의 일을 가리킨다.

8　癡頑(치완) : 어리석고 무지하다.

【해설】

　제1수에서는 갈수록 더해만 가는 병과 끊임없이 이어지는 시름에
탄식하며 봄을 보내는 아쉬움을 나타내고, 집안과 계곡에 가득한 맑고
차가운 봄날의 정경을 묘사하며 자신의 바람은 자연을 즐기며 살아가
는 소박한 삶일 뿐임을 말하고 있다.

　제2수에서는 관직을 떠나 전원에 은거하며 사람들과 어울려 지내고
있는 한가로운 일상을 나타내고, 조정에서 들려오는 잦은 정쟁의 소식
에는 아무런 관심도 없음을 말하고 있다.

궁벽한 거처

반평생 정처 없이 발 닿는 대로 가다가

궁벽한 거처에서 노년의 슬픔을 껴안고 있네.

금을 만드는 기술은 잘못되어 옷 꾸러미는 얇고

기장 심은 해는 흉년이라 술맛이 묽네.

넓은 집 만 칸 얻는 것에 헛되이 뜻을 지녔으니

뒤따르는 천 대 수레는 다시 기약할 수 없네.

책 덮고 성남의 두보를 늘 비웃으니

삼 신발 신고 조정으로 돌아와 습유 직을 받았구나.

窮居

半世倀倀信所之,¹ 窮居仍抱暮年悲.

燒金術誤囊衣薄,² 種黍年凶酒味醨.³

大廈萬間空有志,⁴ 後車千乘更無期.⁵

掩書常笑城南杜,⁶ 麻屨還朝受拾遺.⁷

【해제】

71세 때인 경원慶元 원년1195 여름 산음山陰에서 쓴 것으로, 득의하지 못한 자신을 슬퍼하며 두보에 대한 동병상련의 뜻을 나타내고 있다.

『검남시고』에서는 마지막 구의 '수受'가 '수授'로 되어 있다.

【주석】

1 　倀倀(창창) : 정처 없이 가는 모양.

2 　燒金術(소금술) : 황금을 제련하는 기술. 재부(財富)를 축적하는 기술을 가리킨다.

　　囊衣薄(낭의박) : 옷을 싼 꾸러미가 얇다. 서한(西漢)의 왕길(王吉)이 관직에 있으며 청렴하여 관직을 떠날 때 옷 꾸러미 하나만 실었던 일을 차용한 것으로, 관직을 떠나면서 쌓아 놓은 재산이 없는 것을 가리킨다.

3 　醨(리) : 묽다, 맛이 심심하다.

4 　大廈萬間(대하만간) : 넓은 집 만 칸. 이 구는 두보(杜甫)의 「초가집이 가을 바람에 파손되어 부르는 노래(茅屋爲秋風所破歌)」 시에서 "어찌하면 넓은 집 천만 칸을 얻어, 천하의 가난한 선비들을 크게 감싸 모두 기쁜 얼굴을 하게 하리?(安得廣廈千萬間, 大庇天下寒士俱歡顔)"라 한 뜻을 차용한 것으로, 세상을 위해 커다란 공업을 이루는 것을 의미한다.

5 　後車千乘(후거천승) : 뒤따르는 수레 천 대. 천승지국(千乘之國)의 제후(諸侯)를 의미하며, 여기서는 공업을 이루어 제후에 봉해지는 것을 가리킨다.

6 　城南杜(성남두) : 성 남쪽에 살던 두보(杜甫). 두보는 일찍이 장안성(長安城) 두릉(杜陵) 동남쪽에 선제(宣帝)의 비 허후(許后)의 능이 있는 소릉(少陵)의 서쪽에서 산 적이 있어, 스스로를 '두릉포의(杜陵布衣)' 또는 '소릉야로(少陵野老)'라 칭하였다.

7 　麻屨(마구) : 삼으로 만든 신발.

　　拾遺(습유) : 관직 이름. 여기서는 문하성(門下省)에 속한 좌습유(左拾遺)를 가리킨다. 이 구는 두보가 안사(安史)의 반군에 억류되어 있다가 탈출하여 남루한 차림으로 봉상(鳳翔)에 있던 숙종(肅宗)의 행재소로 찾아가 좌습유의 관직을 얻은 것을 가리킨다.

【해설】

이 시에서는 반평생을 관직 생활하며 떠돌다 만년에 고향으로 돌아와 궁벽하게 지내고 있음을 나타내고, 이재理財에 밝지 않아 관직에 있으며 변변한 재물도 쌓지 못했고 은거 생활 또한 궁핍하기만 함을 말하고 있다. 이어 공업 수립의 노력이 헛되이 되고 공업의 기약조차 할 수 없는 자신의 현실을 탄식하고, 두보가 곤궁한 은거 생활과 모진 고초를 겪고서도 겨우 좌습유의 관직을 얻은 것에 연민을 나타내고 있다.

서쪽 창

서쪽 창이 유독 석양을 받아 밝더니

나의 정을 위안해 줄 좋은 일 올 수 있었네.

그림을 보는 객은 한구 먹던 손이 없고

글씨를 논하는 스님은 절채의 평이 있네.

생강은 산의 차와 어울리니 붙잡아 한가로이 마시고

메주를 호수의 순채에 넣어 즐거워하며 함께 끓이네.

붉은 대문의 술과 고기는 나의 일이 아니고

여러 군자는 잠시 머물러 소나무 소리를 듣네.

西窗

西窗偏受夕陽明, 好事能來慰此情.**1**

看畫客無寒具手,**2** 論書僧有折釵評.**3**

薑宜山茗留閑啜,**4** 豉下湖蓴喜共烹.**5**

酒臠朱門非我事,**6** 諸君小住聽松聲.

【해제】

70세 때인 소희紹熙 5년1194 여름 산음山陰에서 쓴 것으로, 객들과 어울려 한가로이 차와 음식을 즐기는 기쁨을 나타내고 있다.

1 此情(차정) : 이러한 정. 자신의 정을 가리킨다.

2 寒具(한구) : 음식 이름. 기름에 튀긴 밀가루 음식의 한 종류이다. 이 구는 동진(東晉)이 환현(桓玄)이 그림을 소중히 여겨 객이 오면 그림을 보여주었는데, 객 중에 부주의한 사람이 한구를 먹던 손으로 그림을 잡아 크게 더럽혔던 일을 가리킨다.

3 折釵(절채) : 서법(書法)에서의 비평용어. 구부러지고 꺾인 필획에 대해 마치 휘어진 비녀의 다리를 부러뜨리는 것처럼 곧고 부드럽게 쓰기를 요구하는 것을 가리킨다.

4 閑啜(한철) : 한가로이 마시다. 담소하며 차를 마시는 것을 말한다.

5 豉(시) : 메주.

6 朱門(주문) : 붉은 대문. 부귀한 집을 가리킨다.

【해설】

이 시에서는 저물녘에 객들이 찾아와 함께 즐길 수 있게 된 기쁨을 나타내고, 그림을 보고 글씨를 품평하는 객들이 모두 교양과 학식이 있는 사람들임을 말하고 있다. 이어 이들과 어울려 차와 음식을 함께 하는 즐거움을 말하고, 부귀영화에 초연한 자신처럼 객들의 품성 또한 맑고 고상함을 칭송하고 있다.

논갈이가 끝나고 우연히 쓰다

동쪽 언덕의 한 무 밭에 새로 물을 대니

관아의 검은 소는 거치나마 봄 농사하기에 충분하네.

파교의 눈보라 속에서 시 읊는 것은 비록 힘들어도

두곡의 뽕나무와 삼나무에서의 흥은 본디 짙기만 하다네.

늙어 금곡의 벗들은 끊어지고

살며 오직 주천에 봉해지기를 바라네.

들 밥이 너무 소략하다 비웃지 마시게

뾰족한 새싹과 가는 순채 또한 장차 나올 것이네.

耕罷偶書

新漑東皋畝一鍾,¹ 烏犍粗足事春農.²

灞橋風雪吟雖苦,³ 杜曲桑麻興本濃.⁴

老大斷非金谷友,⁵ 生存惟冀酒泉封.⁶

莫嘲野餉蕭條甚,⁷ 箭茁蓴絲亦且供.⁸

【해제】

74세 때인 경원慶元 4년1198 겨울 산음山陰에서 쓴 것으로, 전원에서 농사지으며 살아가는 즐거움과 만족감을 나타내고 있다.

『검남시고』에서는 제1구의 '조粗'가 '추麤'로, 마지막 구의 '차且'가

'조粗'로 되어 있다.

【주석】

1 畝一鍾(무일종) : 한 종(種)의 곡식이 나는 한 무(畝)의 밭. '종(種)'은 6휘[斛]

   4말[斗]이다.

2 烏犍(오건) : 관에 소속된 검은 소.

3 灞橋(파교) : 장안 동쪽의 다리. 이 구는 눈보라 치는 파교(灞橋)에서 나귀를

   타며 시흥을 느꼈던 당대(唐代) 정계(鄭綮)의 고사를 차용한 것이다. 앞의

   「적은 눈(小雪)」 주석 3 참조.

4 杜曲(두곡) : 지명. 장안(長安) 동남쪽에 있으며, 일찍이 두보가 은거했던 곳

   이다. 이 구는 두보가 「곡강삼장(曲江三章)」 시에서 "두곡에 다행히 뽕나무

   와 삼나무밭이 있네(杜曲幸有桑麻田)"라 하며 은거하고 싶은 마음을 나타내

   었던 뜻을 차용하여 농사짓는 즐거움을 나타낸 것이다.

5 金谷(금곡) : 금곡원(金谷園). 서진(西晉) 석숭(石崇)의 별장으로, 지금의 하

   남성 낙양시(洛陽市) 금곡간(金谷澗)에 있었다.

6 酒泉(주천) : 샘물 이름. 지금의 감숙성 주천현(酒泉縣)에 있는 샘으로, 물맛

   이 술맛과 같아 이와 같이 불렀다.

7 野餉(야향) : 들에서 먹는 밥.

8 箭苗(전줄) : 풀의 새싹. 화살 같이 길고 뾰족하다 하여 이와 같이 불렀다.

【해설】

　이 시에서는 동쪽 언덕에 있는 논에 물을 대고 관의 소를 빌려다가 논갈이하고 있음을 말하고, 고심하며 시 쓰는 것보다 농사짓는 즐거움이 더욱 커다람을 말하고 있다. 이어 젊어서 함께 유람하고 노닐었던 친구들은 모두 사라지고 높은 관직보다는 술 마시는 삶을 더 추구하는 자신을 나타내고, 나물 찬에 먹는 소박한 들 밥에도 만족해하고 있다.

작은 집

호숫가 작은 집에서 세속의 시끄러움을 피하니

이곳에서 여러 해를 먹고 마시며 지냈네.

비록 자오곡의 은자는 아니지만

어찌 정묘교의 시인에 부끄러워하리?

참새 늘어선 문과 뜰엔 세속의 수레가 없고

구름 에워싼 산 비탈길엔 돌아가는 나무꾼이 있네.

시의 정과 술의 흥은 늘 이어지니

적막하다고 말하는 주위 사람들을 비웃을 수 있네.

小築

小築湖邊避俗囂, 幾年于此寓簞瓢.**1**

雖無隱士子午谷,**2** 寧媿詩人丁卯橋.**3**

羅雀門庭無俗駕,**4** 緣雲磴路有歸樵.

詩情酒興常相屬, 堪笑傍人說寂寥.**5**

【해제】

68세 때인 소희紹熙 3년1192 가을 산음山陰에서 쓴 것으로, 호숫가의
작은 집에서 은거하는 즐거움을 나타내고 있다.

『검남시고』에서는 제3구의 '무無'가 '비非'로 되어 있다.

1 簞瓢(단표) : 밥을 담은 대통과 마실 것을 담은 표주박. 먹고 마시는 것을 가리
킨다.

2 子午谷(자오곡) : 골짜기 이름. 장안 남쪽에 있다. 이 구는 두보(杜甫)의 「현
도단의 노래로 원씨 은자에게 부쳐(玄都壇歌寄元逸人)」 시에서 "친구는 지
금 자오곡에 살면서, 홀로 그늘진 절벽 곁에 초가집 지었네(故人今居子午谷,
獨並陰崖結茅屋)"라 한 뜻을 차용한 것이다.

3 丁卯橋(정묘교) : 다리 이름. 지금의 강소성 단도현(丹徒縣) 남쪽에 있다. 일
찍이 당(唐) 허혼(許渾)이 이곳에 살아, 자신의 시집을 『정묘집(丁卯集)』이
라 하였다.

4 俗駕(속가) : 세속의 수레. 바깥에서 찾아와 드나드는 사람들을 가리킨다.

5 寂寥(적료) : 적막하고 쓸쓸하다.

【해설】

이 시에서는 호숫가 작은 집에서 세속과 떨어져 여러 해를 살아왔음
을 말하고, 비록 스스로를 은자라 칭할 수는 없지만 그나마 시인으로
서 살아온 것에 자부심을 나타내고 있다. 이어 사람들의 왕래가 드문
외진 곳에 있는 자신의 거처를 나타내고, 시 쓰고 술 마시며 즐기느라
외로움을 느끼지 못함을 말하고 있다.

이웃집을 지나며 놀이 삼아 쓰다

오래전에 관모 벗어 이마 드러내어 두건 쓰고

때때로 흥을 타 이웃에 들르네.

단지에 쌓아 둔 곡식은 없어도 내 오히려 즐겁고

다님에 새 배가 있으니 그대 어찌 가난하리?

술 빚는 독에 향기 떠올라 술은 익고

난간 두른 약초밭에 흙은 비옥하여 영지는 새로 나네.

서로 좇으며 즐거움 찾는 것을 참으로 힘써야 하니

헛된 인생 한 해의 봄이 또다시 지나가네.

過隣家戱作

久脫朝冠岸幅巾,**1** 時時乘輿過比鄰.

餠無儲粟吾猶樂, 步有新船子豈貧.

醅甕香浮花露熟,**2** 藥欄土潤玉芝新.**3**

相從覓笑眞當勉, 又過浮生一歲春.

【해제】

72세 때인 경원慶元 2년1196 봄 산음山陰에서 쓴 것으로, 이웃을 방문
하여 함께 어울리는 즐거움을 나타내고 있다.

『검남시고』에서는 제1구의 '구久'가 '로老'로 되어 있으며, 제6구 다

음에 "영지는 '귀부'라고 하는데, 산촌에 많이 있다^{玉芝謂鬼臼, 山家多有之}"라는 자주^{自注}가 있다.

【주석】

1 岸幅巾(안폭건) : 이마가 드러나게 두건을 올려 쓰다. 구속됨이 없는 자유로운 모습을 의미한다.

2 花露(화로) : 술의 별명.

3 藥欄(약난) : 난간을 두른 약초밭.

【해설】

이 시에서는 관직에서 벗어나 여유롭고 한가로운 마음으로 이웃과 함께하며, 비록 서로 빈한한 삶이지만 주어진 현실에 만족하며 즐기고 있는 모습을 나타내고 있다.

이웃에게 쓰는 편지

올해 어찌 지내는지 그대에게 알려주니

비록 병은 자주 이어져도 노쇠함을 괴로워하지는 않는다네.

차가운 서재에 홀로 앉아있으니 혼자 상소하는 것 같고

조금 나오는 박봉은 외직 관원과 같으며,

한가로이 거룻배 저어 고기 잡는 도롱이는 축축하고

어지러이 산 꽃 꽂아 취한 모자는 기운다네.

흥이 나면 온종일 다니며 노래하니

사람 만나도 내가 누구인지 어찌 알리?

簡鄰里

今年意味報君知,**1** 屬疾雖頻未苦衰.

獨坐冷齋如自訟,**2** 小鐫殘俸類分司.**3**

閑撐野艇漁蓑濕, 亂挿山花醉帽欹.

有興行歌便終日, 逢人那識我爲誰.

【해제】

75세 때인 경원慶元 5년1199 봄 산음山陰에서 쓴 것으로, 이웃에게 편지를 써 자유롭고 한가로이 지내는 자신의 근황을 알리고 있다.

『검남시고』에서는 제3구의 '냉冷'이 '공空'로 되어 있으며, 제3구와

제4구 다음에 각각 "삼사법이 시행될 때 상소하여 일에 대해 말하는 자는 모두 한 방에다 두고 혼자 상소하라고 하였다三舍法行時, 嘗上書言事者, 屏置一齋, 曰自訟", "백거이의 시에서 '오히려 처자식을 점차 궁핍하게 하니, 치사를 구하거나 외직 관원이 되어서는 안 된다네'라 하였다.樂天詩, 猶被妻孥教漸退, 莫求致仕且分司"라는 자주自注가 있다.

【주석】

1　意味(의미) : 흥미, 취미. 여기서는 근황을 가리킨다.

2　自訟(자송) : 혼자 상소하다. 신종(神宗) 때 태학(太學)의 유생을 세 등급으로 나누고 등급에 따라 거처를 달리하여 서로 경쟁하도록 한 삼사법(三舍法)을 제정하였는데, 이에 반대하는 유생들을 따로 한곳에 모아둔 것을 말한다.

3　分司(분사) : 조정의 관원으로서 부도(副都)인 낙양(洛陽)에서 근무하는 사람. 송대 초에는 치사(致仕)한 관원에게 본봉의 절반을 지급하였는데, 인종(仁宗) 경우(景祐) 3년(1036)부터 일정한 직위 이상의 고위 관원의 경우 분사관(分司官)의 예에 따라 지급하도록 하여 봉급을 삭감하였다.

【해설】

　이 시에서는 비록 잦은 병치레로 고생하고는 있지만 크게 힘들지는 않음을 말하고 있다. 이어 서재에서 독서하며 적은 봉급으로 근근이 살아가고 산과 물로 다니며 낚시와 꽃을 즐기고 있는 자신의 일상을

나타내고, 흥에 따라 온종일 노래하고 다니는 자신을 다른 사람들은
누구인지 알아보지 못함을 말하고 있다.

놀이 삼아 한적함을 노래하다

세상사 겪으며 마음으로는 아는데 모두 능하지 않고

문 닫고 나가기 싫어하는데 병은 거듭되네.

대통 밥과 표주박 음료는 맛이 좋아 세 발 솥에 삶은 듯하고

이웃 마을의 사람들은 순박하여 끈 매듭 하던 때와 같네.

담장 밖 살구는 까마귀에 반 알 남았고

개울가 등나무는 참새에 가지 하나 하늘거리네.

관직을 향한 흥을 깨끗이 쓸어 버리고

감히 시의 정을 써서 무릉을 바라보네.

戲詠閑適

涉世心知百不能,[1] 閉門嬾出病相仍.

簞瓢味美如烹鼎,[2] 鄰曲人淳佀結繩.[3]

半顆鴉殘牆外杏, 一枝鵲裊澗邊藤.

蕭然掃盡彈冠興,[4] 敢爲詩情望武陵.[5]

【해제】

68세 때인 소희紹熙 3년1192 봄 산음山陰에서 쓴 것으로, 세상사에서 벗어나 한가로이 전원에 은거하는 기쁨을 나타내고 있다.

『검남시고』에서는 제4구의 '사佀'가 '근近'으로 되어 있다. 총3수 중

제3수이다.

1 涉世(섭세) : 세상사를 겪다.

2 簞瓢(단표) : 대통에 담은 밥과 표주박에 담은 마실 거리. 은거하며 먹고 마시
는 것을 가리킨다.

   鼎(정) : 하늘에 제사 지내는 세발솥. 여기서는 귀하고 값비싼 음식을 가리킨다.

3 侣(사) : 같다, 닮다.

   結繩(결승) : 끈으로 된 매듭. 문자가 만들어지기 이전에 끈의 매듭을 묶어 의
미를 나타낸 것으로, 여기서는 오래전 옛날을 가리킨다.

4 蕭然(소연) : 텅 비어 적막한 모양.

   彈冠(탄관) : 관을 털다. 관직에 나아가는 것을 비유한다.

5 武陵(무릉) : 도화원(桃花源). 도잠(陶潛)의 「도화원기(桃花源記)」에 등장
하는 마을이다. 「도화원기」에 따르면, 진(晉)나라 태원(太元) 연간(376~396)에
무릉(武陵)의 한 어부가 시내를 따라가다 갑자기 복숭아나무 숲을 만나게 되
었는데 물의 근원이 있는 곳에 산이 하나 있었다. 산에 작은 동굴 같은 구멍이
있어 들어가 보니 평화로운 마을이 있었다. 마을 사람들은 어부를 환대하며
진(秦)나라 때 난리를 피해 이곳으로 왔다가 영영 세상 사람들과 떨어져 지내
게 되었다고 말하고, 다른 이들에게 알리지 말 것을 당부했다. 그러나 어부는
그곳을 나오면서 곳곳에 표시를 해두고 태수(太守)를 찾아가 아뢰니 태수가
사람을 보내 그를 따라가게 하였으나 결국 길을 찾지 못했다.

【해설】

이 시에서는 세상사를 두루 겪으며 이에 적응하지 못하고 전원으로 돌아와 은거하고 있는 자신을 말하고, 소박한 전원에서의 삶과 순박한 이웃들에 대한 만족감을 나타내고 있다. 이어 고요하고 한가로운 봄날의 경관을 묘사하며 자신의 마음속에 더는 관직에 나아가고자 하는 뜻이 남아 있지 않음을 말하고 있다.

한가한 중에 자못 스스로 즐거워 놀이 삼아 써서 객에게 보이다

머리칼은 아직 반이 검고 얼굴은 항상 붉으니

늙어서도 건장해 방탕한 늙은이 같지 않네.

여덟 가지 들의 진미를 삶아 이웃 노인을 초청하고

궁사화 향을 태워 아이들과 짝하며,

비단 잘라 꽃을 꽂을 모자를 새로 만들고

대나무 얻어다 학을 기를 조롱을 넓게 짜네.

소부와 허유, 기와 용은 누구인지?

그대에게 청하니 바쁘다 하지 말고 말 좀 해주시길.

閑中頗自適戲書示客

髮猶半黑臉常紅, 老健應無似放翁.

烹野八珍邀父老,**1** 燒窮四和伴兒童.**2**

剪紗新製簪花帽, 乞竹寬編養鶴籠.

巢許夔龍竟誰是,**3** 請君下語勿忽忽.**4**

【해제】

68세 때인 소희紹熙 3년1192 봄 산음山陰에서 쓴 것으로, 전원에서 이웃들과 더불어 지내는 한가로운 일상을 나타내고 있다.

『검남시고』에서는 제4구 다음에 "여덟 가지 들의 진미는 왕안중王安

中의 시에서 보이며, 세상에는 또한 궁사화라고 하는 향법이 있다野八珍
見王履道詩,世又有窮四和香法"라는 자주自注가 있다. 왕안중은 북송北宋의 시인
이자 사인詞人으로, 자가 '이도履道'이다.

【주석】

1 野八珍(야팔진) : 들에서 나는 여덟 가지 맛 좋은 음식. 구체적인 것은 일치하
   지 않는다.

2 窮四和(궁사화) : 향의 종류. 네 종류의 서로 다른 재료를 배합하여 태우는 향
   을 가리킨다.

3 巢許(소허) : 소부(巢父)와 허유(許由). 요(堯) 임금 때의 은자로, 요 임금이
   두 사람에게 왕위를 선양하려 하였으나 모두 받지 않았다.
   夔龍(기룡) : 기(夔)와 용(龍). 순(舜) 임금의 두 신하로, 기(夔)는 악관(樂官)
   이고 용(龍)은 간관(諫官)이었다.

4 忽忽(총총) : 바쁜 모양.

【해설】

이 시에서는 머리는 아직 반이 검고 늘 취해 있어 얼굴은 항상 붉으
니, 늙어서도 건장하여 방옹이라는 자신의 이름과 어울리지 않음을 말
하고 있다. 이어 봄을 맞아 산해진미로 이웃 노인과 함께 즐기고 궁사
화 향을 태우며 아이들과 어울려 노는 모습과 비단을 잘라 꽃을 꽂을
모자를 만들고 대나무를 가져다 학을 키울 조롱을 만드는 모습을 통해

마을 사람 누구와도 격의 없이 어울리며 즐겁게 보내고 있는 일상을 나타내고 있다. 마지막에는 자신이 바로 소부나 허유와 같은 은자이자 기나 용같이 성군을 모시며 태평성세를 살아가는 사람임을 말하고 있다.

은거하며 일을 쓰다 4수

일찍이 난정에 모여 취해 비녀를 떨어뜨렸는데
후세의 몸도 옛날처럼 산음에 살고 있네.
거문고는 여러 세대에 전해져 칠한 무늬가 끊어지고
학은 여러 해를 길러 붉은 머리가 진해졌네.
개울가에서 벼루를 씻어 먹물 흔적은 없고
달 아래에서 퉁소 부니 남은 소리가 있네.
작은 시로 놀이 삼아 은거하는 일을 적으니
훗날 고상한 이 있어 이 마음 알아주기를.

문 닫고 매일 것 없이 기이하게 지내도 무방하니
다시 「은거」 두 번째 시를 쓰네.
단약이 세 발 솥에서 만들어지니 호랑이에게 지키게 하고
정묘한 생각은 책상에 모여 있어 거북을 써서 지탱하네.
호리병 속에 다른 세상이 있음을 스스로 기뻐하고
바둑판 위에서 세월이 더딤을 본디 안다네.
다시 아이들에게 가 한가로이 풀싸움하니
인간 세상 어느 곳인들 아이들 노는 것이 아니리?

낙엽은 도랑에 평평하고 해는 행랑에 가득한데
다시 「은거」 세 번째 시를 쓰네.

마음에 저촉되는 속된 일이 없음을 기뻐하고

술 취하는 마을에 살며 생을 마치지 못함을 한스러워하네.

나무에 오르고 배 저으며 비록 늙어 건장하지만

샘물 트고 대나무 옮기느라 또한 바쁘기만 하네.

산사 승려가 가려 했다 돌아와 머물러 이야기하니

다시금 서쪽 서재 가득히 향을 피우네.

작은 배로 동으로 돌아와 은거하게 된 것을 기뻐하고

자주 보잘것없는 붓 들어 「은거」 시를 쓰네.

잣을 약간 익혀 한가로이 앉은 자리에 두고

송진을 밝게 불 밝혀 도가 서적을 읽네.

푸른 발톱의 여린 싹으로 차를 끓이고

붉은 뿌리의 작은 한 줌으로 채소를 삶네.

근년에 간교한 마음이 다 없어졌다 자부하건만

나는 갈매기가 절로 소원하게 구는 것이 참으로 이상하네.

幽居述事四首

曾會蘭亭醉墮簪,[1] 後身依舊住山陰.

琴傳數世漆文斷, 鶴養多年丹頂深.

滌硯灘頭無漬墨, 吹簫月下有遺音.

小詩戲述幽居事, 後有高人識此心.

頹然掩戶不妨奇,² 又賦幽居第二詩.
大藥鼎成令虎守, 精思床穩用龜搘.³
壺中自喜乾坤別,⁴ 局上元知日月遲.⁵
更就羣童閑鬪草,⁶ 人間何處不兒嬉.

落葉平溝日滿廊, 幽居又賦第三章.
喜無俗事干靈府,⁷ 恨不終年住醉鄉.
上樹榜船雖老健,⁸ 疏泉移竹亦窮忙.
山僧欲去還留話, 更盡西齋一炷香.

舴艋東歸喜遂初,⁹ 頻拈枯筆賦幽居.¹⁰
細燒柏子供淸坐,¹¹ 明點松肪讀道書.
蒼爪嫩芽開露茗,¹² 紅根小把淪煙蔬.¹³
年來自許機心盡,¹⁴ 頗怪飛鷗自作疎.¹⁵

【해제】

79세 때인 가태嘉泰 3년1203 겨울 산음山陰에서 쓴 것으로, 은거 생활
의 감회와 일상을 나타내고 있다.

『검남시고』에는 제목에서 '사수四首'가 누락되어 있다.

1 　蘭亭(난정) : 난저(蘭渚)의 정자. 지금의 절강성 소흥시(紹興市) 서쪽에 있
　　다. 여기서는 동진(東晉) 때 왕희지(王羲之)가 손작(孫綽), 사안(謝安) 등 당
　　시의 명사 41인과 더불어 이른바 '유상곡수(流觴曲水)'의 연회를 즐기며 「난
　　정집서(蘭亭集序)」를 쓴 일을 가리킨다.

2 　頹然(퇴연) : 매이지 않고 자유로운 모양.

3 　用龜搘(용구지) : 거북을 써서 지탱하다. 『사기(史記)·구책열전저소손론
　　(龜策列傳褚少孫論)』에서 "남방의 노인이 거북을 써서 책상다리를 지탱하
　　였는데, 이십여 년이 지나 노인이 죽어 책상을 옮기니 거북이 아직도 살아 죽
　　지 않았다(南方老人用龜支床足, 得二十餘歲, 老人死, 移床, 龜尚生不死)"
　　라 한 뜻을 차용하였다.

4 　壺中(호중) : 호리병 안. 여기서는 후한(後漢) 비장방(費長房)의 일을 인용하
　　였다. 갈홍(葛洪)의 『신선선(神仙傳)』에 따르면, 어느 시장에 약 파는 노인이
　　있어 장사가 끝나면 가게에 매달아 놓은 호리병 안으로 들어갔다. 시장을 관
　　리하던 비장방이 이를 보고 노인에게 예를 갖추어 대하자 노인이 그를 데리고
　　함께 호리병 안으로 들어갔는데, 그 안에는 신선 세계가 있었다고 한다.

5 　日月遲(일월지) : 세월이 더디다. 시간 가는 줄 모르는 것을 말한다.

6 　鬪草(투초) : 풀싸움. '투백초(鬪百草)'라고도 한다. 꽃과 화초를 누가 더 많은
　　캐는지로 승부를 결정하였다.

7 　干(간) : 저촉되다, 충돌하다.
　　靈府(영부) : 사람의 정신이 머무는 곳. 마음을 가리킨다.

8 榜船(방선) : 배를 젓다.

9 遂初(수초) : 처음의 바람을 이루다. 관직을 그만두고 은거하는 것을 가리킨다.

10 枯筆(고필) : 털이 빠져 쓸 수 없는 붓. 자신의 부족한 필력을 겸양하여 나타낸 말이다.

11 淸坐(청좌) : 청아한 자리. 한가로이 앉아있는 자리를 가리킨다.

12 蒼爪(창조) : 푸른 발톱. 매의 발톱처럼 곧고 뾰족하게 자란 차 싹을 가리킨다.

　　露茗(노명) : 차의 미칭(美稱).

13 瀹(약) : 데치다, 삶다.

　　煙蔬(연소) : 채소의 미칭(美稱).

14 機心(기심) : 간교하게 이익을 추구하는 마음.

15 飛鷗(비구) : 나는 갈매기. 이 구는 갈매기가 세속에 대한 욕심이 없어진 자신을 믿지 못하는 것을 의미한다. 『열자(列子)·황제(黃帝)』에 "바닷가에 사는 사람 중에 갈매기를 좋아하는 사람이 있어 매일 아침 바닷가로 가서 갈매기와 어울려 놀았는데, 갈매기가 이르는 것이 백 마리에 그치지 않았다. 그 아버지가 말하기를 '내가 듣기에 갈매기들이 모두 너와 어울려 논다고 하던데 내가 데리고 놀게 네가 잡아 와 보렴'이라 하였다. 다음 날 바닷가로 가니 갈매기들이 춤만 출 뿐 내려오지 않았다(海上之人有好漚鳥者, 每旦之海上從漚鳥遊, 漚鳥之至者, 百住而不止. 其父曰, 吾聞漚鳥皆從汝遊, 汝取來吾玩之. 明日之海上, 漚鳥舞而不下也)"라 하였다.

【해설】

제1수에서는 전생의 자신이 옛날 왕희지가 난정에서 열었던 연회에 참석했었으며 후생의 자신 또한 여전히 난정이 있는 산음에 살고 있음을 말하고, 오랜 세월 동안 전해지고 길러진 거문고와 학을 통해 과거와 현재의 시간을 연결하고 있다. 이어 글씨 쓰고 퉁소 불며 지내는 은거 생활의 일상을 나타내고, 은거의 일을 시로 써서 훗날 자신의 심정을 알아주는 이가 있기를 바라고 있다.

제2수에서는 문 닫고 자유로이 지내며 두 번째 시를 쓰고 있음을 말하고, 단약을 만들고 시상을 구상하는 일상을 나타내고 있다. 이어 현실의 시공간에서 벗어난 또 다른 세상이 존재함을 말하고, 현실의 삶을 아이들의 놀이로 여기며 초월과 달관의 심정을 나타내고 있다.

제3수에서는 낙엽이 도랑에 가득한 겨울 한낮에 세 번째 시를 쓰고 있음을 말하고, 마음에 없는 일을 하지 않아도 되는 기쁨과 평생 술에 취해 살다 여생을 마치지 못하는 아쉬움을 나타내고 있다. 이어 산과 강을 유람하고 텃밭을 일구느라 바쁜 일상과 산사의 승려와 함께 담소하며 지내는 여유로운 일상을 대비하여 나타내고 있다.

제4수에서는 관직 생활을 마치고 고향으로 돌아와 자신의 부족한 필력으로 또다시 은거시를 쓰고 있음을 말하고, 잣을 먹으며 수양하고 송진으로 불 밝혀 도가 서적을 읽으며 신선의 세계를 추구하고 있다. 이어 차를 마시고 채소를 먹는 일상을 나타내고, 마음속에 있던 온갖 속된 생각들이 이제는 다 사라졌음에도 갈매기는 자신과 기꺼이 친하게 지내려 하지 않음을 안타까워하고 있다.

두숙고 수재가 눈비 속에서 찾아와 하룻밤 머물렀다가 헤어지니 이 시를 낭송하여 그를 전송하다

오래된 나그네라 가는 길의 어려움을 아니

관산은 끝이 없고 물은 아득하였네.

바람이 쓰러뜨릴 듯이 부는 외로운 성은 멀고

눈이 키질하듯 떨어지는 들의 절은 차가운데,

저녁에 옷자루 들고 흙집에 투숙했다가

새벽에 마을 술 사서 나귀 안장을 거네.

문장은 한 글자도 알아주는 이가 없으니

가슴속 생각만 헛되이 만 겹으로 얽히네.

杜叔高秀才雨雪中相過, 留一宿而別, 口誦此詩送之¹

久客方知行路難,² 關山無際水漫漫.³

風吹欲倒孤城遠, 雪落如簁野寺寒.⁴

暮挈衣囊投土室,⁵ 晨沽村酒挂驢鞍.

文章一字無人識, 胸次徒勞萬卷蟠.⁶

【해제】

78세 때인 가태嘉泰 2년1202 봄 산음山陰에서 쓴 것으로, 집으로 찾아온 친구와의 이별의 아쉬움을 나타내고 있다.

1 杜叔高(두숙고) : 두유(杜斿). 남송 무주(婺州) 난계(蘭溪, 지금의 절강성 금

화시(金華市)) 사람으로, 자가 숙고(叔高)이다. 시문에 뛰어나 형인 백고(伯

高) 두여(杜旟), 중고(仲固) 두류(杜旒) 등과 더불어 이른바 남송의 '두씨오고

(杜氏五高)'로 불렸다.

秀才(수재) : 과거에 응시하는 사람의 범칭.

2 久客(구객) : 집을 떠난 지 오래된 나그네. 여기서는 옛날 촉 지역에 종군했던

자신을 가리킨다.

3 關山(관산) : 변방 관새(關塞)의 산.

漫漫(만만) : 넓고 멀어 끝이 없는 모양.

4 篩(사) : 키질하다. 눈이 먼지처럼 날리는 것을 비유한다.

5 挈(설) : 손에 들다, 휴대하다.

土室(토실) : 흙으로 만든 집. 좁고 누추한 집을 의미하여, 여기서는 시인이 살

고 있는 집을 가리킨다.

6 卷蟠(권반) : 감기고 얽히다.

【해설】

이 시에서는 먼저 옛날 자신이 촉 지역에 종군하며 지나왔던 험난했

던 여정을 떠올리며 두숙고가 떠나갈 험한 길을 생각하고 있다. 이어

거센 바람이 불고 자욱한 눈이 날리는 저녁에 두숙고가 찾아와 하룻밤

을 머물고 새벽에 떠나게 되었음을 말하고, 이별의 아쉬움을 담은 문

장을 알아주는 이가 없음을 안타까워하며 번민으로 가득한 자신의 심
정을 나타내고 있다.

상고산의 주관으로 부임했다가 도성으로 돌아가는 진회숙을 전송하며

뛰어난 재주를 처음 시험해 숫돌의 칼을 꺼냈으니

필마로 가을바람에 상고산에 이르렀네.

땅은 가까워 비록 삼보의 중요 지역과 같건만

시절이 평안하여 오릉의 호걸은 없네.

구름 낀 높은 산길을 평온하게 거닐었음을 잘 아니

그 현에서의 노고를 조금이나마 알겠네.

승상께 돌아가 처음 잔치를 벌일 때

자리 깔개에 토하면 다시 형조를 거스르게 할 것이네.

送陳懷叔赴上皐酒官, 却還都下[1]

奇才初試發硎刀,[2] 疋馬秋風到上皐.

地近雖同三輔重,[3] 時平無復五陵豪.[4]

極知穩步煙霄路,[5] 却要微知那縣勞.

歸去平津首開燕,[6] 吐茵應復忤西曹.[7]

【해제】

79세 때인 가태嘉泰 3년1203 가을 산음山陰에서 쓴 것으로, 지방관으로 부임했다가 도성으로 돌아가는 진회숙을 전송하며 권계의 뜻을 나타내고 있다.

『검남시고』에서는 제7구의 '수개首開'가 '개수開首'로 되어 있다.

【주석】

1 陳懷叔(진회숙) : 누구인지 알 수 없다.

上皐(상고) : 산 이름. 지금의 절강성 소홍시(紹興市) 동남쪽에 있으며, 보산(寶山)이라고도 한다.

酒官(주관) : 술을 제조와 관련 법령을 관장하는 관원.

2 硎刀(형도) : 숫돌의 칼. 날카로운 칼을 가리킨다.

3 三輔(삼보) : 장안성(長安城)을 함께 다스렸던 세 직책인 경조윤(京兆尹), 좌풍익(左馮翊), 우부풍(右扶風)을 의미하며, 도성 부근 지역을 가리킨다.

4 五陵(오릉) : 한나라 황제 다섯 명의 무덤. 고제(高帝) 유방(劉邦)의 '장릉(長陵)', 혜제(惠帝) 유영(劉盈)의 '안릉(安陵)', 경제(景帝) 유계(劉啓)의 '양릉(陽陵)', 무제(武帝) 유철(劉徹)의 '무릉(茂陵)', 소제(昭帝) 유불릉(劉弗陵)의 '평릉(平陵)'을 가리키며 장안성(長安城) 북쪽에 있다.

5 煙霄路(연소로) : 하늘 높이 구름이 자욱한 길. 상고산의 산길을 가리킨다.

6 平津(평진) : 옛 지명. 여기서는 승상(丞相)을 가리킨다. 서한(西漢)의 승상(丞相) 공선홍(公孫弘)이 평진후(平津侯)에 봉해졌던 것에서 유래하였다.

7 吐茵(토인) : 수레의 자리 깔개에 토하다. 서한(西漢)의 승상 병길(丙吉)의 마부가 술에 취해 토하여 수레의 자리 깔개를 더럽힌 일을 차용한 것으로, 여기서는 진회숙이 술을 관리하는 관리였기 때문에 이와 같은 비유를 들어 경계를 나타낸 것이다.

西曹(서조) : 형부(刑部)의 별칭.

【해설】

이 시에서는 진회숙이 처음으로 관직에 나와 상고산의 주관酒官으로
부임했음을 말하고, 태평 시절에 도성과 가까운 중요한 지역에서 근무
하였음을 나타내고 있다. 이어 성실히 관직을 수행한 그의 노고를 치
하하고, 도성으로 돌아가 자칫 실수하여 형조의 탄핵을 받지 않도록
행동에 유의할 것을 권계하고 있다.

임이중 태감을 전송하며

옛날 강회 지역에서 군대를 철수하지 않았을 때

단양에서 우연히 만나 늙은 영웅을 알게 되었으니,

문 두드려 여러 공과 함께 어울린 후

신발 거꾸로 신고 웃으며 맞이해주심을 받았었네.

뜻이 어리석고 무지함에도 감히 나중에 죽게 되니

서로 좇으며 함께했던 것은 마치 평생의 일과 같네.

짧은 시로 이별을 말하려니 애초에 무슨 말을 할 수 있으리?

한 단의 맑은 시름이 노 젓는 소리에 짝하네.

送任夷仲大監[1]

往者江淮未徹兵,[2] 丹陽邂逅識耆英.[3]

叩門偶綴諸公後,[4] 倒屣曾蒙一笑迎.[5]

敢意癡頑成後死,[6] 相從髣髴若平生.[7]

小詩話別初何有, 一段淸愁伴艫聲.

【해제】

78세 때인 가태^{嘉泰} 2년¹²⁰² 겨울 임안^{臨安}에서 쓴 것으로, 임이중을 전송하며 그의 아버지와 자신과의 인연을 말하고 있다.

『검남시고』에서는 제목과 시 본문 다음과 각각 "임원수의 아들이다

元受之子", "내가 옛날 경구에 있을 때 진응구, 풍환중, 사원장, 장흠부 등과 함께 전 제형인 임원수를 따라 노닐었는데, 지금 39년이 되었다游昔在京口, 與陳應求, 馮圜仲, 査元章, 張欽夫諸人, 從先提刑遊, 今三十九年矣"라는 자주自注가 있다.

【주석】

1 任夷仲(임이중) : 육유의 지인인 태상시주부(太常寺主簿)를 지낸 임원수(任元受)의 아들로, 자세한 사적은 알려져 있지 않다.

2 江淮(강회) : 장강(長江)과 회수(淮水) 사이 지역. 이 구는 육유가 진강통판(鎮江通判)으로 있던 때를 가리킨다.

3 丹陽(단양) : 고대 군(郡) 이름. 여기서는 단양에 속한 진강(鎮江)을 가리킨다.

   耆英(기영) : 늙은 영웅. 여기서는 임원수를 가리킨다.

4 叩門(고문) : 문을 두드리다. 서로 거처를 찾아간 것을 말한다.

   偶綴(우철) : 짝하여 연결하다. 함께 어울려 지낸 것을 말한다.

   諸公(제공) : 여러 공. 자주(自注)에서 말한 진응구 등을 가리킨다.

5 倒屣(도사) : 신을 거꾸로 신다. 황급히 맞이하러 나온 것을 의미한다.

6 癡頑(치완) : 어리석고 무지하다.

   後死(후사) : 나중에 죽다. 살아 있는 사람이 스스로 겸양하는 말이다.

7 髣髴(방불) : 흡사하다, 유사하다.

   平生(평생) : 평생의 일. 평생토록 기억에 남는 일을 의미한다.

【해설】

이 시에서는 39년 전 진강통판으로 있을 때 임이중의 부친인 임원수를 처음 알게 되었음을 말하고, 그가 노년임에도 영웅의 기상과 기개를 지니고 있었음을 칭송하고 있다. 이어 여러 사람과 함께 어울리며 그를 환대를 받았던 일을 회상하고, 당시의 기억이 지금까지 평생토록 남아 있음을 말하고 있다. 마지막에는 말로 표현할 수 없는 아쉬움과 가슴 가득한 시름을 말하며 임이중을 전송하는 뜻을 나타내고 있다.

분을 쓰다 2수

백발 희끗희끗한 채 못 가운데 누워

다만 천지에 의지하여 외로운 충성을 본받네.

궁벽하고 곤궁했던 소무는 양탄자를 먹은 지 오래였고

근심하고 울분했던 장순은 이를 씹어 남아 있지 않았네.

가랑비에 봄 풀 자라는 상림원

무너진 담에 밤 달 비치는 낙양궁,

굳센 마음 허락되지 않아 해와 더불어 늙어가건만

죽고 나면 오히려 귀신 중의 영웅은 될 수 있으리.

거울 속에 세월은 흘러 양 살쩍 머리는 쇠잔하건만

한 치 마음은 여전히 붉음을 자부하네.

쇠하고 늙어 몸에 끼는 전투복 입는 것은 그만두었지만

슬프고 분하여 차가운 보검은 여전히 다툰다네.

십 년을 멀리 수자리 나가 적박령에 임하고

만 리 밖에서 장대히 도모하며 고란에서 전투하였네.

관하는 예로부터 일이 그치지 않았거늘

지금 손 놓고 보고만 있게 될 줄 누가 알았으리?

書憤二首

白髮蕭蕭臥澤中,[1] 祇憑天地鑒孤忠.

阨窮蘇武餐氈久,² 憂憤張巡嚼齒空.³

細雨春蕪上林苑,⁴ 頹垣夜月洛陽宮.⁵

壯心未與年俱老, 死去猶能作鬼雄.⁶

鏡裏流年兩鬢殘, 寸心自許尚如丹.

衰遲罷試戎衣窄, 悲憤猶爭寶劍寒.

遠戍十年臨的博,⁷ 壯圖萬里戰皐蘭.⁸

關河自古無窮事,⁹ 誰料如今袖手看.¹⁰

【해제】

73세 때인 경원慶元 3년1197 봄 산음山陰에서 쓴 것으로, 늙어서도 변함없는 우국의 심정을 나타내고 있다.

【주석】

1 蕭蕭(소소) : 백발이 희끗희끗한 모양.

2 餐氈(찬전) : 양탄자를 먹다. 한(漢)의 소무(蘇武)가 흉노에 사신으로 갔다가 구금되어 눈과 양탄자를 씹어 먹으며 살아 버텼던 일을 가리킨다.

3 嚼齒(작치) : 이를 깨물다. 당(唐)의 장순(張巡)이 안사(安史)의 반군에 대항하여 전투할 때 이를 깨물며 혼신의 힘을 다해 이가 세 개밖에 남지 않았던 일을 가리킨다.

4 上林苑(상림원) : 한대(漢代) 황제의 정원으로, 장안(長安)의 서쪽에 있다.

5 洛陽宮(낙양궁) : 낙양의 궁궐. 앞의 상림원과 함께 금(金)에 함락된 지역을 가리킨다.

6 鬼雄(귀웅) : 귀신의 영웅. 죽어서도 변함없는 기개를 의미한다.

7 的博(적박) : 고개 이름. 성도 부근의 적박령(的博嶺)을 가리키며, '적박령(滴博嶺)'이라고도 한다.

8 皐蘭(고란) : 물 이름, 또는 산 이름. 농서(隴西)에 속했으며, 지금의 감숙성(甘肅省) 지역이다.

9 關河(관하) : 관새(關塞)와 황하(黃河). 서북 변방 지역을 가리킨다.

無窮事(무궁사) : 다하는 일이 없다. 전쟁이 끝없이 이어지는 것을 가리킨다.

10 袖手(수수) : 옷소매에 넣은 손. 아무 일도 하는 것을 의미한다.

【해설】

제1수에서는 늙어 전원에 머물며 옛날 충신들의 삶을 본받으려 하고 있음을 말하고, 고난과 역경 속에서도 충심을 잃지 않았던 소무와 장순의 일을 말하고 있다. 이어 금에 함락된 장안과 낙양을 떠올리고, 이루지 못한 북벌의 꿈을 탄식하며 죽어도 변치 않을 우국의 의지를 나타내고 있다.

제2수에서는 세월이 흘렀어도 우국의 충심은 변함이 없음을 자부하고, 지금은 비록 늙고 쇠하여 전투에 참여할 수는 없지만 여전히 손에서 칼을 놓지 않고 있음을 말하고 있다. 이어 지난 10여 년간 촉蜀 지역에서 종군했던 일을 회상하고, 금과의 대치 상황은 여전하건만 지금은 변방에서 물러 나와 아무 일도 하지 않고 있는 자신을 한스러워하고 있다.

아마도 나와 나이가 같은 동 도인에게 드리다

우리가 을사년에 태어나

현달과는 거리가 먼 것도 어깨를 나란히 함께하네.

물러난 선비는 평생 콩잎을 먹고

자유로운 사람은 만 리 강호의 하늘에 있네.

가난함을 견디며 변하지 않음을 내 자부하지만

술법을 지니고 스스로 살아가니 그대는 어찌 그러한지?

일 하나도 오히려 번거로이 헤아려 따져야만 하니

언제나 고깃배를 장만할 수 있으리?

贈童道人蓋與予同甲子[1]

吾儕之生乙巳年,[2] 達者寥寥同比肩.[3]

退士一生藜藿食,[4] 散人萬里江湖天.[5]

忍貧不變我自許, 挾術自營君豈然.

一事尙須煩布策,[6] 幾時能具釣魚船.[7]

【해제】

72세 때인 경원慶元 2년1196 여름 산음山陰에서 쓴 것으로, 같은 나이인 동 도인과 자신의 삶을 비교하고 있다.

『검남시고』에서는 제2구의 '동同'이 '궁窮'로 되어 있으며, 시 본문 다음에 "작은 배를 하나 사려 하였는데, 얻지를 못했다方謀買一小舟, 未得也"라는 자주自注가 있다.

【주석】

1. 童道人(동도인) : 도인 동씨(童氏). 누구인지 알 수 없다.

2. 乙巳年(을사년) : 북송(北宋) 휘종(徽宗) 선화(宣和) 7년(1125)으로, 육유가 태어난 해이다.

3. 寥寥(요요) : 멀고 광활한 모양.
   比肩(비견) : 어깨를 나란히 하다. 서로 같은 처지에 있는 것을 의미한다.

4. 退士(퇴사) : 물러나 은거하는 선비. 여기서는 자신을 가리킨다.
   藜藿(여곽) : 명아주와 콩잎. 보잘 것 없는 음식을 가리킨다.

5. 散人(산인) : 한가롭고 자유로운 사람. 여기서는 동 도인을 가리킨다.

6. 布策(포책) : 방책을 펼치다. 여러 가지를 헤아리고 따지는 것을 의미한다.

7. 釣魚船(조어선) : 물고기 낚는 배. 세상 번민에서 벗어나 자유롭고 한가로이 사는 삶을 비유한다.

【해설】

이 시에서는 동 도인과 자신이 같은 해에 태어나 세상에서 현달하지 못한 것은 마찬가지임을 말하고, 가난함을 견디며 초심을 잃지 않으려 애쓰고 있는 자신과 세상일에 초연한 채 스스로의 삶을 잘 꾸리며 살아가고 있는 동 도인을 대비하고 있다. 마지막에는 세상일에서 벗어나지 못해 사소한 일 하나라도 계획하고 따지느라 번민하고 있는 자신을 말하며, 언제나 동 도인처럼 자유롭고 한가로운 삶을 살 수 있을지 탄식하고 있다.

서 상사에게 드리다

허씨 노파가 남긴 책이 과연 맞는 것인지

그대는 무엇에 의지하여 정밀하게 말하는가?

사군이 어찌 반드시 야자나무 크기만 했겠으며

승상은 본래 희고 뚱뚱했었다네.

소매는 넓어 매일 같이 늘 짧은 바늘로 묶고

어깨는 차가워 봄에도 홑겹 옷으로 갈아입지 않네.

천 배낭 절반쯤 시편을 담고

도성을 유람하고 다니며 관상술을 팔고 돌아오네.

贈徐相師[1]

許負遺書果是非,[2] 子憑何處説精微.

使君豈必如椰大,[3] 丞相元來要瓠肥.[4]

袖闊日常籠短刺,[5] 肩寒春未換單衣.

半頭布袋挑詩卷, 也道遊京賣術歸.[6]

【해제】

정확한 창작시기는 알 수 없으며, 관상가 서씨의 뛰어난 능력과 빈한한 삶을 나타내고 있다.

이 시는 『검남시고』에서는 누락되어 있고 『방옹일고속첨放翁逸稿續添』에 수록되어 있으며, 유극장劉克莊의 시로 알려져 있다.

【주석】

1 徐相師(서상사) : 관상가 서씨(徐氏). 누구인지 알 수 없다.

2 許負(허부) : 한대(漢代) 관상술로 유명했던 허씨(許氏) 노파. '부(負)'는 늙은 부인을 의미한다.

3 使君(사군) : 지방관 수령에 대한 존칭. 여기서는 당대(唐代) 강주자사(江州刺史)였던 이발(李渤)을 가리킨다.

   如椰大(여야대) : 야자나무 크기만 하다. 키가 매우 작은 것을 비유한다. 이 구는 『경덕전등록(景德傳燈錄)·지상선사(智常禪師)』에서 이발이 티끌에 수미산을 담을 수 있다는 지상선사의 가르침이 황당한 말임을 지적하자, 지상선사가 이발의 키가 야자나무만 한데 그가 읽었다는 만권 서적이 어디에 있는지 되물었던 일을 차용한 것으로, 서 상사가 사람을 꿰뚫어 보는 안목이 있었음을 말한 것이다.

4 丞相(승상) : 승상. 여기서는 서한(西漢)의 승상이었던 장창(張蒼)을 가리킨다.

   瓠肥(호비) : 박처럼 하얗고 비만하다. 이 구는 장창이 키가 크며 피부가 하얗고 풍만했던 것을 가리킨 것으로, 서 상사가 사람의 외모를 보고 그의 미래를 헤아릴 수 있었음을 말한 것이다.

5 籠(롱) : 묶다, 단속하다. 옷을 수습하는 것을 가리킨다.

6 道遊(도유) : 길을 거닐며 노닐다.

【해설】

　이 시에서는 관상가 서씨의 안목이 뛰어남을 말하며 이발과 장창의 비유를 들어 그가 사람의 외모에서 내면의 깊이와 미래의 일까지 헤아릴 수 있음을 칭송하고 있다. 이어 뛰어난 능력에도 불구하고 빈한하게 살고 있음을 안타까워하고, 늘 시를 즐기며 매임 없이 자유롭게 살아가는 그의 삶을 나타내고 있다.

초상화가에게 드리다

초상화를 지금 누가 똑같이 그렸는가?

그대에게서 구름에 누워있는 몸을 받아 기쁘다네.

입에는 이가 없어 늙음을 감추기 어렵고

뺨 위에 털을 더해 절로 신명함이 있네.

실록편찬에 잘못 파견되어 국사가 되었으니

글 쓰는 산골 사람이라 불러도 무방하다네.

다른 때 다시 빼어난 모습을 구하려 하니

시내 가에서 낚싯줄 쥐고 있는 나를 그려주시게.

贈傳神水鑑[1]

寫照今誰下筆親,[2] 喜君分得臥雲身.[3]

口中無齒難藏老, 頰上加毛自有神.[4]

誤遣汗靑成國史,[5] 未妨著句號山人.[6]

它時更欲求奇迹, 畫我溪頭把釣緡.[7]

【해제】

79세 때인 가태嘉泰 3년1203 봄 임안臨安에서 쓴 것으로, 자신의 초상을 그려준 화가에게 감사과 부탁의 뜻을 나타내고 있다.

『검남시고』에서는 제6구의 '구句'가 '백白'으로 되어 있다.

1 傳神水鑑(전신수감) : 초상화가. 물에 비추듯이 사람의 실물과 똑같이 그린다고 하여 이와 같이 불렀다.

2 寫照(사조) : 비치는 그대로를 그리다. 사람의 초상화를 가리킨다.

下筆(하필) : 글씨를 쓰거나 그림을 그리다.

3 臥雲身(와운신) : 구름에 누워있는 몸. 여기서는 은자의 모습을 그린 그림을 가리킨다.

4 加毛(가모) : 털을 더하다. 이 구는 동진(東晉) 고개지(顧愷之)가 배해(裵楷)의 초상을 그리며 그의 식견을 나타내기 위해 뺨에 세 개의 털을 덧그린 것을 차용하였다.

5 汗靑(한청) : 불에 구운 죽간(竹簡). '한간(汗簡)'이라고도 하며, 역사서나 전적을 가리킨다.

國史(국사) : 관직 이름. 당시 육유는 효종(孝宗)과 광종(光宗)의 두 실록을 편찬하는 임무를 받고 실록원동수찬(實錄院同修撰) 겸 동수국사(同修國史)로 있었다.

6 著句(저구) : 글을 쓰다.

7 釣緡(조민) : 낚싯줄.

【해설】

이 시에서는 초상화가가 자신의 모습을 은자의 모습으로 그려준 것에 기뻐하고, 다만 실물과 똑같을 뿐 아니라 신명함까지 드러나게 해준 것에 감사해하고 있다. 이어 역사를 편찬하는 임무에 자신이 잘못 파견되어 도성에 머무르고 있음을 말하고, 고향으로 돌아가 은거하며 낚시하는 모습을 다시 한번 그려줄 것을 청하고 있다.

뒤늦은 탄식

초선관이 반드시 투구에서 나오지는 않아도

이미 버렁에 웅크리고 있는 푸른 매가 되어야 하네.

도잠이 마침내 돌아간 것은 다만 술 때문이었고

이광은 이미 늙었으니 어찌 제후가 될 수 있었으리?

천 년토록 정위는 바다를 메울 마음인데

태어나 사흘 된 호랑이는 소를 잡아먹을 기세이네.

고상한 이와 만나 함께하며 세상 바깥을 기약하니

파릉의 가을날에 호인 동상을 어루만지리.

後寓歎

貂蟬未必出兜鍪,¹ 要是蒼鷹已下韝.²

彭澤竟歸端爲酒,³ 輕車已老豈須侯.⁴

千年精衛心平海,⁵ 三日於菟氣食牛.⁶

會與高人期物外,⁷ 摩挲銅狄灞陵秋.⁸

【해제】

79세 때인 가태^{嘉泰} 3년1203 봄 임안^{臨安}에서 쓴 것으로, 공업을 이루지 못한 아쉬움을 나타내고 있다.

『검남시고』에서는 제2구의 '이믈'가 '억憶'으로, 제3구의 '경竟'이 '왕

往'으로, 제8구의 '릉陵'이 '성城'으로 되어 있다.

【주석】

1 貂蟬(초선) : 초선관(貂蟬冠). 담비의 꼬리와 매미 날개 문양으로 장식한 모자로, 황제를 가까이 모시는 신하들이 착용하였다. 여기서는 공업을 이루어 높은 관직에 오르는 것을 비유한다.

兜鍪(두무) : 병사의 투구. 여기서는 전공(戰功)을 비유한다.

2 蒼鷹(창응) : 푸른 매.

下鞲(하구) : 버렁에 내려오다. 이 구는 뛰어난 인재가 속박에서 벗어나 웅대한 포부를 펼치려 하는 것을 비유한다.

3 彭澤(팽택) : 지명. 여기서는 팽택현령(彭澤縣令)을 지낸 도잠(陶潛)을 가리킨다.

4 輕車(경거) : 경거장군(輕車將軍). 여기서는 한(漢)의 장군 이광(李廣)을 가리킨다.

5 精衛(정위) : 전설상의 새 이름. 염제(炎帝)의 딸 여왜(女娃)가 동해에서 놀다가 빠져 죽어 환생한 새로, 늘 서산의 나무와 돌을 물어다 동해를 메꾼다고 한다. 여기서는 북벌의 염원으로 가득한 자신을 비유한다.

6 三日於菟(삼일어토) : 태어난 지 사흘 된 새끼 호랑이. 여기서는 북벌을 비판하는 젊은 선비들을 비유한다. '어토(於菟)'는 호랑이를 가리키는 초(楚) 지역의 방언이다.

7 物外(물외) : 인간 세상 바깥. 세상사에서 초연한 것을 가리킨다.

8 銅狄(동적) : 호인(胡人)의 동상. 진(秦) 시황(始皇)이 천하를 통일한 후 천하
 의 병기를 녹여 주조했다고 하는 12인의 호인 동상으로, 여기서는 금인(金人)
 을 가리킨다.
 灞陵(파릉) : 한(漢) 문제(文帝)의 능. 장안 동쪽에 있다.

【해설】

이 시에서는 공업이 반드시 전공을 통해 이루어지는 것은 아니나 늘
웅대한 포부와 기상을 펼칠 준비가 되어 있어야 함을 말하고, 도잠과
이광에 비유하여 관직을 떠나 고향으로 돌아와 술 마시며 이제는 늙어
공업을 세울 기회조차 없는 자신을 나타내고 있다. 이어 오래도록 북
벌을 염원해 온 자신과 이를 비판하는 젊은 선비들을 대비하며 침울한
심정을 드러내고, 고상한 사람과 어울리며 세상사에 초탈하여 살아가
고자 하지만 끝내 다른 날에 장안이 수복되는 것을 보고 싶은 바람을
버리지 못하고 있다.

막 돌아와 여러 일을 읊다 2수

눈은 고기 잡는 도롱이에 가득하고 비에 두건은 찌그러졌으니

초연하여 맑고 참되지 않은 곳이 없었네.

가슴속에 어찌할 수 없는 일이 하나 있었으니

천하에 분명 나 같은 이가 둘도 없었으리.

말을 타고 매번 가을 잔도 길을 가고

배를 불러 다시 저녁 강나루를 건너며,

술집 누각과 사찰 벽에 두루 시를 남겼으니

팔십이 되도록 자유로운 몸이었네.

이는 휑하고 머리는 빠져 늘 비웃음을 견디는데

이제는 무른 밥을 수저로 뜨네.

붉은 문엔 천 잔 술이 가득 놓여 있건만

푸른 산벼랑엔 어찌 한 줌 띠 풀도 없는지?

우연히 관원이 되어 말에 대한 질문에 부끄러웠는데

늙어 객을 대하며 다만 고양이에 대해 이야기하네.

이 몸 분명 산중에서 죽을 터이니

동전 갈아 던져서 점쳐 볼 필요 없다네.

初歸雜詠二首

雪滿漁蓑雨墊巾,**1** 超然無處不淸眞.

胸中那可有一事,² 天下故應無兩人³

騎馬每行秋棧路,⁴ 喚船還渡暮江津.

酒樓僧壁留詩徧, 八十年來自在身.

齒豁頭童儘耐嘲, 卽今爛飯用匙抄.⁵

朱門漫設千盃酒, 靑壁寧無一把茅.⁶

偶爾作官羞問馬,⁷ 頹然對客但稱貓.⁸

此身定向山中死, 不用磨錢擲卦爻.⁹

【해제】

79세 때인 가태嘉泰 3년1203 6월 산음山陰에서 쓴 것으로, 실록원동수 찬實錄院同修撰의 임무를 마치고 고향으로 다시 돌아온 자유롭고 홀가분한 심정을 나타내고 있다.

『검남시고』에서는 제2수 마지막 구 다음에 "'동전 갈아 던져서 점을 친다'는 구절은 촉인 용창기의 말이다磨錢擲卦爻, 蜀龍昌期語也"라는 자주自注가 있다. 총7수 중 제1·2수이다.

【주석】

1   墊巾(점건) : 두건 한쪽이 찌그러지다. 앞의 「사적산에서 매화를 보며(射的山觀梅)」 주석 2 참조.

2 那可(나가) : 어찌할 수 없다.

3 故應(고응) : 반드시 ~일 것이다.

4 棧路(잔로) : 잔도(棧道). 절벽에 구멍을 뚫어 나무를 가설하여 만든 길을 가
  리킨다.

5 爛飯(난반) : 물을 많이 넣고 오랫동안 끓인 밥.

6 靑壁(청벽) : 푸른색의 산 절벽.

7 問馬(문마) : 말에 대해 묻다. 일을 하지 않아 맡은 일에 대해 잘 알지 못하는
  것을 비유한다. 『세설신어(世說新語)·간오(簡傲)』에서 왕휘지(王徽之)가
  환충(桓沖)의 기병참군(騎兵參軍)으로 있을 때 부서의 일을 하지 않아 말의
  수가 얼마나 되는지 묻는 환충의 질문에 대답하지 못한 것에서 유래하였다.

8 頹然(퇴연) : 매이지 않고 자유로운 모양.
  稱貓(칭묘) : 고양이를 이야기하다. 북송 곽충서(郭忠恕)가 폄적된 후에 관직
  을 그만두고 각지를 떠돌며 귀천을 가리지 않고 사람을 만나면서 고양이에 대
  해서만 이야기했던 것에서 유래한 말로, 정사에 대해 언급하지 않는 것을 말한
  다.

9 磨錢擲卦爻(마전척괘효) : 동전을 갈아 던져서 점을 치다. 세 개의 동전을 세
  번 던져 괘(卦)를 이루는 것을 보아 점을 쳤다.

【해설】

　제1수에서는 옛날 관직 생활을 마치고 고향으로 돌아와 지냈던 일
상을 회상하고 있다. 당시에는 비록 눈 속에서 낚시하고 한가로이 비

를 맞는 청진한 생활을 하였으나 가슴속에는 공업을 이루지 못한 회한이 가득했음을 말하고, 말을 타고 배에 올라 산과 물을 사시사철 매일같이 오가고 머무는 곳곳마다 시를 남기며 팔십이 되도록 자유로운 삶을 살았음을 말하고 있다.

제2수에서는 이제는 이도 머리 없이 늙고 쇠하여 제대로 된 밥조차 먹지 못함을 말하고, 부귀한 이들의 호화로운 생활과 자신의 빈한한 삶을 대비하고 있다. 이어 무능하기만 했던 지난 관직 생활을 부끄러워하며 더는 정사에 관여하고 싶지 않은 마음을 나타내고, 남은 생은 다른 여지 없이 오직 고향에 은거하며 살 것이라 말하고 있다.

구당에 홀로 앉아 번민을 풀어내어

쫓겨나 산음으로 돌아와 여덟 번 봄을 보게 되니

수척한 머리와 여윈 목에 눈서리가 새롭네.

큰 침상에서 오만한 기운이 없음을 알지 못했으니

평범한 눈으로 어찌 귀인을 알아볼 수 있었으리?

음식은 싸라기 죽이라도 있어 배불리 먹을 수 있고

옷은 짧은 갈옷이라도 남아 있어 온전히 가난하지는 않네.

북창에서 앉고 눕는 것을 그대 비웃지 마시게

등나무 지팡이 쥐고 일어서면 이내 생기 넘친다네.

龜堂獨坐遣悶[1]

放逐還山八見春,[2] 枯顱槁項雪霜新.

大牀不解除豪氣,[3] 凡眼安能識貴人.

食有溲糜猶足飽,[4] 衣存短褐未全貧.

北窓坐臥君無笑, 拈起烏藤捷有神.[5]

【해제】

72세 때인 경원慶元 2년1196 겨울 산음山陰에서 쓴 것으로, 인재를 알아보지 못하는 세상을 탄식하고 있다. 총2수 중 제2수이다.

1 龜堂(구당) : 육유가 만년에 살았던 산음 집의 서실(書室)로, 육유는 만년에 이를 호로 삼았다.

2 放逐(방축) : 쫓겨나다. 65세 때인 순희(淳熙) 16년(1189) 11월 실록원검토관(實錄院檢討官)으로 있다가 간의대부 하담(何澹)의 탄핵을 받아 파직되어 산음으로 돌아온 것을 가리킨다.

3 除豪氣(제호기) : 오만한 기운이 없다. 삼국시대(三國時代) 진등(陳登)을 가리킨다. 『삼국지(三國志)・위서(魏書)・진등전(陳登傳)』에 따르면 유비(劉備)가 허사(許汜)와 함께 유표(劉表) 앞에서 천하의 인물에 대해 평론하였는데, 허사는 진등이 강호의 선비로 오만한 사람이라 하였다. 유비가 그렇게 말한 까닭을 묻자, 허사는 진등을 만났을 때 그가 자신과 오래 이야기하지 않았으며 잠을 잘 때도 그는 침대에서 자면서 자신은 침대 아래에서 자게 하는 등 손님을 접대하는 도리가 없었다고 하였다. 이에 유비는 허사가 진등과 더불어 세상 구하는 일을 말하지 않고 집과 밭을 사는 것만 말했기 때문에 진등이 그와 오래 이야기하지 않은 것이라 말하고, 만약 자신이 진등이었다면 다만 침대 하나 차이가 아니라 백 척 누각에 올라 자면서 허사를 땅에서 자게 하였을 것이라고 하였다.

4 潦糜(요미) : 싸라기 죽. 소박한 음식을 가리킨다.

5 烏藤(오등) : 등나무 지팡이.

【해설】

이 시에서는 조정에서 쫓겨나 8년째 산음에서 수척한 모습으로 늙어가고 있는 자신을 말하고, 진등을 알아보지 못한 허사의 일을 들어 인재를 알아보지 못하는 세상에 번민을 나타내고 있다. 이어 비록 궁핍한 삶이지만 은거하는 삶에 만족감을 나타내며 그저 무기력하게 지내지는 않고 있음을 말하고 있다.

흥을 보내어

구당에서 가슴속에 온갖 생각 가득함을 비웃지 말지니

이 속에다 본디 하늘도 담을 수 있다네.

사령운은 먼저 성불하기에 또한 충분했었고

신비가 삼공이 되려 하지 않았음을 어찌 헤아렸으리?

약초 캐다 우연히 단약 만드는 우물가의 객을 만나고

도롱이 사 옥빛 하늘 끝의 늙은이를 찾아가네.

언제쯤 돌아갈지 다시 물을 필요 없으니

만 리 부는 바람에 날려 머리는 헝클어졌네.

遣興

莫笑龜堂礧磈胸,**1** 此中元可貯虛空.

尙饒靈運先成佛,**2** 那計辛毗不作公.**3**

采藥偶逢丹井客,**4** 買蓑因過玉霄翁.**5**

不須更問歸何許,**6** 散髮飄然萬里風.**7**

【해제】

84세 때인 가정嘉定 원년1208 여름 산음山陰에서 쓴 것으로, 불가와 도가를 아우르는 달관의 삶이 나타나 있다. 총2수 중 제1수이다.

1 礧磈(뇌외) : 돌이 가득 쌓인 모양. 번민이나 생각이 많은 것을 비유한다.

2 先成佛(선성불) : 먼저 부처가 되다. 이 구는 사령운(謝靈運)이 부처를 극진히 섬겼던 회계태수 맹의(孟顗)에게 성불하는 것은 자신보다 늦을 것이라 비꼬았던 일을 차용하였다.

3 不作公(부작공) : 삼공(三公)이 되지 않다. 이 구는 삼국시대 위(魏) 신비(辛毗)가 당시 권세가로서 국정을 전횡했던 유방(劉放) 및 손자(孫資)와 교유하는 것을 거부하며, 대장부가 삼공이 되려고 고상한 절개를 꺾을 수 없다고 말한 일을 차용하였다.

4 丹井(단정) : 단약 만드는 우물.

5 玉霄(옥소) : 옥빛 하늘. 전설상 천제나 신선의 거처이다.

6 何許(하허) : 언제쯤.

7 飄然(표연) : 가볍고 민첩한 모양. 머리칼이 바람에 날리는 모습을 가리킨다.

【해설】

이 시에서는 자신의 마음이 하늘을 담을 수 있을 정도로 드넓음을 말하고, 자신을 사령운과 신비에 비유하며 자신이 이미 성불의 경지에 이르렀으며 세상 명리에 초연해졌음을 나타내고 있다. 이어 약초 캐고 물고기 잡는 은거 생활을 하며 단약을 만드는 객과 천상의 노인을 만나는 상황으로 신선 세계에 대한 지향을 드러내고, 만 리 부는 바람 속에 매임 없이 자유로이 노니는 자신을 나타내고 있다.

흥을 쓰다

개울과 산을 차지하여 작은 집 짓고

배불리 살아가니 기운은 오히려 온전하네.

문에 들어오는 밝은 달은 참으로 친구 삼을 만하고

평상에 가득한 맑은 바람은 돈이 필요 없네.

곧 죽어도 천만 사람들보다는 나은데

잠시 머물러 이삼 년을 더 살기 바라네.

호수 다리의 맛 좋은 술은 와서 취할 수 있고

노 하나로 물의 신선 되기에 아무런 문제 없네.

書興

占得溪山卜數椽,**1** 飽經世故氣猶全.**2**

入門明月眞堪友, 滿榻清風不用錢.

便死也勝千百輩,**3** 少留更望二三年.

湖橋酒美能來醉, 一棹何妨作水仙.**4**

【해제】

84세 때인 가정嘉定 원년1208 여름 산음山陰에서 쓴 것으로, 은거 생활의 편안함과 여유로움을 나타내고 있다.

『검남시고』에서는 제6구의 '망望'이 '과過'로 되어 있다.

1　卜(복) : 복거(卜居)하다. 점을 쳐서 거주할 땅을 택해 집을 짓고 사는 것을 가리킨다.

　　數椽(수연) : 몇 개의 서까래. 작은 집을 비유한다.

2　世故(세고) : 살아가는 형편, 생계(生計).

3　勝(승) : 낫다. 남들보다 오래 산 것을 의미한다.

4　何妨(하방) : 어찌 방해되리? 아무런 문제가 되지 않는 것을 말한다.

【해설】

　이 시에서는 자연 속에 작은 집을 짓고 부족함 없이 살며, 밝은 달과 맑은 바람을 즐기는 은거 생활의 즐거움을 나타내고 있다. 이어 비록 남들보다는 이미 오래 살았지만 몇 년은 더 살고 싶은 바람을 나타내고, 맛 좋은 술에 취하며 물의 신선처럼 자유로이 살아가는 자신을 나타내고 있다.

서재 벽에 쓰다

평생토록 근심 걱정하며 괴로움이 얽히고설키니

마름 가시가 닳아 둥그런 가시 연 열매가 되었네.

천하 사람들이 누가 마침내 옳은지 알지 못하니

예로부터 취하는 것이 어진 것보다 못했었네.

당 앞을 지나감에 종에다 장차 피칠하려 함을 깨닫지 못했고

기둥을 노려봄에 옥벽이 뜻밖에 온전한 것임을 누가 알았으리?

농사지으며 남은 생 마치려 함이 스스로 우스우니

놀란 기러기가 빈 활시위에 떨어지는 것과 같네.

書齋壁

平生憂患苦縈纏,1 菱刺磨成芡實圓.2

天下不知誰竟是, 古來惟有醉差賢.

過堂未悟鐘將釁,3 睨柱誰知璧偶全.4

自笑爲農行沒世, 尙如驚雁落空絃.5

【해제】

75세 때인 경원慶元 5년1199 겨울 산음山陰에서 쓴 것으로, 고난으로 가득한 자신의 삶과 인재를 알아보지 못하는 무지한 세상을 안타까워하고 있다.

『검남시고』에서는 제2구 다음에 "세속에서 고난을 많이 겪은 자를 일러 '마름 모서리가 닳아서 닭 머리가 되었다'라고 한다俗謂困折多者謂菱角, 磨作鷄頭"라는 자주自注가 있으며, 제6구의 '수誰'가 '녕寧'으로, 제8구의 '현絃'이 '현弦'으로 되어 있다.

【주석】

1 縈纏(영전) : 얽히고설키다.

2 菱刺(능자) : 마름 열매의 가시. 마름 열매는 2~4개의 각이 있으며 끝에 가시가 달려 있다.

   芡實(검실) : 가시 연의 열매. 모나지 않고 둥글어 예로부터 닭의 머리와 같다고 하였다.

3 過堂(과당) : 당 앞을 지나가다. 『맹자(孟子) · 양혜왕상(梁惠王上)』에서 양혜왕이 종의 틈에 피칠하려 소를 끌고 가는 것을 보고 이를 안쓰럽게 여겨 양으로 대신하게 하였는데, 이 구는 이를 차용하여 양혜왕의 무지함을 말한 것이다.

4 睨柱(예주) : 기둥을 노려보다. 『사기(史記) · 염파인상여열전(廉頗藺相如列傳)』에 따르면 전국시대 조(趙)나라의 인상여(藺相如)가 진의 열다섯 성과 바꾸자는 진(秦) 소왕(昭王)의 제안에 따라 화씨의 옥벽을 들고 사신으로 갔다. 그러나 진왕에게 이를 바꿀 뜻이 없음을 알고 옥벽에 흠이 있다고 거짓으로 고하여 옥벽을 손에 얻은 후, 성을 내어주지 않으면 기둥에 던져 부숴 버리겠다고 협박했다. 이 구는 이를 차용하여 진왕의 무지함을 말한 것이다.

5   空絃(공현) : 화살을 장전하지 않고 쏘는 활쏘기. 『전국책(戰國策)·초책사
    (楚策四)』에서 경리(更嬴)가 날개에 상처가 있고 무리에 떨어져 놀란 기러기
    에게 빈 활을 쏘아 활 쏘는 소리만 듣고 놀라 높이 날아오르다 도리어 떨어지
    게 만든 일을 가리킨다.

【해설】

　이 시에서는 평생토록 근심과 걱정에서 벗어나지 못하고 괴로워하
였음을 말하고, 인재를 알아보지 못하는 세상에 탄식하고 있다. 이어
양혜왕과 진왕의 예를 들어 군주 또한 이와 다름없이 무지함을 에둘러
비판하고, 마음속 깊은 시름을 지닌 채 외로이 은거하고 있는 자신을
빈 활시위 소리에 놀라 떨어져 상처 입은 기러기에 비유하여 나타내고
있다.

흥을 보내어 2수

제후의 도장은 본디 바랐던 바가 아니며
적정자 또한 부를 수가 없네.
실력이 낮아 새로운 바둑 상대를 대하기 겁나고
주량은 줄어 옛 술친구들 속에 끼어들기 시름겨운데,
세상에 태어나 어찌 늘 힘들고 고될 수만 있으리?
취해 노래 부르고 다시 또 읊조리며 화창하네.
조각배로 이르는 곳마다 모두 나의 땅이니
동강인지 경호인지 묻지 말지니.

집은 성 남쪽 섬계 굽이 가에 있고
문 앞의 산색은 호수 빛에 잠겨 있네.
삼조의 낭중을 지내며 장년을 슬퍼하다가
두 경 밭에서 쟁기질하며 풍년을 즐기니,
이름은 이미 몸을 따라 함께 숨어 버렸고
문사는 마침내 도와 더불어 잊어버렸네.
자손들이 농사일을 힘써 지키니
작은 시루의 멥쌀이 이렇게나 향기롭네.

遣興二首

侯印從來非所圖, 赤丁子亦不容呼.[1]

著低怯對新棋敵,² 量減愁添舊酒徒.

生世豈能常役役,³ 酣歌且復和嗚嗚.⁴

扁舟到處皆吾境, 莫問桐江與鏡湖.⁵

家住城南剡曲傍,⁶ 門前山色蘸湖光.

三朝執戟悲年壯,⁷ 二頃扶犁樂歲穰.

名姓已隨身共隱, 文辭終與道相忘.⁸

子孫勉守東皋業,⁹ 小甑吳粳底樣香.¹⁰

【해제】

77세 때인 가태嘉泰 원년1201 겨울 산음山陰에서 쓴 것으로, 관직에서 물러나 고향에서 한가로이 지내는 감회를 나타내고 있다.

『검남시고』에서는 제1수 제4구의 '첨添'이 '봉逢'으로, 제2수 제3구의 '장壯'이 '왕往'으로, 제6구의 '망忘'이 '방妨'으로 되어 있다.

【주석】

1   赤丁子(적정자) : 귀신 이름. 귀신 종을 의미한다.『유설(類說)』권13에 인용된 이은(李隱)의「소상록(瀟湘錄)」에 따르면 낙양(洛陽)의 모영(牟穎)이란 사람이 교외에 버려진 해골 하나를 묻어주었는데, 꿈에서 귀신이 나타나 사례하며 급한 일이 있을 때 '적정자'라고 부르기만 하면 나타나겠다고 하였으며

후에 과연 효험이 있었다.

2 著(저) : 성취, 실력.

3 役役(역역) : 고생하며 쉬지 못하는 모양.

4 嗚嗚(오오) : 의성어. 읊조리는 소리.

5 桐江(동강) : 동려강(桐廬江) 또는 동계(桐溪)라고도 하며 지금의 절강성 동
   려현(桐廬縣) 서북쪽에 있다.

6 剡曲(섬곡) : 섬계(剡溪)의 물굽이. 섬계는 지금의 절강성 승현(嵊縣) 서남쪽
   에 있다.

7 三朝(삼조) : 세 조정. 고종(高宗), 효종(孝宗), 광종(光宗)을 가리킨다.
   執戟(집극) : 낭중(郎中)의 직책을 가리킨다. 육유는 순희(淳熙) 16년(1189)
   11월 예부낭중(禮部郎中)으로 있다가 탄핵되어 고향으로 돌아왔다.

8 文辭(문사) : 시문의 수사. 시문을 꾸미고 수식하는 것을 의미한다.

9 東皐業(동고업) : 동쪽 언덕에서의 일. 농사일을 가리킨다.

10 吳粳(오갱) : 오 땅의 멥쌀.
   底樣(저양) : 이처럼, 이렇게.

【해설】

제1수에서는 자신이 본디 제후를 꿈꾸지 않았음을 말하며 탄핵으로
관직에서 물러난 것을 애써 위안하지만, 또한 자신을 도와줄 사람도
없었던 것에 아쉬워하고 있다. 이어 옛 친구들과 어울려 바둑과 술을
즐기며 배를 타고 자유로이 유람하며 지내는 고향에서의 한가로운 일

상을 나타내고 있다.

제2수에서는 산 가까이 물가에 자리한 은거처의 경관을 묘사하고 있다. 이어 세 조정을 섬겼으나 낭중의 지위밖에 오르지 못한 것에 아쉬움을 나타내고, 이제 더는 명성과 시문의 기교를 추구하지 않음을 말하며 농사짓고 살아가는 은거 생활에 만족감을 나타내고 있다.

잡흥

수풀 속에서 머리 풀어헤치니 만사가 가볍고

꿈속의 혼은 평온하니 기운도 평화롭네.

다만 가을 국화 색이 예쁜 것만 알 뿐

이른 닭 울음소리가 나쁜 소리인지는 어찌 물어보리?

달관한 사람 불러 함께 오만하게 읊조리고

복을 주는 사람에게 공명을 달라 부탁하네.

한 편에서 소요의 이치를 다 말했으니

장주가 삶의 참모습을 깨달았음을 비로소 알겠네.

雜興

散髮林間萬事輕, 夢魂安穩氣和平.

只知秋菊有佳色, 那問荒鷄非惡聲.[1]

達士招呼同嘯傲,[2] 福人分付與功名.[3]

一篇說盡逍遙理, 始信蒙莊是達生.[4]

【해제】

76세 때인 경원慶元 6년1200 봄 산음山陰에서 쓴 것으로, 소요하며 자유롭게 사는 삶에 대한 지향을 나타내고 있다. 총2수 중 제2수이다.

1 荒鷄(황계) : 삼경이 되기 전에 우는 닭. 고대에는 상서롭지 않은 소리로 여겼
   다.

2 嘯傲(소오) : 길게 읊조리고 오만해하다. 자유롭고 구속됨이 없는 것을 비유
   한다.

3 逍遙(소요) : 자유롭고 한가로이 거닐다. 『장자』의 편명이기도 하다.

4 達生(달생) : 생명의 참모습을 깨닫다. 『장자』의 편명이기도 하다.

【해설】

이 시에서는 전원에 은거하며 만사에 매임 없이 자유로이 지내니 꿈
조차 평온함을 말하고, 그저 자연의 아름다움만 즐길 뿐 미래에 대해
걱정은 하지 않음을 말하고 있다. 이어 사람들과 어울려 편안하게 지
내는 일상을 나타내고, 소요하며 유유자적하게 사는 삶의 참된 이치를
장자가 이미 깨달았음을 말하고 있다.

엄주에서 강매산에게 드리다

옛사람의 백골에는 이미 이끼 생겨났건만

그대와 교유하는 만년의 흥은 또한 즐겁기만 하네.

호숫가 사찰에 배를 매어두고 꿈에서도 가지 못하는데

도성의 먼지 속에서 말을 달려 시가 오니,

취중에 감히 아이더러 읽게 하지 못하고

보는 곳에서 늘 손 씻고 열어보네.

풍광을 잘 그려내려면 붓이 웅건해야 하니

만 균의 붓을 돌려 힘써 쓸 것을 서로 기약하네.

嚴州贈姜梅山[1]

故人玉骨已生苔,[2] 晚興君遊亦樂哉.

湖寺繫舟無夢去, 京塵馳騎有詩來.

醉中不敢教兒誦, 看處常須盥手開.[3]

彈壓風光須健筆,[4] 相期力斡萬鈞回.[5]

【해제】

64세 때인 순희淳熙 15년1188 여름 엄주嚴州에서 쓴 것으로, 도성에 있는 강특립과 편지를 주고받는 즐거움을 나타내고 있다.

『검남시고』에서는 제목이 「오랜 친구 강특립이 죽은 벗 한원길을 칭찬하고 인정하였는데 근래 자주 시를 보내오며 한원길이 평소 창화 했던 것을 보여주었다. 이를 읽고 슬퍼 이 시를 써서 권말에 덧붙인다 舊識姜邦傑, 於亡友韓无咎許, 近屢寄詩來, 且以无咎平日唱和見示, 讀之悵然, 作此詩附卷末」로 되어 있으며, 저본과 『검남시고』 모두 제1구 다음에 "남간공을 말한다 謂南澗公"라는 자주自注가 있다. 또한 제2구의 '만흥군유晚興君遊'가 '해후 봉군邂逅逢君'로, 제6구의 '관관盥'이 '욕浴'으로, 제7구가 '세상에 건필이 없어진 지 오래되었으니久矣世間無健筆'로 되어 있다.

【주석】

1 姜梅山(강매산) : 강특립(姜特立). 여수(麗水, 지금의 절강성 여수시(麗水市)) 사람으로 자가 방걸(邦傑)이고 호가 매산(梅山)이다. 지합문사(知閤門事), 경원군절도사(慶遠軍節度使) 등을 역임하였으며 시에 뛰어나 『매산고(梅山稿)』가 전한다.

2 故人(고인) : 옛사람. 한원길(韓元吉)을 가리킨다. 허창(許昌, 지금의 하남성 허창시(許昌市)) 사람으로 자가 무구(无咎)이고 호는 남간(南澗)이다. 이부상서(吏部尙書)를 역임하였으며 사(詞)에 뛰어나 사집 『남간갑을고(南澗甲乙稿)』가 전한다. 육유와 친분이 돈독하여 육유가 30여 수의 창화시와 사를 남겼으며, 이 시를 쓰기 1년 전인 순희(淳熙) 14년(1187)에 세상을 떠났다.

3 盥手(관수) : 손을 씻다. 여기서는 상대에 대한 공경의 의미를 나타낸다.

4 彈壓(탄압) : 사물을 핍진하게 묘사하다.

   健筆(건필) : 웅건한 붓. 뛰어난 시문을 비유한다.

5   力斡(역알) : 힘써 운전하다. 붓을 다루어 시문을 쓰는 것을 의미한다.

     萬鈞(만균) : 30만 근. '균(鈞)'은 30근이다. 여기서는 건필(健筆)을 비유한다.

【해설】

이 시에서는 한원길은 이미 세상을 떠나고 없어 그와 창화할 수는 없지만, 강특립이 있어 만년의 위안과 기쁨이 되고 있음을 말하고 있다. 이어 도성의 강특립이 보내온 온 시를 감사와 공경의 마음으로 읽고 있음을 나타내고, 서로 정진하여 건필을 이룰 것을 격려하고 있다.

강매산에게 뢰雷 자 운의 시를 부쳐

장화대의 관가 버들은 궁궐의 홰나무를 비추고

화려하게 치장한 말의 발굽은 가벼워 먼지가 일지 않네.

좋은 시에 대적할 사람이 없음을 그저 탓하니

옛 학문에서 나온 것이 있음을 누가 알리?

강산은 늘 멀리 떠나는 객의 배를 쫓고

세월은 재촉하는 아문의 북소리를 멈추지 않네.

동쪽 이웃의 청정한 땅에 들어가기로 기약하니

초연한 정으로 천 년토록 종병 뇌차종과 벗하리.

寄姜梅山雷字詩[1]

章臺官柳映宮槐,[2] 寶馬蹄輕不動埃.

只怪好詩無與敵, 誰知古學有從來.[3]

江山常逐客帆遠, 歲月不禁衙鼓催.[4]

剩約東鄰投淨社,[5] 高情千載友宗雷.[6]

【해제】

65세 때인 순희淳熙 16년1189 여름 임안臨安에서 예부낭중禮部郎中으로 있을 때 강특립姜特立과 창화하며 쓴 것으로, 강특립의 시를 칭송하며 은거 생활의 지향을 나타내고 있다.

이 시는 『검남시고』에서는 누락되어 있으며, 『방옹일고속첨放翁逸稿續添』에 수록되어 있다.

【주석】

1 姜梅山(강매산) : 강특립(姜特立). 앞의 「엄주에서 강매산에게 드리다(嚴州贈姜梅山)」 주석 1 참조.

2 章臺(장대) : 장화대(章華臺). 초(楚)나라의 이궁(離宮)으로, 춘추시대 초(楚) 영왕(靈王)이 만들었다고 한다. 지금의 호북성 감리현(監利縣)에 옛터가 있다. 여기서는 임안의 궁성을 가리킨다.

官柳(관류) : 관에서 심은 버드나무.

3 古學(고학) : 옛 학문. 경전(經典)이나 사서(史書)의 학문을 칭한다.

4 衙鼓(아고) : 아문(衙門)의 북소리. 소속 관원들을 집합하거나 해산할 때 사용하였다.

5 東鄰(동린) : 동쪽 이웃. 동림(東林)을 가리키며, '동림(東林)'으로 된 판본도 있다.

淨社(정사) : 청정한 땅. '사(社)'는 사방 6리의 땅을 의미한다.

6 高情(고정) : 세상사에 초연한 정. 은자의 정을 가리킨다.

宗雷(종뢰) : 은자 종병(宗炳)과 뇌차종(雷次宗). 종병은 동진(東晉) 남양(南陽) 사람으로 자가 소문(少文)이다. 승려 혜원(慧遠)이 여산(廬山)에 동림정사(東林精舍)를 세우고 정토종(淨土宗)을 창시하였을 때 그와 함께 백련사(白蓮社)를 결성하였다. 뇌차종은 동진(東晉) 남창(南昌) 사람으로 자

가 중륜(仲倫)이다. 일찍이 여산에 들어가 승려 혜원을 섬겼고 은거하며 세상

사에 관여하지 않았다.

【해설】

이 시에서는 아름답고 화려한 궁성의 모습을 초나라의 이궁인 장화

대에 비유하여 나타내고, 경학과 역사의 깊은 학문을 바탕으로 쓴 강

특립의 시에 감히 대적할 사람이 없음을 칭송하고 있다. 이어 강산을

유람하며 자유로이 떠도는 나그네 생활과 바쁜 일상에 쫓기며 세월을

보내는 관직 생활을 대비하고, 그와 더불어 청정한 땅에서 은거하며

살고 싶은 바람을 나타내고 있다.

병이 나아

침상에 누워 신음하며 늘 스스로를 슬퍼하였는데

시초점에서 길함이 나와 남은 우환에서 벗어난다고 하네.

스스로 벼루 씻고 책상 털 수 있으며

때로 꽃도 꺾고 술잔도 찾네.

오래도록 동굴 속에 숨어 있는 차가운 교룡과 같더니

홀연 먼지바람 뿜어내는 늙은 말과 같아졌네.

서리 개어 동쪽 창이 환한 날에

한 번 웃으며 산비탈로 이른 매화를 찾아가네.

病愈

倦榻呻吟每自哀, 占著來吉出餘災.1

自能洗研拂書几, 時亦折花尋酒杯.

久類寒蛟潛岫穴,2 忽如老馬噴風埃.

霜晴爛熳東窗日,3 一笑山坡訪早梅.

【해제】

74세 때인 경원慶元 4년1198 겨울 산음山陰에서 쓴 것으로, 오랜 병에서 나은 기쁨을 나타내고 있다.

『검남시고』에서는 제2구의 '길吉'이 '고告'로 되어 있다.

【주석】

1 占蓍(점시) : 시초(蓍草)로 점치다. 시초의 줄기를 조작하여『주역(周易)』의
 괘(卦)를 얻고 이에 따라 길흉화복을 점쳤다.

 餘災(여재) : 남아 있는 재액(災厄)이나 우환(憂患).

2 寒蛟(한교) : 차가운 교룡(蛟龍). 궁벽한 처지에 있는 것을 비유한다.

3 爛熳(난만) : 찬란하게 빛나다.

【해설】

 이 시에서는 오랫동안 병을 앓으며 슬퍼하다가 길한 점괘를 얻고 병
석에서 일어나 스스로 움직일 수 있게 된 것을 기뻐하고 있다. 이어 병
석에 누워있던 처량한 자신과 꽃과 술을 즐기고 있는 건강한 자신을
대비하고, 서리 개인 맑은 날을 맞아 어딘가에 피어 있을지도 모를 매
화를 찾아 집을 나서고 있다.

약간 병이 났다가 이틀 만에 나아

병든 몸은 여위어 산과 못에서 수척하니

길을 가면 응당 내 모습을 비웃으리.

책을 기억하여 몸은 야자나무만 하고

일을 참아 혹이 표주박처럼 생겨났으니,

맛 좋은 술은 돈이 생기면 이르게 할 수 있건만

고상한 사람을 반절 서신으로 누가 부를 수 있으리?

오두막 서재 바닥을 깨끗이 쓸고

누워 질화로에 이는 희미한 향을 보는 것만 못하네.

小疾兩日而愈

病骨羸然山澤臞,**1** 故應行路笑形模.

記書身大似椰子,**2** 忍事癭生如瓠壺.**3**

美酒得錢猶可致, 高人折簡孰能呼.**4**

不如淨掃茅齋地, 臥看微香起瓦爐.

【해제】

82세 때인 개희開禧 2년1206 가을 산음山陰에서 쓴 것으로, 병으로 인해 수척해진 자신의 모습을 안타까워하고 있다.

『검남시고』에서는 제목에서 '질疾'이 '병病'으로 되어 있다.

【주석】

1 　嬴然(이연) : 여위어 뼈가 앙상한 모양.

　　山澤臞(산택구) : 산과 못에서 수척하다. 은거하며 수척해진 자신을 가리킨다.

2 　似椰子(사야자) : 크기가 야자나무와 비슷하다. 당대(唐代) 이발(李渤)의 고

　　사를 차용한 것으로, 키가 매우 작은 것을 비유한다. 앞의 「서 상사에게 드리

　　다(贈徐相師)」 주석 3 참조.

3 　瘦生(영생) : 혹이 생겨나다. 삼국시대 위(魏)의 가규(賈逵)가 다른 관원과 공

　　사(公事)를 다투다가 분에 겨워 혹이 났던 일을 차용한 것으로, 자신의 마음속

　　에 울분이 가득한 것을 나타낸 것이다.

4 　高人(고인) : 행동이나 뜻이 고상한 사람. 은자나 수도자를 가리킨다.

　　折簡(절간) : 절반의 편지. 예를 온전히 갖추지 않은 서신을 의미하며, 여기서

　　는 몸이 온전하지 않은 자신을 비유한다.

【해설】

　이 시에서는 은거 생활에 병조차 들어 수척해진 자신의 모습을 나타
내며 이러한 자신을 사람들이 보면 비웃을 것이라 부끄러워하고 있다.
이어 몸은 왜소하고 혹조차 생겨나 결함투성이인 자신이 고상한 은자
를 불러 함께할 수 없음을 말하고, 비록 홀로나마 청정무욕의 삶을 살
아가고픈 바람을 나타내고 있다.

진부경 선생께서 양절전운사 시험관으로 계셨는데, 당시 진 승상의 손자
가 우문전 수찬으로서 응시하니 진 승상이 다만 장원으로 뽑으려 하였다.
선생께서 나의 글을 보시고 1등으로 발탁하니 진 승상이 크게 노하였다.
나는 이듬해 이미 드러났다가 쫓겨났고, 선생 또한 여러 번 위기에 빠지셨
다가 우연히 진 승상이 죽어 마침내 그쳤다. 내가 만년에 옛 책을 정리하다
가 선생의 수첩을 얻어 옛날을 회상하고 시를 써 그 일을 기록하니, 나도
모르게 노쇠한 눈물이 모였다

> 기주 북쪽은 당시에 드넓어 분별할 수 없었는데
>
> 이분이 한번 돌아보면 늘 무리가 비어 버렸네.
>
> 나라의 과거 급제를 기개 있는 이에게 주니
>
> 천하의 영웅들은 사군을 따랐네.
>
> 후에 등용된 이 누가 어르신을 알리?
>
> 눈물 흘리지만 이 글을 보낼 곳이 없네.
>
> 쇠하고 못나 참된 상을 저버린 것이 스스로 가련한데
>
> 오히려 헛된 명성을 훔쳐 세상에 알려졌네.

陳阜卿先生, 爲兩浙轉運司考試官, 時秦丞相之孫以右文殿修撰來就
試, 直欲首選. 阜卿得予文卷, 擢置第一, 秦氏大怒. 予明年旣顯黜, 先
生亦幾陷危機, 偶秦公薨遂已. 予晚歲料理故書, 得先生手帖, 追感平
昔, 作長句以識其事, 不知衰涕之集也[1]

冀北當年浩莫分,[2] 斯人一顧每空羣.[3]

國家科第與風漢,⁴ 天下英雄惟使君.⁵

後進何人知大老, 橫流無地寄斯文.

自憐衰鈍辜眞賞,⁶ 猶竊虛名海內聞.⁷

【해제】

75세 때인 경원慶元 5년1199 가을 산음山陰에서 쓴 것으로, 옛날 과거 시험에서 자신을 1등으로 발탁해준 진지무陳之茂를 추모하고 있다.

『검남시고』에는 제목에서 '승상丞相' 다음에 '지之'가 누락되어 있으며, '선選'이 '송送'으로, '함陷'이 '도蹈'로 되어 있다.

【주석】

1   陳阜卿(진부경) : 진지무(陳之茂). 무석(無錫) 사람으로 자가 부경(阜卿)이다. 비서랑(秘書郞), 지평강부(知平江府), 이부시랑(吏部侍郞) 등을 역임하였으며, 육유가 진회(秦檜)의 손자 진훈(秦塤)과 함께 쇄청시(鎖廳試)에 응시하였을 때 육유를 1등으로 뽑아 진회의 눈 밖에 나 곤욕을 치렀다.

擢置第一(탁치제일) : 1등으로 발탁하다. 29세 때인 소흥(紹興) 23년(1153)에 현직 관원이나 이미 작록이 있는 사람을 대상으로 치르는 쇄청시(鎖廳試)에 응시하여 1등으로 뽑힌 것을 가리킨다. 육유는 12세 때인 소흥(紹興) 6년(1136)에 이미 음보(蔭補)로 사랑(仕郞)에 올랐다.

顯黜(현출) : 드러났다가 쫓겨나다. 30세 때인 소흥(紹興) 24년(1154)에 예부시(禮部試)에 응시하여 시험관이 다시 육유를 앞 열에 두었으나, 북벌과 중원의 수복을 논하였던 까닭에 진회에 의해 탈락된 것을 가리킨다.

2 冀北(기북) : 기주(冀州) 북쪽 지역. 기주는 고대 구주(九州) 중의 하나로 지금의 산서(山西)와 하남(河南) 북부를 비롯하여 하북(河北) 동부, 산동(山東) 서북부에 이르는 광대한 지역으로, 예로부터 좋은 말의 산지로 유명하였다.

3 空羣(공군) : 무리가 비다. 좋은 인재를 모두 발탁하는 것을 의미한다. 한유(韓愈)의 「하양군으로 부임하는 온 처사를 전송하며 서문(送溫處士赴河陽軍序)」에서 "백락이 한번 기주 북쪽의 들을 지나가면 말의 무리가 비어 버렸다(伯樂一過冀北之野, 而馬群遂空)"라 하며 백락이 좋은 말을 다 뽑아간 것을 말한 것에서 유래하였다.

4 科第(과제) : 과거 급제.
   風漢(풍한) : 말이나 행동이 기개 있고 의로운 사람.

5 使君(사군) : 지방관 수령에 대한 존칭. 여기서는 진지무를 가리킨다.

6 辜(고) : 저버리다.
   眞賞(진상) : 참된 상. 여기서는 진지무가 자신을 1등으로 뽑아준 것을 가리킨다.

7 虛名(허명) : 헛된 명성. 실질에 부합하지 않은 과분한 명성을 의미하며, 자신에 대한 겸양의 말이다.

【해설】

이 시에서는 말을 잘 감별했던 백락에 비유하여 인재를 알아봤던 진지무의 능력을 칭송하고, 그로 인해 뛰어난 인재들이 발탁되었으며 천하의 영웅들이 그를 따르고 존경했음을 말하고 있다. 이어 지금 새로 관원이 된 자들은 그의 존재를 알지 못함을 슬퍼하며 시를 통해 애도의 뜻을 나타내고, 자신을 발탁해준 은혜에 보답하지 못한 지난날의 자신의 무능함과 헛된 명성을 부끄러워하고 있다.

눈 오는 밤에 옛날을 느껴

강월정 앞에 자작나무 촛불은 향기롭고

용문각 위로 짐 실은 말의 소리는 길었으니,

어지러운 산속의 옛 역참 삼절포를 지나

작은 시장 외로운 성의 양당현에서 묵었네.

노년에도 오히려 말 타고 전투하는 일을 생각하건만

당시에는 늙어 밭 갈고 누에 칠 줄 어찌 믿었으리?

녹색 창과 금장식 갑옷은 모두 먼지 덮인 채 버려지니

눈 뿌리는 차가운 등불에서 몇 줄기 눈물 흘리네.

雪夜感舊

江月亭前樺燭香,[1] 龍門閣上馱聲長.[2]

亂山古驛經三折,[3] 小市孤城宿兩當.[4]

晚歲猶思事鞍馬,[5] 當時那信老耕桑.

綠沈金鎖俱塵委,[6] 雪灑寒燈淚數行.

【해제】

73세 때인 경원慶元 3년1197 겨울 산음山陰에서 쓴 것으로, 기주에서 남정으로 부임하던 때를 회상하며 이루지 못한 공업의 회한을 나타내고 있다.

1 江月亭(강월정) : 정자 이름. 강월관(江月館)이라고도 하며, 당시 면곡현(綿谷縣, 지금의 사천성 광원시(廣元市) 북쪽 지역)에 있었다.

樺燭(화촉) : 자작나무 껍질을 말아 만든 촛불.

2 龍門閣(용문각) : 누각 이름. 용동각(龍洞閣)이라고도 하며, 당시 면곡현(綿谷縣, 지금의 사천성 광원시(廣元市) 북쪽 지역) 북쪽 청강(淸江) 가의 높은 절벽 위에 있었다.

馱(타) : 짐을 실은 말.

3 三折(삼절) : 역참 이름. 삼절포(三折舖)를 가리키며, 당시 기주(夔州, 지금의 사천성 봉절현(奉節縣))에 있었다.

4 兩當(양당) : 지명. 양당현(兩當縣)을 가리키며, 당시 산남서도(山南西道) 봉주(鳳州, 지금의 섬서성 봉현(鳳縣) 지역)에 속했다.

5 鞍馬(안마) : 말에 안장을 씌우다. 말에 올라 전투하는 것을 비유한다.

6 綠沈金鎖(녹침금쇄) : 녹색으로 칠한 창과 금색으로 장식한 갑옷.

【해설】

이 시에서는 기주통판夔州通判으로 있다가 사천선무사四川宣撫使 왕염王炎 막부의 간판공사幹辦公事가 되어 남정南鄭으로 부임하던 때를 떠올리며 당시의 여정을 회상하고 있다. 이어 노년이 된 지금도 북벌의 꿈은 여전하건만, 당시에는 늙어 전원에 은거하며 농사짓고 살게 될 줄 생각지도 못했음을 탄식하고 있다. 마지막에는 먼지 덮여 버려진 창과 갑옷을 통해 끝내 이루지 못한 공업을 나타내고, 눈 내리는 겨울밤 등불 아래에서 아쉬움과 통한의 눈물을 흘리고 있다.

옛날을 생각하며

옛날 종군하여 위수 물가를 나올 때를 생각하면

물병 들고 말 앞에서 유민들은 눈물 흘렸고,

밤에는 높은 산에서 숙영하며 별의 형상을 점치며

낮에는 수레의 망루에 올라 적진의 정세를 바라보았네.

함께 공명을 말하며 달려 쫓아갔건만

늙고 병들어 물러나 머물러 있게 될 어찌 알았으리?

등 앞에서 책을 어루만지며 헛되이 눈물 흘리니

인간 세상 실의한 사람이 얼마나 되는지?

憶昔

憶昔從戎出渭濱,**1** 壺漿馬首泣遺民.**2**

夜棲高冢占星象,**3** 晝上巢車望虜塵.**4**

共道功名方迫逐,**5** 豈知老病只逡巡.**6**

燈前撫卷空流涕, 何限人間失意人.**7**

【해제】

73세 때인 경원慶元 3년1197 산음山陰에서 쓴 것으로, 젊은 시절 남정南鄭에 종군하던 때를 회상하며 이루지 못한 공업의 회한을 나타내고 있다.

1 　渭濱(위빈) : 위수(渭水)의 물가. 일반적으로 섬서(陝西) 지역을 통칭한다.

2 　壺漿(호장) : 병에 담은 마실 거리, 또는 물병. 유민들이 병사들에게 마실 물을 가져다주며 격려한 것을 말한다.

3 　高冢(고총) : 산의 정상. 여기서는 밤에 병사들이 숙영(宿營)했던 높은 언덕이나 산을 의미한다.

　　占星象(점성상) : 별의 형상을 점치다. 별을 관측하여 전투의 승패를 예측해 보는 것을 말한다.

4 　巢車(소거) : 먼 곳을 정찰하거나 성을 공격할 때 쓰는 전차. 수레 위에 도르래로 올리고 내리는 조망대가 있어 사람이 그 속에 타며, 모양이 새의 둥지와 같아 이와 같이 불렀다.

5 　迫逐(박축) : 달려 쫓아가다.

6 　逡巡(준순) : 물러나다, 머물러 있다.

7 　何限(하한) : 얼마나.

【해설】

　이 시에서는 옛날 위수渭水에 종군했을 당시 마실 것을 가져다주며 송의 군사들을 격려하고 눈물을 흘리며 북벌을 갈구했던 함락 지역 백성들의 모습을 떠올리고, 밤낮없이 금과 대치하며 삼엄한 군사작전을 벌였던 일을 회상하고 있다. 이어 공명을 향해 여러 사람과 함께 분투했던 당시의 모습과 늙고 병들어 물러나 홀로 은거하고 있는 현재의

모습을 대비하고, 이루지 못한 공업을 탄식하며 실의의 눈물을 흘리고
있다.

촉의 꿈을 꾸어

꿈에 성도 호사가의 집에서 술 마시니

새로 치장한 여인이 악곡을 연주하고 기러기 발은 비스듬하였네.

비현의 천 통 술에 어깨는 벌게지고

팽주의 백 송이 모란에 눈은 빛났으며,

취한 모자 기울어지도록 노래는 끝나지 않고

벌주 잔 출렁거려 웃음소리는 떠들썩했네.

서리 맞은 종소리에 깨어나 새벽 창은 밝은데

이유 없이 잠시 헛된 꿈에 빠졌음을 스스로 책망하네.

夢蜀

夢飮成都好事家, 新粧執樂雁行斜.[1]

赭肩郫縣千筒酒,[2] 照眼彭州百馱花.[3]

醉帽傾欹歌未闋,[4] 罰舩潋灩笑方譁.[5]

霜鐘喚覺晨窓白, 自怪無端一念差.[6]

【해제】

75세 때인 경원慶元 5년1199 겨울 산음山陰에서 쓴 것으로, 촉 지역에 있을 때 성도에서 연회 하던 꿈을 꾸고 감회를 나타내고 있다.

『검남시고』에서는 제3구의 '자赭'가 '정赬'으로 되어 있다.

1 新粧(신장) : 새로 치장하다. 여기서는 곱게 단장한 기녀를 가리킨다.

執樂(집악) : 악곡을 연주하다.

雁行斜(안행사) : 기러기의 행렬이 비스듬하다. 쟁(箏)의 기러기발이 사선으로 늘어져 있는 것을 가리킨다.

2 赭肩(자견) : 붉은 어깨. 술통을 메고 나르느라 벌게진 어깨를 가리킨다.

郫縣(비현) : 지명. 성도 서북쪽에 있으며, 지금의 사천성 성도시 비도구(郫都區)이다. 대나무 통에 술을 담근 '비통주(郫筒酒縣)'로 유명하다.

3 彭州(팽주) : 지명. 성도 남쪽에 있으며, 지금의 사천성 팽주시(彭州市)이다. 촉(蜀) 지역에서 모란(牡丹)으로 유명하다.

百駄花(백태화) : 백 송이 꽃. '태(駄)'는 양사(量詞)이다.

4 闋(결) : 노래가 끝나다.

5 瀲灩(염염) : 물이 가득히 출렁이는 모양.

譁(화) : 떠들썩하다.

6 一念差(일념차) : 한번 생각을 잘못하다. 잠시 헛된 꿈을 꾼 것을 가리킨다.

【해설】

이 시에서는 꿈에 성도에서의 옛날로 돌아가 기녀의 쟁箏 연주를 들으며 연회를 즐겼음을 말하고 있다. 이어 자리에 가득했던 비통주와 흐드러지게 핀 모란을 통해 연회의 성대함과 화려함을 나타내고, 취해 기울어진 모자와 떠들썩한 웃음소리로 연회의 편안함과 즐거움을 나

타내고 있다. 마지막에는 꿈에서 깨어나 현실에서는 다시 이루어질 수
없는 헛된 꿈이었음을 탄식하고 있다.

호수에서 도옹을 만났는데 파협 땅에서 옛날 알던 사이였다

큰 소리로 욕하고 길게 노래하며 방탕한 행동을 다하고

때때로 한 마디 말하면 문득 세상사에 초연하네.

대국마다 다 쓸어 버리니 바둑에 적수가 없고

천 종 술을 다 마시니 술의 신선이네.

파협에서 만난 지가 어제 같은데

산음에서 다시 만나니 또한 전부터 정해진 인연이네.

세세한 생각은 응당 선생을 욕되게 하리니

오십 년 동안 하늘의 뜻을 저버리지 않았다네.

湖上遇道翁, 乃峽中舊所識也

大罵長歌儘放顚, 時時一語却超然.

掃空百局無棋敵,**1** 倒盡千鍾是酒仙.**2**

巴峽相逢如昨日,**3** 山陰重見亦前緣.**4**

細思合辱先生友,**5** 五十年來不負天.**6**

【해제】

78세 때인 가태嘉泰 2년1202 여름 산음山陰에서 쓴 것으로, 옛날 기주
夔州에서 알고 지내던 도인道人을 산음山陰에서 다시 만난 감회를 나타내
고 있다.

1 百局(백국) : 백 번의 대국. 모든 바둑 대국을 가리킨다.

2 鍾(종) : 용량 단위. 6휘[斛] 4말[斗]이다.

3 巴峽(파협) : 무산(巫山)에서 파동(巴東)에 이르는 지역으로, 여기서는 기주 (夔州) 지역을 가리킨다.

4 前緣(전연) : 이전부터 정해진 인연.

5 先生友(선생우) : 선생 벗. 도옹을 친근하게 부른 말이다.

6 五十年(오십년) : 도옹이 수행하며 살았던 기간을 가리킨다.

【해설】

이 시에서는 거침없이 방탕하게 행동하며 세상사에 초연한 도옹의 모습을 말하고, 그의 뛰어난 바둑 실력과 무한한 주량에 감탄하고 있다. 이어 오랜 세월이 지난 후에 도옹과 다시 만나게 된 깊은 인연을 나타내고, 그에 대해 세세하게 헤아리는 것은 그를 욕되게 하는 것일 뿐임을 말하며 지난 50년의 세월 동안 하늘의 뜻을 저버리지 않고 살아온 그의 삶을 칭송하고 있다.

도사들에게 드리다

안개와 구름 깊은 곳을 생애로 삼고

인간 세상 외면하여 세월을 연장하니,

푸른 술에 의지하여 젊은 얼굴 보존하고

단사의 도움을 받아 흰 머리칼 쓸어 없애 버리네.

칠현금은 손가락 아래에서 오래도록 청량하게 울리고

양 소매는 바람 속에서 비끼어 펄럭이네.

다른 날 찾아와도 있는 곳을 알 수 없으니

어부를 따라가 도화원을 물어봐야 한다네.

贈道流¹

煙雲深處作生涯, 回首人間歲月賒.²

留得朱顔憑綠酒,³ 掃空白髮賴丹砂.⁴

七絃指下泠泠久,⁵ 雙袖風中獵獵斜.⁶

他日相尋不知處, 會從漁父問桃花.⁷

【해제】

76세 때인 경원慶元 6년1200 봄 산음山陰에서 쓴 것으로, 도사들의 삶
을 나타내며 그들에 대한 흠모와 추앙의 뜻을 나타내고 있다.

【주석】

1 道流(도류) : 도사의 무리.

2 賒(사) : 늘이다, 연장하다.

3 綠酒(녹주) : 푸른 술. 좋은 술을 비유한다.

4 丹砂(단사) : 광물 이름. 제련하여 단약을 만드는 재료이다.

5 泠泠(영령) : 소리가 맑고 청량한 모습.

6 獵獵(엽렵) : 바람에 흔들거리는 모습.

7 會(회) : ~해야 한다.

   桃花(도화) : 도화원(桃花源). 도잠(陶潛)의 「도화원기(桃花源記)」에 등장
   하는 마을로, 여기서는 도사들의 은거처를 의미한다. 앞의 「놀이 삼아 한적함
   을 노래하다(戱詠閑適)」 주석 5 참조.

【해설】

이 시에서는 인간 세상에서 벗어나 산속 구름 깊은 곳에서 술과 단
약의 도움으로 오래도록 젊은 모습을 유지하며 사는 도사들을 말하고
있다. 이어 청량한 칠현금 소리와 이를 연주하는 모습을 통해 이들의
청정한 삶을 나타내고, 이들이 있는 곳을 다시 찾아갈 수 없는 상황으
로 세속과 단절된 그들만의 세계를 나타내고 있다.